새벽의 복사꽃

새벽의 복사꽃

김단비 장편소설

팩토리나인

목차

엉망이었다. 몇 주째 갈아입지 못한 저고리는 본디 모습을 알아볼 수 없을 만큼 너덜거렸고 머리칼도 정신없이 뒤엉켜 땟국이 흘렀다.

몰골이 엉망인 것은 도야를 품은 산천 역시 마찬가지였다. 전쟁이 끝난 지 이제 오 년이 다 돼가는데, 시뻘건 속살을 드러낸 민둥산은 여전히 그대로였다. 신문 기사에서는 나무를 베어내고 농사를 짓는 사람들 때문이라고 했고, 라디오 뉴스에서는 몰래 나무를 베어가는 벌목꾼들 때문이라고 했다. 하지만 도야가 보기에는 모두 아닌 것 같았다. 짧은 인생을 되짚어봐도 시뻘겋지 않은 산을 본 기억은 없었다.

하지만 시뻘건 산에 없는 것은 풀과 나무뿐, 흙과 바위는 모두 그대로였다. 정신없이 달리던 도야는 그만 툭 튀어나온 돌부리에 걸려 넘어지고 말았다. 도야는 아픔을 느낄 새도 없이 뒤부터 돌아보았다. 다행히 추격자는 아직 보이지 않았다. 조금이라도 여유가 있는 지금 더 먼 곳까지, 갈 수 있는 한 먼 곳까지 달려야 했다.

도야는 없는 힘을 쥐어짜 몸을 일으키려 했지만, 다리에 힘이 풀려 다시 주저앉고 말았다. 지난 사흘간 먹은 것이라고는 어느 농가 부엌을 뒤져 찾아낸 생감자 한 알이 전부였다. 허기를 견디다 못해 계곡을 뒤져 찾아낸 개구리 한 마리를 산 채로 입속에 꾸역꾸역 밀어 넣었지만, 금방 토하고 말았다. 생리도 멈춘 지 오래였고, 이젠 허기마저 느껴지지 않을 지경이었다.

시뻘건 산천을 바라보는 허망한 두 눈동자에서는 생기가 조금씩 빠져나갔다. 짧은 생을 사는 동안 이렇게까지 비참하게 목숨을 이어가고 싶다는 생각은 해본 적이 없었다. 종기가 넘지넌 눈은 차오른 눈물에 가려 제빛을 잃었고, 다시 일어날 힘을 내지 못하고 도야는 눈을 감고 말았다.

도야가 체념의 눈꺼풀을 힘없이 다시 밀어 올렸을 때, 믿지 못할 광경이 눈앞에 펼쳐졌다.

"……!"

시뻘건 흙 위로 난데없이 화사한 빛깔이 어른거렸다. 민둥산의 붉은 흙보다 훨씬 화사하면서도 고운 빛깔이 산을 뒤덮었다.

흐드러진 복사꽃이 붉디붉은 산에 양탄자처럼 짙게 깔려 연분홍빛의 잔치가 펼쳐졌다.

　도야의 두 눈에 일순 다시 생기가 돌았고, 고였던 눈물은 굵은 방울이 되어 뺨 위로 흘러내렸다.

　"한이야……."

　부르트다 못해 핏물이 맺힌 입술에서 그리운 이름이 흩어졌다. 봄이 되어 복사꽃이 피면 함께 그 언덕을 다시 찾자던 그 약속. 지금의 도야에게는 너무나 사무치는 기억이었다.

　그러나 이 아름다운 빛깔을 마주하기에 아직 너무 일렀던 모양이다. 늦겨울 한기를 머금은 시커먼 구름이 한두 방울씩 빗방울을 내리긋기 시작했고, 계절 모르고 피던 연분홍 복사꽃들은 조금씩 사그라들었다. 금방 굵어진 빗방울이 어느새 빗줄기로 변하자, 도야의 두 눈을 황홀하게 물들였던 복사꽃의 향연도 신기루처럼 흩어지고 말았다.

　"어째서……."

　그래도 나쁜 징조는 아니라고 믿고 싶었다. 한이를 처음 만난 날에도 지금처럼 비가 내렸다. 그러니 이 비는 한이와 다시 만나게 될 징조일지도 몰랐다.

　살아서, 다시 그를 만나고 싶었다.

　같이 떠나자는 말도 없이 혼자서 도망친 주제에, 얼마나 염치없는 생각인지 도야 자신도 잘 알았다. 도야는 다시 눈을 감고서 눈꺼풀 안쪽에 떠오르는 남자의 모습을 억지로 지워냈다.

그래도 살아야 했다. 그 남자 때문에 이렇게 비참한 순간까지 어떻게든 목숨을 이으려 발버둥 치고 있지 않은가. 흐르던 눈물은 굵어진 빗줄기를 따라 함께 굵어졌다. 도야는 이를 악물고 몸을 일으켰다.

탕!

그때, 멀리서 울린 총성 한 발이 도야의 근방까지 다다랐다. 언제 복사꽃이 아른거렸냐는 듯, 시뻘건 산이 거세게 뒤흔들렸다.

가을비 내리던 날

1

1957년 가을의 서울.

세상살이 모두 불공평하다 해도 날씨만은 모두에게 평등했
다. 싸늘한 가을비는 종로와 평창동에 줄지어 선 고급 양옥에
도, 청계천을 따라 주욱 늘어선 하꼬방 위에도 공평하게 추저추
적 내렸다. 빈 땅이 한 뼘이라도 있다 싶으면 다들 나라의 허가
도 받지 않고 판자나 거적때기로 집을 짓고 세를 놓아대는 통
에, 이 근처는 언젠가부터 미로가 되다시피 했다. 갈 곳 없는 부
랑자들이 지은 움집이거나 전쟁 이후 서울로 돌아온 피난민들
이 만든 판잣집, 속칭 하꼬방이었다.

이리저리 늘어선 하꼬방과 움집 사이로 길 같지도 않은 좁다
란 골목을 지나다 보면, 움집이나 버려진 나무판자 같은 것들로
막혀 더 이상 앞으로 나갈 수 없는 막다른 길이 나왔다. 사람들

이 욕지거리를 뱉으며 뒤돌아 가고는 하는, 그런 막다른 골목에 한이가 쓰러져 있었다.

핏기가 빠져나가고 있는 시퍼런 뺨을 차가운 빗물이 스쳤다. 그럴 때마다 한이의 입에서는 낮은 신음이 흘렀다. 하지만 그에게 눈길을 주는 사람은 없었다. 다들 못 볼 것이라도 본 양 눈을 돌리며 지나쳐갔다.

아마도 한이가 풍기는 흉흉한 기운 때문이었을 것이다. 잔근육이 잡혀 떡 벌어진 어깨, 까무잡잡한 얼굴에 깊게 새겨진 흉터도 있었다. 한눈에 보기에도 주먹 좀 쓸 줄 안다는 깡패 같았다. 게다가 옆구리의 칼자국에서는 선혈이 줄줄 흘러, 제아무리 뜨내기라도 이 사내가 보통 아닌 일에 휘말렸다는 사실은 눈치껏 알 수 있을 정도였다. 그런 상황에서도 한이는 도와달라는 말 한마디 하지 않고, 그저 식어가는 몸뚱이를 부여잡은 채로 떨고만 있었다.

그러던 한순간에 한이의 머리맡에 난데없이 동그란 그림자가 생겨났다. 그와 동시에 온몸의 피를 다 씻어낼 것처럼 쏟아지던 빗줄기도 멈췄다. 한이는 고개를 들어 자신의 머리맡을 보았다. 가던 길을 멈추고 비닐우산을 씌워준 이는 낯모르는 젊은 여자였다.

"개 같은…… 뭐야……!"

한이가 피거품을 토해내면서도 으르렁거림을 멈추지 않자,

여자는 가소롭다는 듯 웃었다.

"길바닥에서 죽을 생각이야?"

다 낡아 떨어진 고무신에 해진 치맛자락을 보면 형편이 대단한 여자는 아닌 듯했다. 여자는 자리에 쪼그리고 앉아 우산을 들지 않은 쪽의 팔을 내밀었다. 여자의 팔은 무척이나 희고 가늘어, 해진 저고리와 대비되었다.

"죽고 싶지 않으면 잡아. 난 그쪽을 지고 갈 수가 없으니 그쪽이 직접 걸어야 해."

뜻밖의 구원이었으나, 한이의 얼굴에는 잔뜩 경계심이 서렸다. 험한 세상, 이리 젊은 여자가 길에 버려진 깡패 새끼에게 겁도 없이 손을 내미는 것은 수상한 일이었다. 하지만 한이 입장에서는 길바닥에 남아 있어도 개죽음을 맞이할 게 분명했다. 여자를 따라가서 봉변을 당할지라도, 따라가지 않는 쪽보다는 나을 터였다. 한이는 낮은 신음을 토하며 눈앞에 나타난 희고 가녀린 동아줄을 하릴없이 붙잡았다.

여자는 한 손으로 우산을 들고 다른 손에는 한이를 매단 채로 걷기 시작했다. 여자를 따라 발을 옮기는 한이는 한 걸음 한 걸음이 위태로웠다. 그런 상황에 어울리지 않게, 한이는 여자에게서 나쁘지 않은 향이 난다고 생각했다.

낮은 신음을 내며 눈을 깜빡거리자, 판자가 그대로 다 드러난 천장이 보였다. 싸구려 백열등 하나 없어 방 안은 어두컴컴했지만, 그래도 벽에는 어디선가 구해온 신문지를 발라 구색을 갖췄다. 세간살이라고는 다 부서져 가는 소반 하나와 너덜너덜한 종이 상자 하나밖에 없는 좁은 방이었다.

팔다리는 일단 그럭저럭 움직일 만한 것 같았다. 그렇지만 허리에 힘을 주었더니 곧바로 고통이 치솟아 신음이 흘러나왔다. 갈비뼈 아래에서 극심한 통증이 느껴졌다. 한이는 손을 뻗어 허리 부근을 더듬었고, 타는 듯 자상 위에 단단히 묶인, 동시에 축축하게 젖은 천의 질감을 느꼈다. 천 조각이 피에 절어 있단 사실은 눈으로 보지 않아도 알 수 있었다. 한이는 뚱뚱하게 살이 오른 춘길의 얼굴을 떠올리며 이를 갈았다.

"빌어먹을 새끼……."

한이에게 칼을 휘두른 것은 춘길이 보낸 놈들이었다. 춘길은 두목인 덕배의 오른팔 역할을 오래도록 해온 놈인데, 덕배가 패거리에 들어온 지 얼마 되지도 않은 한이를 끼고 돌자 이제나 저제나 한이를 칠 틈만 노렸다. 그러다 남대문시장 상인 문제로 작은 다툼이 생기자, 이때다 싶었는지 곧장 밑에 놈들을 보냈다.

사실 춘길이 보낸 놈들은 한이 입장에서 시답잖은 조무래기에 불과했다. 바닥에 엎어진 놈이 칼을 휘두르지만 않았어도 말이다. 물론 한이도 가만히 칼에 맞아주기만 한 것은 아니었다. 칼에 찔리자마자 놈에게 곧장 덤벼들어 다시는 걷지 못할 만큼 반죽음으로 만들어놓았고, 그 자리에 있던 다른 놈들 역시 성한 꼴로 돌아간 놈이 없을 정도로 패놓았다.

그래도 빗물에 젖어 다 죽어가고 있던 것을 생각하면 성에 차지 않았다. 칼에 찔린 채로 청계천 부근까지 걸어왔고, 어느 순간부터는 걸을 수가 없어서 기었다. 어딘지도 모르는 곳까지 기어 와서는 바닥에 쓰러진 채로 정신을 놓았다. 그렇게 꼼짝없이 죽는구나 싶었을 때 때마침 어떤 여자가 나타나 팔을 내민 것이다.

"여기는 그 여자 집인가?"

한이는 정갈하게 덮인 이불과 제 옆구리에 묶여 있던 광목천을 살폈다. 옆구리를 부여잡았던 손에는 벌겋게 피가 묻어났고, 이불에도 시뻘건 핏물이 들었다. 한이가 덮고 있던 것은 이불이라기보다는 넝마 조각을 모은 것에 가까운 거적때기였지만, 가을의 볕 내음을 가득 머금고 있어 누군가 정성 들여 빨고 말린 이불이라는 사실은 쉽게 알 수 있었다.

"그 여자……."

자신을 구해줬던 여자를 떠올리려고 애를 써보았지만, 한번 정신을 잃었던 머리라 그런지 남아 있는 기억이 거의 없었다. 그래도 더듬더듬 떠올리려고 애를 써보니, 하얀 얼굴에 까만 눈동자가 큼지막하게 있었다는 감각 정도가 남아 있었다. 그리고 좋은 냄새가 났다.

판자를 얼기설기 엮어 만든 낡은 문이 열린 것은 몸을 일으킨 한이가 고통스러운 신음과 함께 욕설을 삼켰을 때였다. 한이는 순간적으로 경계심의 빗장을 단단히 채우면서 방 안으로 들어온 사람을 노려봤다. 여자였다. 여자는 무심한 눈으로 한이를 훑더니 들고 온 대야를 바닥에 내려놓았다.

"그대로 죽는 줄 알았더니 용케도 깼네. 나흘 동안 눈 한번 뜨질 않아서 송장 치는 게 아닌가 걱정했어. 깼으면 이제 그쪽이 직접 해."

여자의 작고 오밀조밀한 얼굴에 그런 서늘한 표정은 타고난 것처럼 잘 어울렸다. 한이가 다시금 으르렁거렸지만, 여자는 가소롭다는 듯 피식 웃으며 광목천 꾸러미를 한이 쪽으로 던졌다. 여자가 던진 것은 아마도 옆구리를 동여매고 있는 것과 같은 천인 듯했다. 피를 잔뜩 머금은 광목천이 방 한구석에 가지런히 쌓여 있는 것이 그제야 한이에게도 보였다. 한이가 정신을 잃은 동안 여자는 계속해서 흘러내리는 피를 닦아내고 피에 젖은 천도 갈아주었던 모양이었다.

한이는 여자를 노려본 뒤 자상을 감싸고 있던 천을 풀어냈다. 어스름한 빛 아래 드러난 자상은 생각보다 깊었지만, 그래도 조금씩 아물어가고 있었다. 여자는 구석에 쌓여 있던 천 무더기를 태연하게 줍고, 낯선 사내의 맨몸을 보는 것이 부끄럽지도 않은 듯 한이가 덮고 있던 이불을 걷어냈다.

"뭐, 뭐야!"

당황한 한이가 저도 모르게 소리를 질렀다. 그러나 여자는 방구석에 놓여 있던 상자에서 새 이불을 꺼내 무심히 한이에게 덮었다. 물론 새로 꺼낸 이불도 덮던 이불만큼이나 낡아 이불이라기보다는 넝마에 가까웠지만, 역시 기분 좋은 볕 내음이 났다.

"보다시피 살림이 이래서 당신 줄 약 같은 건 없어. 다친 곳이 아물 때까지 계속 천을 갈아줘야 할 거야."

여자는 냉랭하게 말을 이으면서도 한이가 누구인지, 왜 이렇게 다친 것인지 같은 질문은 하나도 하지 않았다. 한이는 여전히 여자를 경계하면서도 새 광목천을 한 장 집어 들었다.

"너 뭐 하는 여자야. 여긴 또 어디고."

"말하는 본새 참…… 길바닥에서 비명횡사할 사람 구해놓은 게 그런 소리를 들어야 할 만한 일인가 모르겠네. 이래서 깡패는 도와주는 게 아닌데."

이번 말에는 분명한 가시가 돋쳐 있었기에 한이도 입을 다물었다.

한이는 아직도 피를 머금고 있는 부위를 깨끗한 새 천으로 꾹 눌렀고, 하얀 천에는 금세 또 붉은 피가 배어 나왔다. 여자는 깨끗한 광목천 한 장을 차가운 물에 담갔다가 꼭 짜낸 후 한이에게 건넸다. 한이는 경계하는 눈으로 물에 젖은 천과 여자를 번갈아 노려보았다.

"그건 뭐야?"

"닦으라고. 이걸로 깨끗이 닦아내고 단단히 동여매기나 해. 그래도 많이 아물긴 했어."

옆구리에 가져다 댄 광목천이 벌써 다시 붉게 물들고 있었기에, 별수 없이 물에 적신 천을 받아들었다. 차가운 천을 자상에 갖다 대자 고여 있던 열기가 빠져나가며 "끙" 앓는 소리가 절로 나왔다.

한이는 상처 주변을 조심스레 닦아내면서 수상한 여자를 다시 곁눈으로 살폈다. 조금 그슬리기는 했어도 볕을 그리 많이 보고 자란 것 같지 않았다. 생긴 지 얼마 안 된 굳은살이나 거무죽죽한 화상 자국 같은 것이 보이긴 했지만 손은 저잣거리와는 어울리지 않게 하얗고 고왔다. 그래서인지 이 하꼬방에 있는 모습이 어딘지 어색했다. 여자가 입고 있는 깡통 치마와 저고리도 깨끗하긴 하지만 시장통 싸구려였는데, 희고 고운 몸에 입혀져 있으니 미묘한 위화감을 더했다.

"뭐 하는 여자길래 겁도 없이 깡패 새끼 일에 참견하는 거야? 사는 게 심심하기라도 하나?"

한이가 다시 비아냥거렸지만, 여자는 피에 젖은 광목천만 대야에 담글 뿐이었다. 여자의 냉랭한 반응이 왠지 부아를 돋워, 한이는 붉은 피가 배어든 광목천을 방구석으로 내던지고는 핏물 속에 잠겨 있던 여자의 손을 확 낚아챘다.

"그래, 뭐 하는 여자인지는 상관없지. 아무튼 겁도 없이 사내를 방에 들였단 말이지?"

바짝 끌어당기자, 여자는 속절없이 한이에게로 끌려왔다. 보이는 그대로 여리고 힘없는 여자라, 어디서 그런 당돌함이 나왔을지 모를 지경이었다. 서로의 숨결이 느껴질 만큼 두 사람의 얼굴이 가까이 겹쳐, 웬만한 처녀라면 겁을 내고 비명을 지를 만한 거리가 됐다. 그러나 여자의 얼굴에는 두려움 대신 비웃음이 다시금 떠올랐다.

"들여도 별문제 없다고 생각했으니까 들였겠지?"

한이가 무슨 개소리냐고 묻기도 전에 답이 먼저 나왔다. 여자는 잡히지 않은 다른 쪽 손으로 한이의 배에 새겨진 상처를 푹 찔렀고, 한이는 곧바로 비명을 지르며 허리를 꺾었다.

"이, 미, 미친년이……!"

이불 속에 깊게 파묻힌 한이의 뒤통수로 비웃음이 쏟아졌다.

"다친 사람이면 다친 사람답게 얌전히 누워나 있어. 걷지도 못하는 게."

욕지거리와 신음 말고는 내뱉지도 못하는 한이를 내버려둔 채, 여자는 대야를 들고 다시 방 밖으로 나갔다.

기이한 동거는 며칠째 이어졌다. 한이는 마음 같아선 이 집을 당장이라도 떠나고 싶었지만, 움직일 수 있을 만큼 회복될 때까지는 이 집에 머무를 수밖에 없었다. 상처가 생각보다 깊어 곧바로 자리를 털고 일어날 수도 없었고, 이대로 나갔다가는 다시 춘길의 먹잇감이 될 수도 있었다. 뭐 하는 여자인지는 몰라도, 어쨌든 춘길 같은 놈과 어울릴 여자는 아닌 듯 보였다.

밤이 되자 여자는 어디서 포대 자루를 구해와 바닥에 깔고, 상자에서 꺼낸 여벌 깡통 치마를 덮고 누웠다. 아마 한이가 정신을 잃은 동안에도 줄곧 이렇게 지내왔던 것 같았다. 좁은 집에서 남자와 둘이 밤을 보내는 것을 크게 경계하지 않는 모습에 한이는 괜히 짜증이 났다.

그렇게 사흘이 되던 날에는 방 안에서나마 간신히 거동할 수 있을 만큼은 몸이 회복되었다. 한이는 여자가 자리를 비운 틈을 타 집이라고 할 것도 없는 좁은 방 안을 슬그머니 둘러보았다. 소반 하나와 옷가지 몇 벌이 담겨 있는 종이 상자, 자신이 덮고 있는 넝마 같은 이불이 세간살이 전부인 집이었다.

소반 아래에는 첫날 보이지 않았던 책 몇 권이 놓여 있었고, 한이는 그 책을 꺼내 이리저리 살펴보았으나 내용을 제대로 읽어내지는 못했다. 길에서 굴러먹는 깡패답지 않게 한글 정도는 읽을 수 있었지만, 여자의 책에 적힌 꼬부랑 글자까지는 읽을 수 없었다.

미군 부대에서 흘러나온 물건에 이 비슷한 글자가 적혀 있는 것을 본 기억이 있어서 새삼 기분이 이상해졌다. 이런 글자를 읽을 수 있다면 분명히 교육을 잘 받은 여자일 텐데 언제 쓰러질지도 모르는 하꼬방에서 홀로 살고 있다니.

"학생이야?"

궁금함을 참지 못한 한이는 밤늦게 국수 한 그릇을 말아 돌아온 여자에게 물었다. 여자는 그릇을 내려놓으면서 심드렁하게 답했다.

"학교에 다니는 걸로 보여? 아주 틀린 게 아니기는 한데."

"학교가 아니면? 낮에 어딜 그렇게 싸돌아다니는 건데."

"일해야지. 입이 하나라도 힘든 판에 하나가 늘었잖아."

여자는 그렇게 말하면서 턱 끝으로 국수 그릇을 가리켰다.

"어디? 공장? 아니면 몸이라도 파나?"

"그렇게 보여? 그럼 그런 걸로 해둬."

한이는 여자가 국숫집이나 국밥집 같은 곳에서 일하는 것 같다고 추측했다. 밤늦게 돌아오는 여자의 치맛자락에선 언제나 희미한 국물 냄새가 났다. 한이가 젓가락을 들어 국수를 한 젓가락 집어 들자 여자는 한이가 먹는 양을 잠깐 지켜보나 싶더니 자리를 털고 일어났다.

"이름 정도는 얘기해줄 수 있지 않나?"

여자가 문을 열기 직전 한이가 다시 물었다. 여자는 잠시 멈칫했으나 결국 남자를 돌아다보며 대답했다.

"백도야. 그쪽은?"

"내 이름도 알려줘야 하나?"

"싫으면 말하지 말든가. 궁금해서 물어본 건 아니야."

여자의 얼굴에 친근한 미소는커녕 자그마한 호기심도 보이지 않아 한이는 괜히 또 기분이 상했다.

"이한이."

여자는 대답 없이 그대로 방을 나갔고, 아주 늦은 밤이 돼서야 되돌아와 국수 그릇과 피에 젖은 천을 치웠다. 한이는 이쯤에서 여자에 대한 호기심을 접기로 했다. 길바닥에서 끊어질 목숨줄을 붙여준 것이야 고마웠지만, 어차피 길게 이어질 인연은 아니었다. 여자에게 꿍꿍이만 없다면 어디서 뭘 하는 상관없었다.

깊은 밤이었다. 상처에서 올라온 신열이 온몸을 사정없이 찔러 한이는 도무지 잠을 이루지 못했다. 여자가 곁에서 자고 있다는 것을 알게 된 후로는 되도록 신음을 흘리지 않으려고 했지만, 그 밤만은 정신을 반쯤 놓고서 끙끙거릴 수밖에 없었다.

얼마나 오래 깊은 밤중이었는지 모른다. 한이는 언뜻 자신의 이마를 짚고 지나가는 차가운 손의 감촉, 그리고 걱정하는 숨소리가 얼굴 가까이 온 것을 느꼈다. 그것은 아주 어렸을 적에 맛본 적이 있는, 차갑지만 따스한 감각이었다. 한이는 무심코 그 감각에 온몸을 기댔다. 하지만 그 감각은 차가운 천의 감촉으로 금방 바뀌었다. 한이는 제 이마를 벗어나 멀리 달아나려는 손을 무심결에 꽉 움켜쥐었다. 그 손은 당황한 듯 한이의 거칠고 큰 손을 빠져나가려고 했으나, 이내 힘을 뺐다. 그리고 오래도록, 한이가 깊은 잠에 빠져든 때까지 한이의 이마에 그대로 있어주었다.

2

남자의 의식이 돌아온 지 나흘째 되던 날, 도야는 이른 새벽부터 외출 채비를 했다. 나가는 시간만 일렀던 날이 아니라, 나갈 준비 역시도 유별난 날이었다. 깨끗하게 비누 세수를 마친 도야는 지난 이틀간 입었던 저고리와 깡통 치마를 구석에 고이 개어두고 미군복을 염색해 만든 스커트와 암시장에서 구해온 블라우스를 꺼냈다. 또, 거울을 보지 않고 머리를 평소보다 훨씬 깔끔하게 정리하는 재주도 부렸다. 도야가 지난 사흘보다 훨씬 이른 외출 준비를 하고 있다는 것을 한이는 새벽 잠결에도 어렴풋이 알았지만, 굳이 일어나 아는 체를 하지는 않았다.

별난 준비를 마친 다음도 평소와는 달랐다. 한이가 짐작한 대로 도야는 남대문시장의 국숫집에서 일했지만, 오늘은 남대문 아닌 종로 방향을 향해 걷기 시작했다. 목적지는 동숭동에 있는 서울대학교 문리대학 건물이었다. 대학생이 아니라는 말은 거짓이 아니었다. 찾는 곳은 대학교였어도 신분은 학생이 아니었으니까.

작년까지만 해도 도야는 서울대 음악대학에 다니는 학생이었으나, 올 초 집을 나와 청계천변 하꼬방에 세를 얻고 아버지와 일절 왕래하지 않게 된 후로는 비싼 학비를 감당할 수 없어 학교를 그만두었다. 그러나 집에서 학비를 계속 대줬어도 학교를 그만뒀을 것이었다. 고등학생 때부터 부잣집 자제분들의 세상 물정 모르는 얘기에는 신물이 난 도야였다. 대학생일 때도 음악부가 있는 연건동엔 수업이 있을 때 외에는 가지 않았고, 문리대 책 읽기 소모임 회원들과 마음이 맞아 문리대가 있는 동숭동에나 가끔 드나들었다.

소모임 회원들과의 만남은 학교를 그만둔 후에도 쭉 이어져, 도야는 일주일에 한 번씩 열리는 소모임에 꾸준히 나갔다. 국숫집 주인인 춘천댁은 사정을 잘 모르면서도 일주일에 한 번, 오전 시간에 자리 비우는 걸 기꺼이 허락해줬는데, 오늘 마침 모임이 있는 날이라 새벽부터 깔끔하게 단장을 마치고 길을 나선 것이었다.

도야가 막 문을 열고 들어섰을 때, 학회실에는 여느 때처럼 혁준이 제일 먼저 도착해 있었다.

"도야 왔어? 오늘노 네가 2등이디."

혁준이 환하게 웃으며 도야를 맞았고, 도야는 입술을 살짝 내밀며 혁준이 등사해둔 종이 묶음을 집어 들었다.

"또 네가 1등이야? 나는 언제 한번 1등 해보나."

오늘 소모임에서 함께 읽기로 한 것은 금서로 지정되는 바람에 다들 직접 등사하며 알음알음 돌려보고 있는 문건이었다. 혁준 역시 문리대생이 아니라 법학과 3학년생이었지만, 이 소모임에 주도적으로 참여했다. 혁준은 등사된 글자를 빠르게 훑는 도야를 보면서 알 듯 말 듯 옅은 웃음을 흘렸다.

"나야 새벽바람에 학교로 오니까 그렇지. 억울하면 너도 더 일찍 일어나는 게 어때?"

"내가 오늘 언제 일어났는지 알아? 넌 이화동에서 전차까지 타고 오고, 나는 청계천에서부터 걸어와 그런 거라니까."

"나도 얼마나 일찍 집을 나서는데. 괜히 꾸물거려봐야 아버지나 보고 좋을 일이 없거든."

"1등으로 오려면 해 뜨기 전에는 집을 나와야겠네."

도야가 장난스레 입을 삐죽거리자, 혁준의 미소는 환한 웃음으로 바뀌었다.

"그런데 오늘 꽤 늦기는 했다? 늦어도 일곱 시 반이 되기 전엔 오더니."

"신경 쓰이는 일이 있어 잠을 설쳤더니 늦게 일어나게 됐네."

도야는 밤새 남자의 머리를 짚으며 물에 젖은 천을 계속 갈

아쉈던 것을 떠올리면서 미간에 작게 주름을 잡았다. 도야 자신도 낯선 남자를 밤새도록 돌본 제 행동이 도무지 이해가 가지 않았다. 애초에 그런 남자를 거둔 것부터 자신답지 않았다.

도야의 안색을 곁눈으로 살핀 혁준은 그 사정을 더 캐묻지는 않았다.

"일주일 전이 진운 선생님 기일 아니었나?"

마치 방금 생각난 것처럼 무심히 입에 올렸으나, 사실은 도야를 보면 얘기하려고 며칠간 준비한 말이었다. 도야는 그제야 아차 싶었다. 도야의 친오빠인 진운은 몇 해 전 객사했는데, 죽은 날짜를 정확히 알지 못해 진운의 죽음을 전해 들은 날을 매년 기일로 챙기고 있었다.

"기일은 일주일 하고 하루 더 됐어. 올해는 나도 못 챙겼어. 근데 선생님은 무슨 선생님이야. 그냥 형님이라고 하랬지."

"나한테는 선생님이나 다름없는 분이라니까. 어쨌든 아직 못 챙겼으면 이따 나랑 같이 가자. 나도 올해는 선생님 기일을 못 챙겼거든."

"오늘은 어려울 것 같은데. 오후에는 국숫집 일 해야 해."

"하루 정도는 춘천댁 아주머니께 말씀 잘 드리면 안 될까? 일손 부족할 때 나라도 돕겠다고 하고."

도야는 잠시 생각에 잠겼다가 이내 고개를 끄덕였다.

"그럴까, 말씀이라노 한번 드려볼까."

도야를 둘러싼 공기가 조금 가벼워지자, 혁준도 한시름 놓을 수 있었다. 힘들다고 직접 말을 한 적은 없지만, 집을 나온 도야가 하루하루 입에 풀칠하는 것조차 버거운 날을 이어가고 있다는 것은 어렴풋하게나마 알고 있었다.

도야가 보고 있던 등사본을 가지런히 정리해 탁상 위에 하나씩 놓아두기 시작하자, 혁준도 준비해온 필기구를 등사본 곁에 하나씩 내려놓았다. 곧 다른 회원들도 하나둘 학회실에 도착할 시간이었다.

기일에 쓸 탁주를 받으러 시장에 들른 김에 국숫집을 찾아 사정을 이야기하자 춘천댁은 흔쾌히 오후 시간까지 모두 빼줬다.

"네 오라비 기일이라는데 왜 진즉 말을 안 했어. 하루 정도 혼자 한다고 이 아지매 안 죽는다."

그렇게 북악산까지 다녀오자 집에 도착했을 무렵에는 벌써 저녁때가 다 되어 있었다. 하지만 도야는 곧장 방 안으로 들어가지 못하고 주변을 서성거리기만 했다. 좁은 방 안에 드러누워 있을 시커먼 남자 때문이었다. 도야는 한숨을 푹 내쉰 후 시장으로 걸음을 옮겼다. 집 앞으로 되돌아온 도야의 손엔 시래기국

밥 한 그릇이 들려 있었다.

도야는 다 낡고 썩은 판자문을 밀고 들어가기 전, 또 잠깐 망설였다. 이번에는 어쩐지 손목과 손등이 화끈거렸다. 손목은 그 남자가 겨우 정신을 차린 때에, 손등은 신열에 끙끙 앓던 때에 잡혔다. 도야는 곧 거세게 고개를 내저었다.

"쓸데없는 생각 하지 말자, 백도야."

마음의 준비가 무색하게도, 문을 열고 들어선 도야는 텅 빈 방을 마주했다. 아무렇게나 구겨져 있던 이부자리는 가지런하게 개어져 있었고, 새로 솜을 받아온 듯 폭신폭신하고 깨끗한 새 이불 한 채가 놓여 있었다. 피가 잔뜩 묻은 광목천까지 다 갚겠다는 요량이었는지, 새하얀 새 광목천이 소반 위에 한 무더기로 쌓여 있었다.

"간 거야? 간다 말은 하고 가지."

언젠가 말도 없이 떠나리라고는 생각했기에 그리 많이 놀라지는 않았지만, 어쩐지 기운이 빠졌다. 도야는 시래기국밥을 내려놓으면서 바닥에 주저앉았다.

말하는 본새가 못돼서 그렇지 어딘지 모르게 막돼먹거나 거칠기만 한 느낌은 아니었는데, 털고 나간 자리 역시 그랬다. 도야는 광목천 무더기를 괜스레 뒤적이고 새 이불도 만지작거렸다.

그러다가 퍼뜩 생각나 소지품을 담아뒀던 상자도 들여다보았다. 그리 값나가는 물건이 있었던 것도 아니지만, 딱히 없어진 물건도 없었다. 뭔가를 훔쳐 나가지 않았다는 것만으로도 고마워해야 할 일이란 생각이 들었지만, 어쩐지 허전하고 섭섭한 감정이 슬그머니 스몄다. 도야는 남자가 정돈해놓고 나간 이불에 가만히 손을 얹었다.

"도와주지 말 걸 그랬나."

도야도 처음부터 그 남자를 도와주겠다고 생각한 건 아니었다. 도야에게 있어 깡패란, 가진 것 없는 민중을 위협하며 돈을 뜯어내는 짐승 같은 무리였다. 그런데도 그 남자에게 손을 내밀었던 것은 남자를 발견한 날이 하필 진운의 기일이기 때문이었다. 겨우겨우 국숫집 일을 끝내고 돌아오는 길에야 무슨 날인지를 알게 된 도야는 남자를 보자 울컥했다. 진운이었다면 분명 그 남자를 도왔을 것이었다.

도야는 그 남자의 얼굴을 떠올리면서 잘 개어진 이불을 다시 한번 손으로 쓰다듬었다.

3

"아이고, 어딜 갔다가 왔어. 일주일이나 기별도 하잖고. 얼마나 걱정했는지 알아?"

한이가 돌아왔다는 것을 어떻게 알았는지 산녀가 골목 입구까지 뛰어나와 호들갑스레 한이를 맞았다. 산녀는 한이가 거처로 삼고 있는 여인숙의 주인으로, 어머니가 산에서 나물을 캐던 중에 태어나 이름이 이리됐다는 말을 하고 다녔다. 광복 전에는 여자를 팔아 먹고살았고, 광복 후에는 적산으로 나온 구식 기와집 하나를 운 좋게 불하받아 여인숙을 운영했다.

한이는 교태를 줄줄 흘려대는 산녀가 껄끄러워, 여느 때처럼 그를 무시하고 여인숙 앞마당으로 들어섰다. 산녀도 평소와 같이 한이가 자신을 피하는 것도 아랑곳하지 않고 재잘재잘 떠들어댔다.

"오마나 세상에! 잘생긴 얼굴에 이게 무슨 일이래. 어디서 크게 시비라도 붙었나?"

결국 한이는 한숨을 쉬며 자리에 멈춰 섰고, 산녀의 손에 오백 환짜리 지폐 몇 장을 쥐여주었다.

"그럼 약방에나 다녀와주지 그래."

얼른 제 손을 펼쳐 지폐를 세어본 산녀의 얼굴에 함박웃음이 번졌다.

"아이고, 내 얼른 다녀올게."

산녀는 언제 귀찮게 굴었냐는 듯 쏜살같이 여인숙 문을 박차고 나갔다.

일주일 만에 겨우 제 방으로 돌아온 한이는 우선 담배와 성냥부터 찾았다. 구깃구깃한 백양 담뱃갑은 있던 자리에 그대로 있었다. 담배 한 개비에 불을 붙이고 한 모금 빨아들이자 이제야 모든 것이 제자리에 돌아온 것 같은 느낌이었다.

그런데 기분이 좀 이상했다. 고통과 잡생각 모두 하얀 담배 연기에 녹아 사라지는데, 자신을 돌봐줬던 여자의 얼굴만은 도리어 연기 속에 뚜렷하게 피어올랐다.

"뭐 하는 여자일까."

무심코 혼잣말이 흘렀다. 한이는 아직도 그 여자가 뭐 하는 여자인지 몰랐다. 이상한 구석이 많고 궁금한 것도 많았지만 알고 싶지 않기도 했다. 어쩌면 죽음을 앞두고 신선 세계로 건너간 덕분에 천상 선녀를 만나고 온 것일지도 몰랐다. 그게 아니라면 어떻게 그렇게 딱 죽을 지경일 때 나타나 목숨을 이어준단 말인가. 그러나 한이는 금방 코웃음을 쳤다.

"실없기는."

선녀로 말하자면 그 여자가 아니라, 한이 자신이라고 말하는 것이 옳았다. 선녀가 날개옷을 찾은 양 아무 말 없이 훌쩍 떠나버린 것은 그 여자가 아니라 한이 쪽이었으니까. 그래도 말없이 떠나온 데는 다 이유가 있었다. 그런 곳에 살아도 제법 귀한 집 아가씨 태가 나는 여자였다. 깡패 놈하고 엮여서 좋은 일이 없었다. 답례는 다시 만날 일이 있을 때 해도 늦지 않을 것이다.

그럼에도 여자의 얼굴을 지워내지 못한 한이는 괜한 욕을 해대며 방바닥에 담배를 비벼 껐다. 때마침 밖에서 인기척이 들렸다.

"한이 형님 오셨수. 들어가도 되겠습니까."

들어오라는 요량으로 작게 헛기침을 하자, 덩치 크고 우락부락하게 생긴 사내가 이내 문을 밀고 방에 들어왔다. 사내는 한이가 수하로 부리고 있는 점박이였다. 산녀가 약방으로 뛰어가다 말고 한이가 돌아왔다는 소식을 온 동네에 떠들어낸 모양이었다. 방 안으로 들어온 점박이는 한이의 얼굴을 보고서는 낯빛이 시커메졌다.

"아이고, 연락 한 통 없이…… 난 형님이 꼭 어디서 뒈졌니 싶어서 얼마나 걱정했는데. 얼굴이 많이 상한 것 같은데 별고는 없었던 게지요?"

"별고는 무슨⋯⋯."

점박이의 부리부리한 두 눈을 본 한이는 갑자기 딱 골치가 아파졌다. 점박이에게 한 패거리에게 칼부림을 당했다는 얘기를 해도 좋을지 판단이 서질 않았다. 덕배나 춘길을 찾아가 고자질할 놈은 아니었지만, 어디 가서 쓸데없는 소리를 할까 싶은 걱정 때문이었다. 한이는 잠깐의 고민 끝에 칼부림을 당했다는 말만 쏙 빼놓고서 대답했다.

"춘길이 보낸 놈한테 당했다."

"그게 정말이오? 아니 세상에, 세상천지에 제 패거리를 치는 놈이 어디 있답니까!"

점박이는 한이가 제 나름 줄이고 줄여 전한 그 말에도 금방 험악하게 으르렁거렸다. 한이는 구겨진 담뱃갑에서 담배 한 개비를 더 꺼내 입에 물었다.

"사정이 있었어."

"아무리 그래도 그렇지, 이거 덕배 형님께 말씀드려야 하는 거 아니우?"

"안 돼. 돈 더 걸겠다는 걸 못 걸게 했다고 이래놓은 거라서, 말해봤자 나만 미운털 박힌다."

"그래도 그렇지, 덕배 형님께 말씀드려야 하는 거 아니우?"

그래도 점박이가 덕배를 꼬박꼬박 '덕배 형님'이라 부르며 화를 내준 덕분에, 한이는 속으로나마 피식 웃음을 흘릴 수 있었다. 덕배는 남대문시장 상인회장 자리를 꿰찬 이후로 '덕배 형님'보다는 '남 회장님'으로 불리기를 원했지만, 한이는 그게 영 마음에 들지 않았다.

　　"형님 자리 비운 동안 큰일은 없었수. 춘길 형님이 보호비를 더럽게 걷어서 시장 놈 몇이 덤비긴 했는데 늘 있는 일 아니우. 종로 쪽 놈들이랑 얘기는 잘되고 있는 건지 별문제는 없고…….덕배 형님도 다른 일로 바빠서 형님 찾을 겨를이 없었다우. 청년구국인가 구국청년인가 하는 것 때문에 바빠서……. 이번에는 춘길 형님만 간 모양입니다요."

　　점박이의 상황 보고를 들으면서 한이는 별 감흥 없이 담배에 불을 붙였다. 점박이가 말한 것은 김운일인지 뭔지 하는 민의원 의원이 부린다는 민족구국청년단이라는 단체에 대한 이야기였다. 쌀가게 좀 크게 운영하던 건달 놈을 남대문시장 상인회장으로 만들어준 대가로, 운일이 그 단체에 주먹 쓰는 놈이 필요하다고 요구하면 덕배는 한이나 춘길 같은 제 수족을 빌려주고는 했다. 김운일이라는 의원도 그 단체도 꽤 성가셔하고 있던 차에, 저 없는 동안 일이 있었다니 차라리 잘된 일이지 싶었다.

　　"그래도 그 의원이라는 양반이 한이 형님 칭찬을 무진장 했답다. 저번에 일 처리 깔끔하게 한 게 마음에 들었던 모양인데, 춘길 형님은 그게 샘이 되게 났던 모양이우. 그래서 이번에 두 발 벗고 자기가 구국 뭐시기 일을 하러 갔다지 않수."

"쓸데없는 소리 할라거들랑 술이나 받아와. 일주일 동안 술은 구경도 못 했다."

"형님 정말 어디 까막소라도 다녀왔수? 대체 어디 있었길래 술 구경도 못 해."

그새 돌아온 것인지 방 밖에서 산녀의 기척이 들렸다. 돈까지 쥐여 심부름을 보냈는데, 들어오지 말라고 할 수는 없어, 한이는 마지못해 산녀를 안으로 들였다. 산녀는 통통한 눈매를 살짝 접어 눈웃음을 만들며 방으로 들어왔다.

"한이 총각 괜찮어? 내가 안티푸라민도 받아오고 이것도 받아왔어."

산녀는 한이 가까이 붙어 앉으면서 가져온 것들을 주섬주섬 풀어놓았다. 산녀는 붕대와 안티푸라민에 재주 좋게 모르핀까지 구해왔다. 옷으로 가려 상처가 보이지 않지 싶었는데, 워낙 눈썰미 좋은 여인이라 그걸 또 알아차린 모양이었다.

한이는 근 일주일 만에 본 술이 반가워 멀건 탁주를 주전자째로 꿀꺽꿀꺽 들이켰다. 탁주가 목구멍을 타고 시원하게 내려가자, 복잡했던 머릿속도 비로소 싹 씻겨 내려가는 것 같았다.

"아유, 술이 고팠나 보아. 마음껏 마셔. 모자라면 더 받아올 테니까."

산녀는 곁에 점박이가 있는 것도 아랑곳하지 않고, 안티푸라민을 들고서 한이에게 달려들었다. 산녀는 스무 살이나 어린 점박이를 기둥서방 삼아 살고 있으면서도 젊고 잘생겼다 싶은 사내만 보면 콧소리를 멈추지 않아, 둘 사이에는 싸움이 그칠 날이 없었다. 아니나 다를까, 점박이는 버럭 소리를 지르며 산녀의 손목을 낚아챘다.

"이 여편네가 지금 어디라고 눈웃음을 살살 치면서 엉덩이를 흔들어?"

"아니, 내가 언제 엉덩이를 흔들었다고 그래?"

"그러면 그 실실거리는 눈웃음은 대체 뭔데? 내 평생 보지도 못한 웃음이다!"

"서방이 웃을 거리를 안 주니 그렇지. 한이 총각 옆에 있으니 웃음이 절로 나와 그런다. 됐냐?"

"이 화냥년이!"

점박이는 금방이라도 손을 휘두를 듯 자리에서 벌떡 일어섰지만, 산녀는 픽 코웃음만 쳤다.

"아유, 술은 여자가 따라야 맛이지. 이리 줘봐."

"이 년이 보자 보자 하니까!"

산녀가 기어이 한이의 손에서 주전자를 빼앗아 들려고 하자, 점박이에게서 아주 쇳소리 비슷한 것이 터져 나왔다. 아무리 익숙한 다툼이라 해도 참아내는 데에는 한계가 있는 법이었기에,

한이는 결국 들고 있던 주전자를 쾅 하고 내려놓아버렸다.

"시끄럽게 굴려거들랑 다 나가!"

요란한 소리에 산녀와 점박이 모두 흠칫 놀라더니, 주춤주춤 방 안에서 물러났다.

"아유, 사내 혼자 술 마시려면 적적할 텐데. 언제든 손목이 허전하면 부르구랴."

산녀는 쫓겨나면서도 한이를 향한 눈웃음을 잊는 법이 없었고, 점박이는 쫓겨나면서도 산녀에게 또 성을 냈다.

한결 조용해진 방 안에서 한이는 술잔을 들고 멍하니 천장을 보았다. 주변이 고요해지자 또 그 여자 생각이 떠올랐다. 여자는 무슨 일을 하는지 제대로 말한 적이 없었지만, 한이는 여자가 국숫집에서 일하고 있다고 철석같이 믿었다.

"종로 아니면 남대문시장이겠지."

한이는 조금 더 낫고 나면 남대문시장이나 한번 둘러보아야 겠다고 생각했다. 엮이지 않아야겠다는 생각에 말도 없이 떠나왔지만, 괜히 눈에 밟히는 모양이 눈으로 확인이라도 하면 마음이 좋을 것 같았다. 산녀가 펼쳐놓은 이부자리에 벌렁 드러눕자, 때 묻은 천장에 또 그 여자의 얼굴이 그려졌다.

4

"죄송합니다, 죄송합니다."

단골 김 씨 코앞에서 국수 그릇을 엎고 만 도야는 연신 고개를 숙이며 사과했다. 다행히 김 씨는 국수나 더 맛있게 말아달라고 농을 던졌다. 춘천댁도 국수 엎은 일로 화를 내지 않았다. 오히려 요 며칠 혼이 빠진 것 같은 도야를 먼저 걱정했다.

"쯧쯧, 어디다 정신을 빼고 다니누. 어디 아픈 건 아니지? 잠깐 쉴래?"

"아니, 괜찮아요. 잠시 딴 생각하느라……."

"괜찮기는. 완전 넋이 나간 얼굴이구먼. 바쁠 때도 지났으니 두어 각 쉬다 와. 의사 보여줄 형편은 못 되어도 약방서 약 정돈 사다 먹일 수 있으니까 정 안 좋으면 얘기하고."

도야는 괜찮다며 계속 손을 내저었지만, 춘천댁은 기어이 도야를 밖으로 내몰았다.

도야는 한숨을 푹푹 내쉬면서 맞은편 골목으로 걸어 들어갔다. 골목 끝에는 깨진 기와나 부서진 판자 같은 것들이 가득 쌓여 있었다. 국숫집이 잘 내다보이기도 해 도야가 일하다가 한숨 돌릴 때면 찾는 곳이었다.

"춘천댁 아주머니한테 자꾸 폐만 끼치네. 욕먹고 쫓겨나도 할 말 없겠다."

도야는 괜히 제 두 뺨을 찰싹찰싹 때리고서는 다소곳이 모은 무릎에 얼굴을 폭 파묻었다. 차라리 혼이라도 나면 좋으련만, 걱정을 들으니 자신이 더 한심하게만 느껴졌다.

춘천댁의 걱정도 당연했다. 오늘은 국수 그릇을 엎질렀을 뿐이었지만, 어제는 국물 끓이던 화로 위로 넘어지는 바람에 춘천댁이고 손님들이고 모두 식겁했다.

특히나 더 한심했던 것은 정신이 팔린 '딴 곳'이라는 게 하필 그 낯선 남자라는 사실이었다. 정신을 잃은 채로 나흘, 정신을 차린 채로 또 나흘 집에서 머물렀던 그 낯선 남자가 자꾸만 불쑥 눈앞에 튀어나와 일에 집중할 수가 없었다. 국수 그릇을 나를 때면 그 남자가 국숫발을 훌훌 넘기던 게 생각났고, 화로를 볼 때면 기껏 가져다준 세숫물을 두고 더운물은 없느냐고 툴툴거리던 게 생각났다. 잘 빨아놓은 행주를 보면 그 남자의 상처를 싸고 있던 피 묻은 광목천이 생각나 어디 덧나서 끙끙 앓는 건 아닌지 걱정되기도 했다.

하지만 아무리 생각해도 그 남자가 왜 자꾸 떠오르는 건지 이해할 수가 없었다. 일조차 제대로 할 수 없을 정도로 그 남자가 떠올라 자신이 너무 한심하게만 느껴졌다.

도야가 자기혐오에 빠져 있을 때, 별안간 국숫집 쪽에서 춘천댁의 비명이 들려왔다.

"아이고! 이놈들아! 깡패 새끼들이 내 살림 다 부순다!"

무슨 일이 벌어졌는지는 보지 않아도 알 수 있었다. 남덕배 패거리일 것이다. 남덕배는 원래도 남대문시장을 휘어잡고 다니면서 상인들로부터 '보호비'를 뜯고는 했는데, 최근 상인회장 자리를 꿰차면서 횡포가 더 심해졌다.

남덕배 밑의 깡패들은 보호비를 더 올리겠다며 시장 상인들을 으르고 다녔고, 보호비를 더 못 낸다며 버티는 춘천댁 같은 상인들을 못살게 굴었다. 보호비를 감당할 수도 없고 괴롭힘도 더 당해내지 못한 양장점 오 씨 아저씨 같은 사람들은 끝내 가게를 접었다.

"이 깡패 자식들이 또⋯⋯!"

도야는 자리에서 벌떡 일어나 얼른 국숫집으로 내달렸다. 가게가 가까워지자, 아니나 다를까 시커먼 사내 서넛이 걸상을 바닥에 패대기쳐 부수고 있었다. 춘천댁은 머리며 매무새가 엉망이 된 채로 바닥에 주저앉아 통곡했다.

"이놈들아, 차라리 나를 죽여라, 나를 죽여!"

하지만 이런 와중에도 경찰은 보이지 않았다. 경찰도 한패였으니 당연했다. 민의원 의원이 남덕배의 뒤를 봐주니 경찰도 남덕배 패거리에 손댈 리 없었다.

"이 깡패 놈들아, 당장 그만두지 못해!"

걸상 하나를 바닥에 내리쳐 부수고 있던 깡패 한 놈이 바닥에 침을 탁 뱉으며 도야 쪽을 돌아보았다. 난데없이 나타난 젊은 여자를 보고 히죽히죽 웃는 놈도 있었다. 삽시간에 시커먼 사내 넷에게 둘러싸이고 말았으나, 도야는 기죽지 않고 깡패들을 똑바로 올려다보았다.

"이 깡패 자식들이 어디서 대낮에 남의 가게에서 행패야, 지금!"

"이 계집년은 또 뭐야. 이 년이 얻다 대고 깡패래."

비쩍 마른 여자가 을러대는 소리에 건장한 사내들이 겁을 먹을 리 없었다. 난데없이 뛰어 들어온 도야를 보고 놀란 건 오히려 춘천댁이었다. 일전에도 비슷한 사달이 있어 깡패들에게 얻어맞은 도야가 일주일이나 앓아누웠던 적이 있었다. 그때는 도야가 바락바락 악을 쓰며 대드는 바람에 남덕배 패거리도 물러갔지만, 행여 도야가 자리에서 일어나지 못할까 춘천댁의 걱정이 이만저만이 아니었다.

"아이고, 도야 너는 뭐 하려고 왔어! 가, 괜찮으니까 가!"

하지만 도야는 오늘도 물러설 생각이 전혀 없었다.

"당장 그만두고 꺼지라고 했지!"

"야, 요년 요거 보게. 눈에 뵈는 게 없는 년이네, 이거."

도야를 둘러싼 깡패 중 하나가 실실거리고 웃으면서 도야에게 바짝 다가붙자, 춘천댁이 기겁하며 달려가 그놈의 팔을 붙들었다.

"아이고, 얜 관계없는 애니까 보내주시고……."

"늙은 년은 비켜. 재미 좀 볼라니까!"

깡패는 제 팔에 달라붙은 춘천댁을 확 뿌리쳤고, 내팽개쳐진 춘천댁을 본 도야의 두 눈에서 불꽃이 튀었다.

"이 개자식들아, 때리려면 날 때리지 그러니? 젊은 여자 때리는 게 더 손맛이 좋지 않겠니?"

도야는 마치 한 대 치기라도 할 듯 제 앞에 달라붙은 깡패에게 더 바짝 달라붙었고, 깜짝할 사이에 눈앞이 새하얗게 점멸했다. 도야 바로 앞에 서 있던 놈이 도야의 뺨을 아주 세게 후려갈긴 것이었다.

"별것도 아닌 계집년이 보자 보자 하니까."

입안이 터졌는지 짭짜래한 쇠 맛이 혀끝에 돌았다. 뺨은 새빨개졌고, 하얗고 작은 코에선 시커먼 코피가 주르륵 흘렀다. 그러나 도야는 자리에 주저앉지 않고 도리어 자기 뺨을 때린 깡패를 독한 눈으로 쏘아보았다. 이번에는 다른 놈이 나서서 도야의 뺨을 한 대 더 후려갈겼다. 눈앞이 핑 돌았으나 도야는 이번에도 바닥에 쓰러지지 않았다.

"아이고! 이것아, 내가 끼지 말라고 했잖어!"

춘천댁이 황급히 자리에서 일어나 도야를 끌어안고 뒤로 물러나려고 했다. 그러나 도야는 뒤로 물러나지 않고 오히려 더 앞으로 나섰다.

"이 정도야? 형편없네. 네놈들이 죽자고 때려도 겁먹을 일은 없겠는데?"

벌벌 떨거나 울지 않는, 독하게 뜬 도야의 두 눈이 깡패 놈들을 찔러 죽이기라도 할 듯 날카로웠다. 눈빛으로 사람을 죽일 수 있다면 도야는 이 깡패들을 몇 번이고 죽였을 것이다. 아무리 얻어맞아봤자 까짓것 죽기밖에 더하겠는가. 얻어맞는 것 따위는 무섭지 않았다. 그저 이런 놈들이 설치는 세상에 살고 있다는 것, 이런 놈들이 민중을 함부로 대하고 행패 부리는 세상을 그대로 두어야 한다는 것, 도야는 그런 것이 정말 싫었다. 이런 깡패들을 내세워 어깨에 힘을 주고 다니는 남덕배 그 개자식을 생각한다면 욕이라도 실컷 퍼붓고 싶었다. 이 개 같은 권력의 하수인들, 개 같은 자유당 놈들.

그때였다. 웬 젊은 남자가 이죽거리는 목소리가 난데없이 도야의 고막을 파고들었다.

"젊은 여자가 사내 무서운 줄을 정말 모르네?"

가게 입구를 돌아본 춘천댁의 얼굴에 화색이 돌았다. 도야는 어리둥절해하며 춘천댁을 따라 시선을 돌렸다. 도야의 두 눈이 금세 놀라움으로 동그랗게 커졌다.

"당신……!"

그 남자, 깊은 상처를 입고서 일주일이 넘게 도야 집에서 머물렀다가 말없이 떠났던 그 남자가 국숫집 입구에 짝다리를 짚고 서 있었다.

하다 하다 헛것까지 보나 싶어서 도야는 엉겁결에 두 눈을 비볐다. 하지만 헛것이 아니었다. 곧바로 남자의 옆구리 부근에 눈이 갔다. 이리 빨리 나을 리 없는 상처였건만, 그래도 남자는 큰 불편함 없이 움직이는 것처럼 보였다. 정말로 며칠 만에 다 나은 것이든 깡패다운 허세이든, 어느 쪽이든 다행이었다.

그러나 금방 정신이 들었다. 지금은 저 남자를 걱정할 때가 아니었다. 그 역시 남덕배 패거리일 수도 있는 남자가 하필 딱 지금 나타난 것이라면 오히려 자신과 춘천댁을 더 먼저 걱정해야 했다. 하지만 도야가 더 의심을 이어가기도 전에, 남자가 먼저 가게를 뒤엎고 있던 깡패들을 향해 빈정거렸다.

"늬들, 춘길 형님네 새끼들이지? 좋은 말로 할 때 그냥 가라."

"이 새끼가 지금 뭐라는 거냐?"

조금 전까지만 해도 세상 무서운 게 없는 것처럼 행패를 부려대던 깡패들이 금세 그 낯빛을 시뻘겋게 물들였다. 도야는 상황이 이해되지 않아 남자와 남덕배 패거리를 어리둥절하게 바라보았다.

"너네 이렇게 돈 올려 받는 거 덕배 형님은 아시냐? 내가 뭘 퍽 꼰지르는 새끼는 아닌데, 덕배 형님 모르실 때 조용히 가던 길이나 가는 게 좋지 않을까? 아닌가, 덕배 형님만 문제가 아닌가. 접때 들어보니까 늬들이 달라던 돈이 춘길 형님 애기하는 돈보다도 많던데, 춘길 형님은 알고 있냐? 너네가 해먹으면 춘길 형님은 거기서 또 얼마나 챙기시려나, 그럼 덕배 형님은 잔돈이나 짤랑이지 싶은데."

남자는 도야가 그 사정을 잘 알지 못하는 아주 노골적인 협박을 하고 있었다. 그런데 협박이 정말로 먹히는 것인지, 깡패들은 붉으락푸르락하면서도 더 행패를 부리지 않았다. 깡패들은 서로 눈빛을 몇 차례 주고받더니, 바닥에 침을 탁 뱉으며 뒤돌아섰다.

"한이 너 이 새끼, 나중에 두고 보자."

그리고 깡패들은 그대로 성큼성큼 밖으로 나가버렸다.

"어련하시겠어들. 멀리 안 나갈 테니 잘 가시고."

남자는 깡패들이 가게를 나가면서 남긴 으름장도 코끝으로 비웃었다. 어처구니가 없을 만큼 깔끔한 마무리였다.

　도야는 여전히 어리둥절했지만, 춘천댁은 이런 상황이 익숙한 듯 반가이 남자에게로 달려갔다.

　"한이 총각, 또 덕분에 살았어! 고마워서 어쩨."

　"고마우면 국수나 곱빼기로 말아주소."

　남자는 별일 아니라는 듯 심드렁했지만, 춘천댁은 반쯤 흘러내리다시피 한 머릿수건을 고쳐 쓰면서 얼른 자리에서 일어났다.

　"그래, 내 얼른 말아다줄게. 도야 넌 약방 가서 안티푸라민이라도 사다 바르고. 고운 얼굴이 이게 다 뭐니."

　춘천댁은 도야의 손에 지폐 한 장을 쥐여준 후 부랴부랴 물을 받기 위해 밖으로 나갔다. 사내들이 화로에 끓고 있던 국물을 엎어버려서, 국수를 말려면 국물부터 새로 내야 했다.

　도야는 춘천댁의 뒷모습을 바라보다가 이내 치마를 툭툭 털며 자리에서 일어났다. 이어 남자 쪽은 쳐다보지도 않은 채 가게 정리를 시작했다. 대체 이게 무슨 상황인지 궁금하기는 했지만, 남자가 아는 체를 하지 않는데 굳이 먼저 아는 체를 할 필요는 없었다. 궁금한 것은 나중에 춘천댁에게 물어봐도 될 것이다. 그러나 남자는 도야를 아예 모른 척하려던 게 아니었는지, 춘천댁이 사라지고 나자 갑자기 말을 걸어왔다.

"고맙다고 인사도 안 하냐?"

도야는 심기가 불편해 눈을 깜빡거렸다. 그런데 가만히 생각해보니, 어쩌면 이 남자가 자신을 배려하기 위해 춘천댁 앞에서 아는 체를 하지 않은 것일 수 있다는 데에 생각이 미쳤다. 젊은 여자가 이런 깡패와 알고 지낸다는 걸 굳이 알릴 필요가 없었다. 하지만 도야는 얼른 고개를 저었다. 설령 배려라 해도 깡패가 부리는 한순간의 변덕에 지나지 않는다. 어쨌든 큰 도움을 받은 것만은 사실이었기에, 도야는 부서진 걸상을 가게 밖에 내놓은 후 툭툭 손을 털고 말했다.

"고마워. 덕분에 큰 문제 없이 지나갔어."

대답이 반말인 것은 남자를 못 알아보지는 않았다는 뜻이었다. 한이의 얼굴에 장난기가 스몄다.

"기껏 도와줬더니 말하는 본새 참……. 약방에는 안 가냐?"

남자가 던진 핀잔은 그가 정신을 차린 직후 도야가 한 것과 꼭 같았다. 도야의 얼굴이 순간 확 달아올랐다. 퉁퉁 부어오른 뺨이 슬슬 아파지기 시작했지만, 내색하지 않으려고 애를 쓰면서 반쯤 부서진 탁상을 제자리에 세웠다.

"내가 알아서 해."

"그래, 다음부턴 아무나 함부로 재우지 말고. 깡패를 떠나서 사내와 그리 함부로 밤 보내는 거 아니다. 나였으니 별일이 없었던 거지."

"어차피 움직이지도 못할 게 빤해서 재워준 것뿐이야. 떠돌이 개 한 마리 구해준 셈 치고."

"오호, 내가 칼에 찔렸다는 걸 기억은 하고 있나 보네? 안부하나 안 묻길래 기억도 못 하는 줄 알았더니."

"온다 간다 말도 없이 갔으면 정리는 끝난 거 아니었어?"

"그러시든가 그럼. 아무튼 약방이나 가라. 내일이면 아주 꼴보기 싫게 부을 거야."

남자가 한 말이 꼭 걱정 아닌 빈정거림으로만 들려서, 도야는 대답하는 대신 아랫입술을 꼭 깨물었다. 다리가 부러진 걸상 하나를 더 가게 밖으로 내던지는 손놀림은 훨씬 거칠어졌다.

"다친 곳이 어떠냐고는 끝까지 안 물어보네?"

도야는 걸레를 바닥에 내팽개치다시피 하면서 남자의 옆구리 언저리를 다시 한번 유심히 살폈다. 멀쩡하게 움직이는 것처럼 보였고, 전체적으로 훑어도 큰 문제는 없어 보였다. 도야가 "이제 말짱해진 것 같은데"라고 날카롭게 받아치려던 즈음, 때마침 춘천댁이 물이 가득 든 들통을 들고서 돌아왔다.

"국물도 내고 국수도 삶아야 하니까 시간 좀 걸릴 건데 기다릴 수 있지? 아이고, 도야는 약방이나 갔다 오래두."

도야는 더 날을 세우지 못하고 바닥에 쪼그리고 앉아 김칫국물을 닦았다. 한이는 화로 위에 들통을 올려놓는 춘천댁을 눈으로 슬쩍 흘기며 아무 걸상에나 걸터앉았다. 못마땅했지만, 짜증스러운 미간을 찌푸리며 바닥을 닦는 것 외에 도야가 할 수 있는 일이 없었다.

5

춘천댁이 도야와 처음 만난 날은 복사꽃도 다 지고 연푸른 잎이 무성해진 늦은 봄 어느 날이었다. 오후 장사를 대강 마무리 짓고 바로 저녁 장사를 준비하려 장을 보고 돌아오던 길, 계속 손님을 받느라 자기가 말아놓은 국수 한 그릇 못 들이킨 입에서는 기어이 앓는 소리가 나왔다.

"어이구, 일손 하나만 있으면 좋겠는데."

뱃가죽이 딱 등에 달라붙을 지경이라 팔 한쪽 움직일 힘도 없었지만, 가게로 들어가자마자 바로 다시 국물부터 올려야 할 참이었다.

그런데 가게에 다다르자, 맞은편 골목 깊숙한 곳에 들어앉은 작달막한 그림자 하나가 또 춘천댁의 눈에 밟혔다. 며칠 전부터 줄곧 저기 앉아 국수를 먹는 손님들을 기웃거리다 가곤 하는 젊은 여자였다. 온종일 앉아 있지는 않고 무얼 하다 오는지 느지막한 시간에 와서 앉아 있기도 했는데, 그 시간은 늘 식사 시간 무렵이었다. 젊은 여자는 피죽 한 그릇 못 먹은 얼굴을 하고서는 국수 가게 안을 멀거니 지켜보기만 했다.

"국수 한 그릇이라도 시켜 먹지. 저리 배가 고픈데 남들 먹는 거만 구경해서 어쩌누."

춘천댁은 며칠은 굶은 것 같은 여자의 얼굴을 보며 혀를 찼다. 아침부터 무 한 조각 씹어 먹지 못한 것은 춘천댁도 마찬가지였다. 남 걱정할 때가 아니라 국숫집 안으로 쑥 들어갔다.

"나이가…… 스물은 됐으려나."

춘천댁은 화로에 들통을 얹다 말고 문득 다시 그 여자의 앳된 얼굴을 떠올렸다. 아마 춘천댁의 큰딸이 살아 있다면 꼭 그만한 나이였을 것이다. 전쟁이 벌어지기 전까지 춘천댁은 종로 어딘가에서 남편과 함께 조그마한 점방 하나를 열어 먹고살았다. 남편과의 사이에는 열댓 살 먹은 딸 하나와 이제 갓 걸음마를 뗀 아들 하나가 있었으나, 반 평도 안 되는 조그마한 점방에서 나오는 돈으로는 네 식구를 건사하기 쉽지 않았다. 남편은 큰딸을 부잣집 식모살이로 보내려고 했지만, 춘천댁이 결사반대해 나이가 찰 때까지도 계속 딸을 끼고 살았다.

허덕허덕하면서도 어떻게든 살아가던 가족은 전쟁으로 풍비박산 났다. 남편은 전쟁이 터지자마자 징집되어 소식이 끊겼고, 끼고 살던 큰딸도 피난 도중에 잃어버렸다. 울며불며 마지막 남은 아들 하나를 안고 겨우 부산까지 내려갔으나, 어렵사리 챙긴 아들은 피난 생활을 견디지 못하고 영양실조로 죽었다.

아들이 죽고 난 후로는 그저 죽지 못해 사는 삶이었다. 국군이 서울을 수복했다는 얘기를 듣고 정신머리조차 챙기지 못한 채 서울로 올라왔지만, 점방은 시커멓게 탄 잿더미로 변해 간데없었다. 그래도 그 자리에 기어이 판자를 치고 국숫집을 연 것은 큰딸이 살아 있다면 언젠가는 다시 점방이 있던 자리를 찾아오지 않을까 하는 희망 때문이었다.

"그년도 살아만 있으면 스무 살은 됐겠구먼."

춘천댁은 넋이 나간 듯 중얼거리다가, 퍼뜩 정신을 차리고 채 우러나지도 않은 국물에다가 국수 한 그릇을 말았다. 젊은 여자는 아직도 골목 깊숙한 곳에 쪼그리고 앉아 바닥만 내려다보고 있었다. 춘천댁은 국수가 담긴 양푼을 여자에게 내밀었다.

"새댁, 이것 좀 들어."

젊은 여자는 고개를 들 기력이 없었던 건지, 아니면 말을 곧바로 알아듣지 못할 만큼 힘이 없는 건지 한참이나 아무 반응이 없었다. 가만히 기다리고 있자, 젊은 여자는 겨우겨우 고개를 들어 춘천댁과 춘천댁이 들고 있는 양푼을 보았다. 그런데 여자의 얼굴을 가까이서 제대로 보게 된 춘천댁은 조금 놀랐다. 틀림없이 상거지 꼴을 하고 있으리라고 짐작했는데, 이리 보니 제대로 먹지 못해 얼굴이 까칠하긴 해도 볕에 그을린 티 없는 얼굴은 하얗고 말갰다.

'사연 있는 아가씬가 보구먼.'

춘천댁은 속으로 혀를 찼다. 여자는 힘없이 고개를 저었다.

"아니에요. 제가 돈이 없어서……."

"됐어. 그냥 주는 거니까 일단 들어."

여자는 춘천댁과 춘천댁이 들고 있는 양푼을 한 번 더 올려다보았다. 잠깐의 망설임 후 여자는 다시 고개를 저었다.

"고맙지만 죄송합니다. 사지가 멀쩡한데 노동도 하지 않고 공짜로 먹을 수는 없어요."

여자의 얼굴에 순간적으로 깊은 자기혐오가 스쳐 지나갔지만, 춘천댁에겐 그 미묘한 표정 변화를 알아차릴 눈썰미가 없었다. 춘천댁은 그저 '에그, 다들 빌어먹고, 훔쳐 먹고 사는 세상에 별일이야'라고 또 속으로 혀를 찼을 뿐이었다.

"그러면 일해서 갚으면 되지. 안 그래도 손 달렸는데 잘됐다. 그거 먹고, 와서 일손 보태서 갚아."

춘천댁은 아예 젊은 여자 앞에 양푼을 턱 하니 내려놓았다. 젊은 여자는 김이 모락모락 올라오는 양푼을 내려다보고, 다시 또 춘천댁을 빤히 올려다보았다.

"그래도 괜찮을까요?"

"그래, 괜찮고말고. 그거 먹고, 먹은 만큼 일해. 지금부터 저녁 장사니까 저녁 장사 도우면 국수 한 그릇 값은 될 게야."

"감사합니다."

마침내 결심이 섰는지 여자는 고개를 꾸벅 숙인 후, 국물도 제대로 우러나지 않은 국수 한 그릇을 게 눈 감추듯 허겁지겁 먹어치웠다. 나중에 듣기로 그날 도야는 꼭 일주일째 물 외엔 아무것도 먹지 못한 상태였다고 한다.

부서진 탁상을 치우고, 멀쩡한 탁상들을 모아놓고, 바닥까지 다 닦고 나니 해가 뉘엿뉘엿 지고 있었다. 한이에게 내준 것 외에는 더 국물을 내거나 국수를 삶을 겨를이 없었기에 저녁 장사는 꼼짝없이 접을 수밖에 없었다. 도야는 남아서 내일 장사라도 돕겠다고 우겼지만 춘천댁은 한사코 도야의 등을 떠밀었다.

"거냥 들어가서 쉬어. 겁도 없이 또 깡패 놈들한테 덤비구…… 많이 놀랐을 텐데 오늘은 푹 쉬고 내일 일찍 나오는 걸로 해."

춘천댁은 가는 길에 약방에 들르라는 당부도 잊지 않았다. 한이 역시 밉살스러운 말 한마디를 덧붙였다.

"달걀이라도 굴려두지 않으면 내일쯤엔 볼썽사납게 퉁퉁 부어 있을 거다."

원래부터 알던 사이라는 티만 안 내면 된다고 생각한 모양이었다. 도야는 조그마한 입술을 한일자로 꼭 다물고서 잡아먹을 듯 남자를 노려보고는, 쌩하니 가게를 나가버렸다.

도야가 가고 난 후에도 한이는 국숫집을 떠나지 않고 화로 곁에 딱 붙어 앉아 담배에 불을 붙였다. 춘천댁은 국물낼 재료를 숭덩숭덩 썰어 들통에 던져 넣었다.

"한이 총각은 안 가? 오늘 정말루 고마웠어."

"가야지."

말을 흘리면서 고개만 뒤로 까딱까딱하는 것이 바로 돌아갈 눈치는 아니었다. 춘천댁의 곁눈에 은근한 웃음이 잡혔다. 깡패를 내쫓아준 것으로도 감사한 것을 굳이 가게 정리까지 돕겠다고 나서는 걸 보면서도 긴가민가했는데, 시장 장사를 하면서 붙어먹은 눈치에 슬슬 잡히는 것이 있었다.

"도야는 어쩌자고 그런 무서운 놈들한테 덤벼서는…… 머리카락이 쭈뼛 다 서더라니까. 귀한 댁 아가씨가 어쩌다 시장통에서 일하다 그런 봉변까지 당하누, 쯧쯧……."

춘천댁이 지나는 얘기를 하는 양 슬쩍 흘리자, 역시나 한이의 눈길은 관심 없는 척 춘천댁의 어깨에 붙었다가 떨어졌다. 춘천댁의 입에서 실실거리는 웃음이 흘렀다.

"그런데 저 여자는 뭐야? 전에는 본 적 없는데?"

호기심을 이기지 못했는지, 결국 한이가 먼저 치고 들어왔다. 춘천댁은 자꾸만 흐르려는 웃음을 삼키려 애썼다.

"일한 지는 꽤 됐지? 혼자서는 손이 달리니까, 사람 써야겠더라고. 저래 보여도 손이 야무지고 똑 부러지게 일도 잘해."

"일한 지 꽤 됐으면 왜 난 한 번도 못 봤지?"

"도야 일한 지가 다섯 달쯤 되고, 한이 총각 오는 게 달포에 한 번 정도니까…… 도야도 매일 일을 하는 건 아니니 못 봤을 법도 하지."

"전에는 뭐 하던 여자였고."

"아이구, 척 봐도 귀티가 흐르지 않아? 왜 이런 데서 일하는지 사정은 모르지만, 암튼 귀한 댁 아가씨인 건 분명하다니까."

"그런 아가씨가 왜 이런 시장통에서 일을 해? 실없는 소리말고. 아까도 깡패들한테 바락바락 덤비는 꼴이 귀한 댁 얌전한아가씨는 아닌 것 같던데."

"그거야 성격이 원체 독하니까. 도야가 얼마나 독하냐면, 걔가 어디서 살았는지 알아? 갈 곳이 없어서 저어기 거적때기 움막 모여 있는 데에 움막 하나 구해 살고 있다더라. 거기도 다 사람 사는 곳인데 자기는 왜 못 살겠냐 하더라고. 그래서 내가 싸고 튼튼한 하꼬방 하나 구해준 거야. 근데 그걸로 감사하다고 또 어찌나 절을 하는지……."

"그게 무슨 귀한 아가씨야. 그냥 움막서 살았던 비렁뱅이 여자지."

한이는 어쩐지 뚱해 보였다. 하지만 표정과는 달리 담배를 비벼 끄는 손에는 감정이 묻어 있어 춘천댁은 또 웃지 않을 수 없었다.

"내가 내 서방 얘기를 한이 총각한테 했었나?"

뚱한 표정 위로 이번에는 지겨운 감정이 겹쳐 떠올랐다. 춘천댁이 전쟁 과부라는 것은 남대문시장에 이미 짜하게 알려졌고, 한이 역시 여러 번 들은 이야기였다.

"내 팔자가 기구해서 서방도 잃고, 생떼같이 고운 자식들도 잃고, 죽은 것도 산 것도 아니게 살지만서도, 그래도 내가 아주 찐한 연애는 한번 해보구 결혼한 계집이여. 서방도 구식 남자고 나도 구식 여자였지만, 감나무집 동식이랑 동구 밖 복순이랑 눈이 딱 맞아버렸으니 연애 안 하고 배길 수가 있나 이 말이야. 지금 생각하면 그때가 좋았어. 둘이 손잡고 순사 피해서 산이며 들로 돌아다녔던 그 시간을 어찌 말로 다 하겠어. 그런 게 있으니까 서방 잃고, 자식 잃고도 그때 생각하면서 사는 거지."

"그런 얘기는 선술집 김가한테나 하라고. 전쟁 통에 안사람 잃고 아주 적적한가 보던데."

한이는 끝내 혀를 차며 고개를 홱 돌렸지만, 춘천댁은 말을 멈추지 않았다.

"아서, 생때같은 자식을 하나는 잃어버리고 하나는 굶겨 죽였는데, 무슨 낙을 찾겠다고 서방질까지 하겠어? 한이 총각이야말로 한 살이라도 젊을 때 연애질이며 뭐며 남들 하는 거 다 해봐야 그거 보면서 내 나이 돼서도 살아진다니까."

한이의 얼굴이 벌겋게 달아올랐다. 춘천댁이 꽤 오래 수다를 떨어댄 이유를 그제야 알아차린 것이다. 그러나 뭐라고 말을 덧대지는 못하고, 제가 고쳐놓은 걸상을 괜히 한번 발로 툭툭 건드리며 심통을 부렸다. 그러고도 짜증이 풀리지 않았는지 한이는 결국 성질을 내면서 밖으로 나가버렸다.

"됐어! 나 간다!"

"아이구, 조심해서 가! 오늘 고마웠어, 한이 총각!"

"됐어!"

괜스레 성질을 부리며 걸어가는 한이를 보는 춘천댁의 입가에 또 미소가 맺혔다. 춘천댁은 이제 아예 흥흥 콧노래까지 부르면서 국물이 든 들통을 화로에서 내렸다.

"둘이 서로 마음이 있네, 있어. 아이구, 잘되어야 할 텐데. 딱이네, 딱이야."

다 늙은 자신이야 이제 저물어가면 그만이지만, 젊은 사람끼리는 앞으로 다가올 날을 누려도 괜찮을 것이다. 전쟁 통에서 수많은 삶과 죽음을 보다 못해 끝내 잠시 자신을 놓아버리기까지 했던 춘천댁이었고, 그런 춘천댁에게 이 젊은 두 사람의 파릇파릇한 감정은 마치 조그마하게 움튼 연푸른 새싹처럼 느껴졌다.

6

외무부 앞 복도를 걸어 나가는 훤칠하고 차분하게 생긴 청년
이 있었다. 엄밀히 말하자면 그는 고등고시에 합격한 정식 외무
부 직원은 아니었다. 그럼에도 이 청년에게는 외무부를 드나들
자격이 있었는데, 외무부 차관 백인형이 개인 전담 서기 자격으
로 직접 고용한 청년이었기 때문이다.

그런 특혜가 주어진 것치고는 뒷말도 거의 나오지 않았다.
청년의 뒷배가 돼준 백인형의 권력도 대단했지만, 무엇보다 본
인이 외무부에서 일하는 웬만한 다른 직원들보다 훨씬 뛰어난
커리어를 갖추고 있었다. 청년은 고등학교 졸업과 동시에 미국
조지워싱턴대학교로 건너간 수재 중의 수재였고, 유력한 민의
원 의원 김운일의 유일한 본처 소생이기도 했다.

그랬던 그가 갑작스러운 휴학과 귀국 후 짧게나마 외무부에

서 일하게 된 것은 혼인 문제 때문이라는 소문이 신빙성 있게 나돌았다. 청년의 혼인 대상으로 이름이 오르내리는 여자는 백인형 차관의 외딸인 백마리였다.

"부르셨습니까."

"왔나. 술 한잔하면서 얘기나 하자고 불렀네."

환식이 차관실에 들어서며 가볍게 묵례하자, 인형은 환식의 의사도 묻지 않고 미국 대사로부터 선물받은 값비싼 위스키 한 병과 크리스털 잔 두 개를 꺼냈다. 업무 시간에, 그것도 자택 아닌 청사 집무실에서 술병을 따는 것이었으나 감히 인형에게 이를 지적할 사람은 없었다.

"한국에서는 지낼 만한가?"

인형은 크리스털 잔에 손수 술을 따른 후 굵은 얼음을 띄워 환식에게 건넸다. 위스키 한 모금을 입에 머금으며 고급스러운 목탄 향을 즐긴 인형과는 달리, 환식은 곧장 그 잔을 입으로 가져가지는 않았다.

"비슷합니다."

"아직도 비슷하기만 하면 곤란한데 말이야. 각하께서 정권을 잡으신 지가 9년째던가? 전쟁이 끝난 지도 4년이나 됐고, 슬슬 안정돼야 할 때인데."

"그것이 오로지 각하의 문제이겠습니까. 원래 분열과 파괴를 통해 자신의 이권을 챙기려는 극악무도한 자들은 언제 어디에나 있는 법입니다."

"그래도 4년이나 안정이 되지 못한 것은 이 정부에 무슨 문제가 있다는 게 아닐까?"

"꼭 그런 것은 아닙니다. 자유의 기치가 굳건한 미국에서조차 곳곳에 빨갱이가 숨어 있는데, 이 땅은 이북 괴뢰 정권이 뻗치는 마수를 떨쳐낸 지 겨우 4년밖에 되지 않았습니다."

인형은 예비 사위의 대답이 흡족해 입가에 작은 웃음을 걸었다. 인형이 위스키가 담긴 잔을 단숨에 비우자, 환식은 그 빈 잔에 다시 위스키를 따라주었다.

"자네가 전쟁 끝난 이듬해에 미국으로 갔지? 그래, 미국으로 건너간 김에 본토 미인을 만나볼 생각은 안 들던가?"

"차관님께서도 미국에 다녀오셨지만, 혼인 상대방으로는 동아시아 여성을 선택하지 않으셨습니까. 저도 미국의 미인보다는 조선의 여인이 좋습니다."

"호오, 그러면 조선의 여인은 한번 만나봤는가?"

"귀국 후에는 만나보질 못했습니다."

'조선의 여인'이라고 돌려 말했지만, 부른 사람이며 불려 온 사람이며 모두 이 면담의 목적을 잘 알고 있었기에 대화는 부드럽게 굴러갔다.

"원체 아비인 나조차 만나보기 힘든 귀한 몸이긴 하지. 그래도 혼담을 진행하려면 한 번쯤은 만나봐야 할 텐데."

"먼발치에서 몇 번 봤습니다. 그것으로 충분합니다."

"그래도 고작 그 정도로 혼담을 진행하기엔 자네가 아쉽지 않을까 하는 거지. 자네 입장에서는 얼굴 마주하고 얘기 한번 나누어보지 못한 상태에서 혼담이 진행되는 게 아닌가."

"마리 씨와 아예 초면은 아니니 괜찮습니다. 전쟁 중 부산에서 있었던 사교 파티에서 본 적이 있고 그때 얘기를 이미 한 번 나눠봤습니다."

인형은 무심코 인상을 썼다. 부산에 임시수도가 마련됐을 당시, 전쟁의 무료함을 견디지 못한 고위층 자제들이 매일같이 파티를 열고 불야성을 이루며 놀아댔던 적이 있다.

환식이 방금 한 이야기는 마리 역시도 그런 곳을 돌아다녔다는 뜻이었다. 환식은 인형의 불편한 표정을 바로 읽어낼 수 있었으나, 당황스러워하시 않고 제 말을 정정했다.

"마리 씨도 자발적으로 그런 난잡한 자리에 나온 것은 아니었고, 동급생들이 억지로 데리고 나온 것 같았습니다. 저 역시 본의 아니게 나간 자리였으나, 거기서 마리 씨를 보고 첫눈에 반했다는 말씀을 드리고 싶었습니다. 그 후로 마리 씨 외의 여성은 누구도 눈에 들어오지 않습니다."

겨우 인형의 표정이 풀렸다. 사실 인형도 어느 정도 알고 있는 이야기이기는 했다. 그날 파티에서 온몸으로 경멸을 표현한 마리가 다시는 그런 자리에 모습을 드러내지 않았다는 얘기는 고위층 자제들 사이에서 제법 유명했다.

"하지만 그게 벌써 몇 년 전인가. 지금과는 아주 다를 텐데?"

"귀국하고서 먼발치서 한 번 더 본 적이 있습니다. 그때와 크게 달라진 것이 없는 모습이더군요."

인형은 다소간 흡족해진 마음에 위스키를 연거푸 두 잔이나 더 비웠다. 이리 귀한 청년이 오래전부터 제 딸자식을 마음에 두고 있었다니 아비로선 이것만큼이나 반가운 일도 없을 것이다. 하지만 눈앞의 청년이 흡족할수록 이 청년의 집안이 더 아쉬운 것은 어쩔 수가 없었다. 문제는 청년이 아니라 청년의 아비였다.

환식의 아비인 김운일 의원. 말이 민의원 의원이지 글줄이나 겨우 익힌 천박하고 무식하기 짝이 없는 자다. 일제강점기에는 종로 일대를 주름잡던 건달로 이름이 높았고, 광복 후에는 요행히 우익진영에 들어가 좌익분자 습격이나 암살미수 등을 저지르면서 좌익세력을 처단하는 일을 도맡았다. 그 덕에 우익진영에서 이름이 높아져 지난 선거에서 무소속으로 아슬아슬하게 당선될 수 있었으나, 운일의 과거를 아는 이들은 하나같이 운일을 경멸했다.

마리와 환식을 결혼시킨다는 것은 그런 인간 백정을 사돈으로 들인다는 의미였다. 인형에게 안사람이 있었더라면 분명 결사반대했을 혼담이었다. 하지만 마리에게도 흠결이 있고 마리의 친정에도 오점이 있기에, 이 정도로 격이 낮은 집안이 아니라면 귀한 아들을 쉽게 내주지는 않을 것이다.

그나마 다행인 것은 어느 정도 문제는 모두 눈감아줄 수 있을 만큼 이 청년이 매력적이라는 것이었다. 환식은 제 아비와 달리 재능과 능력이 모두 탁월한 수재 중의 수재였고, 완전히 귀국한 후에는 정부 요직에 들어가 엘리트의 길을 걷게 될 것이 분명했다. 게다가 우익 정치인 집안에 시집을 간다면 마리가 지닌 오점 역시도 가려질 테니, 마리의 미래에도 도움 될 것이다.

인형은 그런저런 계산을 하면서 불만을 마음속 서랍에 모두 밀어 넣었다.

"그래, 그래도 한 번은 만나보아야 할 텐데. 부끄러운 일이네만, 알다시피 내 딸이 지금은 집에 없어. 이 망나니 같은 아가씨를 잡아 와야 혼담도 진행할 수가 있을 텐데 말일세."

"그 걱정이라면 제가 어떻게든 해보겠으니, 차관님은 염려 놓으십시오."

말을 마친 환식은 한 모금도 마시지 않고 놓아두었던 제 몫의 위스키를 단번에 쭉 들이켰다. 인형은 만족스럽게 고개를 끄덕였다. 그 얼굴에는 어딘지 모르게 속을 알 수 없는 미소가 떠올라 있었으나, 환식의 눈은 그 능구렁이 같은 감정을 제대로 잡아채기에 아직 제대로 여물지 못한 상태였다.

7

"조선 민중의 완전한 해방은 농민, 노동자의 고혈을 빨아왔던 일제 독점자본주의를 척결하고, 일제에 부역한 조선인 자본가로부터 민중이 당연히 누려야 했던 것들을 모두 돌려받는 데서 출발해야 할 것입니다. 첫 번째는 농지입니다. 광복 후 토지개혁이 진행됐으나 이는 터무니없이 불완전한 것으로……."

바깥은 이제 막 가을에 들어서 쌀쌀한 바람이 불었지만, 이를 느끼지도 못할 만큼 세미나의 열기는 뜨거웠다. 특히 오늘 발제자는 조선평등연구소 소장인 안재영이었기에, 그 열기는 평소보다 더했다.

조선평등연구소는 평화 통일, 남한 민중의 권리 향상 등을 논의하는 연구하는 단체로 재야인사나 유명한 대학교수, 언론인 등을 그 회원으로 두고 있다. 연구 단체이긴 하지만 토론회나 세미나 같은 것은 일반인에게도 열려 있어, 책 읽기 소모임 회원들도 연구소가 진행하는 세미나엔 꾸준히 참석했다. 도야 역시 집을 나온 후로도 연구소 주최 토론회나 세미나엔 되도록 참석하려 노력했고, 재영의 발제나 강의가 있는 날에는 염치 불고하고 춘천댁에게 양해를 구하면서 연구소를 찾았다.

재영의 발제로 시작한 오늘 세미나는 오후 늦은 시간이 되어서야 끝났다. 조선 민중에게 완전한 해방이 필요하다는 데에는 참석자들의 의견이 일치했으나, 방법론에 있어 의견이 나뉜 탓이었다.

도야는 책 읽기 소모임 회원들과 함께 연구소 건물을 나오면서 크게 기지개를 켰다. 반나절 내내 혹사당한 오른손이 몹시 아팠지만 마음은 뿌듯했다. 세미나 덕분에 머릿속에 가득하던 그 남자 생각을 조금이나마 밀어낼 수 있었던 것도 좋았다. 국숫집에서 다시 만나고 난 후로 도야는 몇 날 며칠 그 남자 생각을 떨쳐내지 못했었다.

'그냥 그런 남자와 대화라는 것을 해본 게 처음이라서 그런 거야.'

도야는 그 남자가 떠오를 때마다 그렇게 자신을 설득했다. 그렇게라도 하지 않으면 생각하지도 못한 일이 제 속에서 일어날 것 같았다.

"배 안 고파?"

제일 먼저 끼니 이야기를 꺼낸 것은 철학과 2학년 학생인 김영식이었다. 허기를 느낀 다른 학생들도 서로의 얼굴을 보며 고개를 끄덕였다.

"국밥집 갈까? 아니면 저번처럼 대폿집은 어때."

"야야, 도야 데리고 대폿집엘 갈 셈이야? 그런 데는 남자들끼리 있을 때나 가는 거고."

"어, 그럼 어디를 가야 하나. 그럼 대폿집은 좀 그렇겠네."

"난 대폿집 괜찮아. 여자라고 해서 대폿집에 못 갈 게 뭐람."

도야가 아무렇지 않게 말했지만, 남학생들의 표정은 별로 좋지 않았다.

"어, 도야 너도?"

처음 끼니 이야기를 꺼냈던 영식조차 어딘지 떨떠름해 보였다. 그도 그럴 것이, 남자들과 함께 술집에 드나드는 젊은 여자라면 대개 작부나 양공주 같은 이들이었고 잘해야 길바닥에 좌판을 깔아놓고 물건을 파는 장사치 정도다. 양갓집 아가씨인 도야를 그런 곳에 데리고 가는 것은 꺼려질 수밖에 없었다.

말이 멈춘 이유를 대번에 알아차린 도야의 표정에 금방 서늘한 기운이 감돌았다.

"뭐야? 대폿집이 어때서. 아아, 웃음 팔며 사는 여자라면 몰라도 나 같은 여자는 그런 데 함부로 드나들면 안 된다?"

"……."

"너희들 굉장히 재수 없게 굴고 있는 거 알아? 어떤 여자는 천하니까 대폿집에 가도 되고, 어떤 여자는 귀한 몸이시니까 안 되고? 천한 여자, 귀한 여자 가리고 차별할 거면 이런 책은 왜 읽고 이런 공부는 왜 하니? 정말 재수 없다."

남학생들의 얼굴이 전부 벌겋게 달아올랐다. 다소 과하기는 했어도 틀린 말은 아니었다. 그렇다고는 해도 대폿집에 같이 가자고 말하기는 여전히 꺼려져 서로 눈치만 보았다.

"그래, 대폿집에 가서 탁주나 한 사발 하자. 도야 말이 옳아. 천한 여자, 귀한 여자가 어딨어."

어색해진 상황을 정리한 것은 언제나 그랬듯 혁준이었다. 다른 남학생들도 그제야 참았던 숨을 토했다.

"그럴까? 그럼 청진동은 어때? 고등어구이 기가 막히게 하는 집을 아는데."

"청진동이면 괜찮은 장국집이 들어섰다고 하지 않았나?"

"종로 바닥 헤집고 다닌다고 소문 파다한 놈이 안작 청진동 하면 장국집만 생각하네, 쯧쯧."

"사람을 난봉꾼 취급하고 있어."

언제 분위기가 얼어붙었냐는 듯 남학생들은 잠시 멈췄던 말을 다시 주고받기 시작했고, 공기는 쉽게 풀어져 다들 한결 밝아진 얼굴로 청진동 쪽으로 방향을 잡았다. 하지만 도야는 아직 못마땅한 마음을 완전히 걷어내지는 못한 눈치였다. 그것을 알아차린 혁준은 도야의 곁에 서서 다른 남학생들을 콩콩 쥐어박는 시늉을 했고, 도야도 끝내 픽 웃음을 터뜨렸다.

"그게 뭐야. 제대로 멱살 잡고 싸우지도 못하면서."

"백도야 씨가 원한다면 지금이라도 멱살 잡고 싸울까?"

"아서, 이게 무슨 일이라고 멱살 잡고 싸우니."

도야의 얼굴에 어렸던 웃음이 확실한 미소로 바뀌는 것을 보고서야 혁준의 입가에도 미소가 걸렸다.

"근데 참…… 이렇게 보니까 도야 너 정말 진운 선생님 많이 닮았다."

"오빠? 오빠는 갑자기 왜."

"별 얘기 아니야. 신경 쓰지 마."

난데없는 이야기에 도야의 눈이 동그래졌으나, 혁준은 제대로 된 대답을 하지 않고 웃음으로 얼버무렸다. 덕분에 도야의 표정은 다시 뚱해지고 말았지만, 그래도 조금 전과는 달리 이번에는 훨씬 가벼운 표정이었다.

책 읽기 소모임 회원들과 이런저런 말을 주고받으면서 혜화동 골목을 좀 더 걸어가던 중이었다. 도야는 갑작스레 얼굴을 굳히며 멈춰 섰다. 누군가 뒤를 밟는 기척 때문이었다.

"무슨 일이야?"

도야의 이상한 기미를 알아차린 혁준이 그 자리에 멈췄다. 도야는 별일 아니라는 양 고개를 저었다. 뒤따르는 기척이 아주 확실치는 않았기 때문이다.

"아니, 뭘 좀 밟아서."

"못 같은 거야? 어디 좀 봐. 다친 데는 없고?"

"그냥 돌부리야. 구두를 너무 오래 신었나 봐. 밑창이 얇아져서 이런 게 다 느껴지네."

도야는 억지로 웃으면서 혁준의 등을 떠밀었고, 혁준은 의아한 눈을 거두지 못하면서도 토를 달지는 않았다. 도야는 다시 걸음을 옮기면서 슬쩍 뒤를 둘러봤지만, 곧바로 눈에 걸리는 사람은 없었다.

'누가 따라오는 게 맞는 것 같기는 한데. 몸을 숨기고 있는 거라면 혹시 경찰이나 보수당 끄나풀인가?'

도야의 눈빛이 차갑게 내려앉았다. 책 읽기 소모임은 겉으로는 서울대 문리대 학회 내 소모임에 불과했고, 조선평등연구소 역시 누가 봐도 흠잡을 데 없을 만큼 건전한 연구 단체였다. 하지만 연구소는 재야인사나 진보 성향의 대학교수들이 다수 회원으로 있어 자유당 정부가 눈엣가시처럼 여겼다. 노동조합에 연이 닿아 있는 회원도 몇 있어 경무대가 트집을 잡자면 얼마든지 잡을 수 있기도 했다.

'아니면 아버지가 보낸 사람······?'

그렇다고 해도 문제였다. 뒤를 밟는 사람이 누구인지는 확인해봐야 할 성싶어, 도야는 앞서가던 남학생들을 불러 세웠다.

"얘들아, 나 잠깐 책방 좀 들렀다가 갈게. 들어오면 챙겨달라고 부탁해놓은 책이 있는데, 여기 온 김에 책도 받고 주인아저씨 얼굴도 보고 갈까 해서."

"무슨 책인데? 같이 갈까?"

혁준이 가까이 다가왔지만 도야는 괜찮다고 손을 내저었다. 혁준은 다시 눈에 의아한 기색을 띄웠으나, 다른 학생들이 이런저런 뜬구름 잡는 철학이며 정치, 사회 얘기를 나누며 걸어가자 마지못해 그 뒤를 따랐다. 도야는 혁준과 다른 학생들의 뒷모습이 어느 정도 멀어지고 난 후에야 기척을 느꼈던 방향으로 재빨리 움직였다.

거꾸로 기척을 좇은 지 얼마 되지도 않아, 도야는 금방 뒤를 밟던 사람을 찾아낼 수 있었다.

"뭐야······."

미행하고 있었다는 티를 채 숨기지도 못한 추적자는 도야 또래쯤 되는 젊은 여학생이었다.

도야는 기억을 짧게 되짚었고, 서울대 음악부 학생들 사이에서 이 여자의 얼굴을 기억해냈다. 이름이 정인아였나. 한 학년 아래였을 것이다. 아버지가 경성지방재판소 판사 출신으로 광

복 후에도 서울고등법원에서 판사를 하고 있는 집안의 고명딸
이었다.

'저 여자는 분명 혁준이…….'

아마 그래서 소모임 회원들의 뒤를 밟았던 모양이다.

인아는 도야가 자신을 거꾸로 따라오고 있단 걸 뒤늦게 알
아차린 듯 당황스러움을 감추지 못한 채 반대쪽으로 달리다시
피 걸었다. 도야도 어쩔 수 없이 인상을 찌푸리며 다시 인아를
쫓았다. 뒤를 밟던 사람이 경찰이나 자유당 끄나풀이 아닌 이상
굳이 뒤쫓을 이유는 없었지만, 하필이면 인아가 싸구려 사창가
가 있는 방향으로 달아나고 있다는 것이 문제였다. 인아가 향하
고 있던 곳은 사창가뿐만 아니라 대낮에도 부랑배, 넝마주이에
깡패들이 득시글거려 온실 속 난초처럼 곱게만 자란 아가씨에
게는 위험하기 짝이 없었다.

'천한 여자, 귀한 여자 가리지 말라고 방금 내 입으로 얘기해
놓고서는.'

자신의 이중성에 환멸 난 도야의 입에서는 저절로 쓴웃음이
나왔다.

"저기, 잠시만요……!"

도야가 인아를 부르자 인아는 달아나는 발걸음에 더욱 속도
를 붙였다. 그렇게 한참의 긴장감 없는 추격전이 이어진 끝에,
도야는 종로에서도 한참 벗어난 곳에서 겨우 인아를 붙들었다.

"인아 씨 맞죠?"

도야가 이름을 정확히 짚어내는 바람에, 인아는 숨을 고를 새도 없이 얼굴을 발갛게 물들였다. 자신이 한 짓을 도야가 알아챈 것도 모자라 자신이 누구인지까지 알고 있다는 것이 너무도 창피한 모양이었다.

"여기 너무 위험하니까 큰길로 가요. 가서 얘기해요."

도야는 인아의 팔을 잡아끌며 눈짓으로 주변을 가리키자, 인아의 낯에서 비로소 붉은 기가 싹 가셨다. 하꼬방과 움집 곳곳에 반쯤 벗은 여인들이 비스듬히 앉거나 기대 있었고, 골목마다 험상궂은 사내들도 이쪽을 보며 히죽거리고 있었다.

"죄, 죄송합니다, 선배."

도야는 당황스레 사과하는 인아를 이끌고, 다급히 그 골목을 떠나려고 했다. 하지만 아무래도 늦은 듯, 히죽이던 험상궂은 사내 두 놈이 다가왔다.

"요런 고운 아가씨들이 이런 데는 어떻게 왔대? 장사라도 하러 왔나?"

도야와 인아가 반사적으로 뒷걸음질 쳤다. 그러자 둘 중 뚱뚱한 놈 쪽이 먼저 지저분한 손을 뻗어 인아의 머리칼을 슥 잡아당겼고, 인아는 너무 놀라 그만 그 자리에서 굳어버렸다.

"아이고, 요런 데 오기에는 아까운 아가씨들인데?"

이어 비쩍 마른 놈이 인아의 스커트 안으로 손을 쑥 집어넣으려고 했다. 도야가 있는 힘껏 그 손을 튕겨냈다.

"실수로 길을 잘못 들었어요. 이만 갈 테니 비켜주세요."

도야는 독기 어린 눈을 치뜨며 인아의 팔을 잡은 손에 힘을 줬지만, 사내들은 말도 안 되는 소리라도 들은 양 크게 웃어젖히기만 했다.

"저런, 길을 잘못 들었어? 어디로 가실라구?"

"아이고, 아가씨들 혹시 돈은 없나?"

똥똥한 놈 쪽이 이번에는 도야를 잡아당기려고 했다. 도야는 확 몸을 틀어 그 손을 피했다. 이런 사내들이 쉽게 물러서지 않는다는 것은 잘 알고 있었다. 자신이 놈들을 상대하는 동안 인아가 먼저 도망쳐주면 좋으련만, 인아는 그새 다리가 풀렸는지 서 있는 것조차도 버거워 보였다.

"가까이 와보라니까."

"이게 무슨 짓이야!"

똥똥한 놈이 도야의 손목을 제 쪽으로 바짝 잡아당기는 바람에 도야는 그만 흙바닥에 넘어지고 말았다.

"아아악!"

여태 얼어붙어 있던 인아가 갑작스레 비명을 올렸다. 똥똥한 놈은 넘어진 도야 옆에 쪼그리고 앉아 그 치마 속으로 손을 가져갔다. 비쩍 마른 놈도 히죽히죽 웃으면서 인아 가까이 다가갔다.

더 방법이 없어 보였다. 이 뚱뚱한 사내를 깨물든 발로 걷어차든 해서 주의를 돌려놓고서, 그 사이 인아부터 달아나게끔 하는 것이 최선일 듯싶었다. 결심한 도야가 제 치마를 들치려는 그 뚱뚱한 손을 확 깨물어버리려고 했던 그때, 정말 예상치도 못한, 그러나 이제는 익숙하게 느껴지기까지 하는 그 목소리가 또 도야의 귓바퀴를 감싸안았다.

"야, 이 동네는 한길에서 이러냐? 춘길 형님이 이쪽으로 나온다고 해서 와봤더니 영 엉망이네."

자신이 지금 듣고 있는 목소리가 현실인가 싶어, 도야는 놀란 눈으로 돌아보았다. 하지만 착각도, 환상도 아니었다.

"이 여자는 왜 꼭 이런 곳에만 있냐."

그건 도야야말로 하고픈 말이었다. 저 남자는 왜 꼭 이런 순간에 딱 나타나는 걸까.

뚱뚱한 놈은 갑작스러운 불청객에 화가 나는지 눈을 부라렸고, 비쩍 마른 놈 쪽에서는 긴가민가한 소리가 튀어나왔다.

"저거 남대문시장 쪽 놈 아니야? 춘길이가 보냈나?"

'춘길'이라는 말에 한이의 눈썹이 작게 꿈틀거렸다. 뚱뚱한 놈이 살벌하게 한이를 노려보는 틈을 타 도야는 재빨리 그를 밀치고 자리에서 일어났고, 똥똥한 놈은 그 바람에 바닥에 거꾸로 처박혀버렸다.

"이런 미친년이⋯⋯!"

똥똥한 놈은 욕을 퍼부으면서 일어나 곧바로 손을 치켜들었지만, 두 눈에 불이 번쩍 일거나 하는 일은 일어나지 않았다. 어느새 다가온 남자가 그 손을 붙들었기 때문이었다.

"이 육시럴 새끼가!"

똥똥한 사내는 한이를 뿌리치려고 했으나, 마음대로 되지 않았다. 한이의 힘이 생각보다 훨씬 셌기 때문이었다. 일이 뜻대로 풀리지 않자 똥똥한 놈의 입에서는 욕지거리가 쏟아졌고, 한이가 태연하게 그 손목을 비틀자 이제는 거친 비명이 튀어나왔다.

"춘길이가 뭐 하는 놈인지 아는 거 보면 늬들도 이 바닥 굴러가는 사정 어느 정도 아는 놈들인가 본데, 남대문시장 이한이도 알지? 그 이한이가 주먹질 안 하고 보내줄 때 조용히 가라."

한이는 똥똥한 놈의 손을 더 세게 확 비튼 후 풀어주었다. 분위기가 갑자기 묘해졌다. 사납던 공기가 가라앉고, 두 놈은 한이를 흘끗흘끗 살피며 귓속말을 나눴다. 아는 것은 없어도 거리에서 굴러먹은 눈치는 있는 모양이었다. 눈앞의 남자가 진짜 그 '이한이'일지도 모르겠다는 생각이 들자, 괜히 건드려서 좋을 게 없다는 계산이 선 듯했다. 마침내 똥똥한 놈 쪽이 바닥에 침을 탁 뱉으며 뒤로 물러났다.

"제기럴, 입맛만 베렸네."

그리고 이내 두 놈은 뒤도 돌아보지 않고 도망치듯 자리를 떠났다.

"이리 질 나쁜 데서 뭘 하겠다는 건지, 춘길이 새끼 참. 그쪽은 어떻게 발전이 없어? 또 사내 무서운 줄 모르고 덤비기나 하고."

한이가 담배에 불을 붙이면서 혼잣말 하듯 중얼거렸다. 춘길 때문에 종로 쪽 상황이 어찌 되고 있나 살펴보러 왔던 것인데, 이렇게 우연히 여자를 만나게 되니 말은 퉁명스럽게 나와도 기분은 좋았다.

"고마워. 덕에 봉변을 피했어."

"야, 이 여자 원래 감사 인사를 이런 식으로 하는 거였구나? 나는 또 나 같은 거한테 도움받은 게 기분이 나빠서 그런 식으로 인사를 한 줄 알았지."

도야가 치마를 털어내며 태연한 척 인사하자, 한이는 또 반쯤 빈정거리듯 말을 뱉었다. 도야도 이제는 이 남자가 자기를 놀리려고 이런 말을 한다는 것을 안다. 부아가 치민 도야는 한

마디를 더 쏘아붙이고 싶었지만, 남자에게 더 말려들고 싶지 않아 입을 꾹 다물었다. 한쪽에 얼어붙어 있던 인아도 그제야 주춤주춤 다가왔다.

"고, 고맙습니다……."

팔다리가 아직도 떨리고 있어 여전히 정신이 없는 듯했지만, 그런 와중에도 도망치지 않고 인사부터 하는 데에서 바르게 자란 태가 났다.

"오, 이쪽 여자는 인사를 하는 법을 좀 아네. 너도 이런 건 배워야겠다, 그치? 아주 가정 교육을 잘 받았어."

한이가 뭐가 그리 재밌는지 싱글싱글 웃으면서 또 이죽거리자, 도야의 표정은 잔뜩 구겨졌다.

"쓸데없는 참견이 많네. 우리가 그런 잔소리를 주고받을 사이였나?"

"그래, 우리가 그럴 사이는 아니지. 그럼 그 좋은 머리로 계산이나 한번 해볼까? 험한 꼴 당할 걸 구해준 게 이번이 두 번째지? 아니, 한 번인가. 저번에는 내가 빚을 갚은 거라 치고,"

한이가 짐짓 계산하는 표정으로 계속 이죽거렸다.

"이번에는 그쪽한테 빚이 생긴 걸로 봐야지? 사내 무서운 줄 아는 법을 배우면 어때? 그렇게 빚을 갚아보라고."

도야는 대답 대신 남자를 쏘아보다가 얕은 한숨을 내쉰 후 아직도 떨림이 가시지 않은 인아를 부축했다. 아무래도 연락을 넣어 사람을 불러야 할 것 같았다.

도야가 대꾸 대신 무시를 택하자, 이번에는 남자도 기분이 상한 것 같았다.

"야, 사람이 말하면 좀 들어라. 너 진짜 내가 사람으로 안 보이냐? 어디서 빌어먹는 똥개 같아?"

그제야 도야도 인아를 부축하다 말고 뒤를 돌아보았다. 뒤늦게 정신이 든 인아는 당황스레 두 사람을 보았고, 도야는 인아를 보며 괜찮다고 작게 눈짓했다.

"맞아. 그렇지만 깡패에게 빚을 지는 건 나도 탐탁지 않으니 빚은 꼭 갚도록 하지. 그러면 되지?"

"야!"

"그런데 그게 뭐 어쨌다는 거지? 깡패를 사람 취급해야 할 이유가 있나?"

"아, 그래? 너처럼 곱게 자란 아가씨한테는 이런 깡패 새끼가 사람처럼 느껴지지 않는다, 이 말이지?"

"곱게 자란 아가씨라 깡패를 사람으로 보지 않는 게 아니라 깡패가 사람다운 행동을 하지 않으니 사람으로 보지 않는 거야. 제 손으로 노동 한번 해본 적 없으면서 자기 힘으로 노동하는 성실한 사람들에게 돈 뜯고, 괴롭히고. 그것만으로도 충분한 이유가 되지 않나? 게다가 당신 남덕배 패거리잖아. 남덕배가 상인회장 이름 달고서 상인들에게 어떤 짓 하는지 모를 리가 없을 텐데."

깡패들이 가난한 민중으로부터 빼앗아간 돈은 제 배를 불리는 데에도 쓰이지만, 그 돈의 종착지는 결국 부패한 자유당 정치인들의 주머니였다. 깡패들은 자유당 정치인들의 주머니를 채워주고 그 대가로 그들이 휘두르는 그 알량한 폭력을 묵인받는다.

도야는 언젠가 재야인사 연설 현장에 갑자기 난입한 깡패들을 아직도 잊지 못했다. 깡패들은 단상에 있던 재야인사뿐만 아니라 수많은 사람을 폭행하고, 폭행에 저항하는 사람들은 죽창으로 찔러 죽이기까지 했다. 혁준이 재빨리 도야를 이끌고 몸을 숨기지 않았다면, 도야 역시 큰 욕을 봤을지도 몰랐다.

도야는 한이에게 그런 얘기까지 하지는 않았다. 그저 단 한마디로 이야기를 정리했다.

"난 깡패가 너무 싫어."

짤막한 한마디를 마치고 도야는 입술을 한일자로 맞물렸다. 그런데 의외의 일이 벌어졌다. 어쩐지 남자는 더 성을 내지 않고 오히려 재미난 말을 들었다는 듯 피식 웃으며 되물었다.

"야, 너 내가 누구 괴롭히는 걸 본 적은 있냐?"

"뭐?"

순간 도야는 대답할 말을 찾지 못했다. 본 적이 없었으니까. 도리어 이 남자가 춘천댁을 도와주는 것은 보았다. 도야의 말문이 막힌 것을 눈치채고 남자는 금방 기세등등해졌다.

"본 적 없지? 들은 적도 없고. 국숫집도 그러지 않아? 내가 저를 도와줬으면 도와줬지, 괴롭힌 적이 있다고는 안 했을 텐데. 야, 이래서 먹물 좀 먹었다는 인간은 안 된다니까. 남이 하지도 않은 짓이나 뒤집어씌우고 말이야."

대답할 말이 더더욱 궁해진 도야는 눈만 이리저리 굴렸다. 한이의 얼굴에 승기를 잡은 웃음이 떠올랐다.

"그래, 당신이 한 나쁜 짓을 듣거나 보지 못했다는 사실은 인정할게."

마침내 도야는 백기를 들어 올렸다. 입에서는 가벼운 한숨이 나왔다.

"그렇지? 맞지? 그러면 이제부터 나를 사람 취급 좀 하시고. 그렇다고 빚을 진 걸 안 갚으면 안 된다?"

"하지만 당신이 사람들을 괴롭히지 않았다고는 말할 수가 없어. 그 패거리에 있다는 것만으로도 남덕배가 하는 짓에 힘을 보태주는 거니까."

오기가 치민 도야가 부연을 붙였지만, 남자는 이미 도야가 하는 말을 듣고 있지 않았다. 조금 전까지 너를 사람 취급 안 하겠다는 말을 들은 사람이 맞기나 한 건지, 그 얼굴에는 어느새 아이 같은 웃음이 번져 있었다. 아무튼 도야가 자신을 아주 나쁜 놈으로 취급하지는 않게 됐다는 사실이 마음에 드는 모양이었다. 도야는 한 번 더 얕은 한숨을 내쉬고는 다시 인아를 부축했다.

"걸을 수 있겠어요? 큰길까지 나가면 전차가 있는데."

그런데 어쩐지, 한이의 웃음을 본 도야의 얼굴에도 짧은 홍조가 올랐다가 사라졌다. 하지만 홍조를 떠올린 본인조차도 이를 알아차리지는 못했다.

도야와 한이가 실랑이를 벌이는 동안, 조금 먼발치에서 혁준이 두 사람을 묵묵히 지켜보고 있었다. 낌새가 이상하다고 느껴 종로에서부터 조용히 뒤를 따라온 것이었다. 그러나 도야에게 붙잡힌 여학생 때문에 뻔히 보면서도 나서지 못했다. 혁준은 그 자리에 멍청히 서서 웬 깡패 같은 놈이 나서는 모습을 구경할 수밖에 없었다.

"하필……."

실랑이를 주고받고 있는 도야와 남자를 본 혁준은 급격하게 불쾌해졌다. 두 사람 사이에는 외사랑에 빠진 사람만이 알아차릴 수 있는, 미묘한 기류가 흘렀다. 혁준은 주먹을 아주 세게 꽉 쥐었다.

8

이화동에서도 유달리 눈에 띌 만큼 크고 화려한 2층 양옥은 서울대 영문과 교수 류명호의 집이었다. 본가는 본디 일제강점기 시절 자수성가한 장사꾼 집안이었으나, 큰형이 가업을 물려받아준 덕분에 명호는 고매한 학자 노릇을 하면서 편안히 살고 있었다.

집안이 풍족한 만큼 자식 복도 많아 명호에게는 모두 다섯 명의 자식이 있었다. 딸 셋은 좋은 집에 시집갔고, 아들 하나는 괜찮은 집안 여식과 결혼해 이 집에서 함께 산다. 걱정이라면 딱 하나, 내년이면 스물셋이 되는 둘째 아들 혁준뿐이었다. 명호는 둘째 아들이 얼른 결혼도 하고 고등고시에도 응시해 빨리 자리를 잡기를 바랐지만, 혁준 본인이 그것을 원하지 않았다.

아들이 자기 말에 고분고분 따라줬으면 하는 아버지, 아버지가 원하는 대로 하기 싫다는 아들이 서로 눈만 마주치면 싸워대다 보니 집안에는 늘 찬바람이 불었다. 아들은 아버지가 보기 싫다며 통행금지 시간을 한참 넘기고서야 아슬아슬하게 귀가하기 일쑤였고, 아버지도 무슨 일이 있을 때가 아니면 굳이 먼저 아들을 찾지 않았다.

그랬던 둘째 아들 혁준이 오늘은 웬일인지 일찍 귀가해 1층 응접실에서 명호를 기다리고 있었다. 집안 사용인들은 흔치 않은 일에 큰 분란을 예감하고서 밝지 않은 얼굴로 엉거주춤 응접실 주변을 돌아다녔다.

명호는 통행금지 시간에 가까워진 시각이 돼서야 비틀거리며 집으로 돌아왔다.

"응? 혁준이가? 이 시간에?"

집안 사용인이 기다렸다는 듯 둘째 도련님이 응접실에서 기다리고 있다는 말을 전하자, 명호는 의아해하면서도 응접실로 향했다.

혁준은 아버지를 기다리다 지쳐 소모임에서 가져온 등사본 한 부를 이제 막 읽기 시작한 참이었다. 그때 응접실의 문이 열렸다. 혁준은 보고 있던 등사본을 테이블에 엎어두고 자리에서 일어났다.

"아버지 오셨습니까."

"웬일이냐. 네가 이 시간에."

명호의 목소리는 취기 속에서도 바짝 메말라 있었다. 명호는 입고 있던 프록코트를 아무렇게나 던져놓으며 소파에 주저앉았다.

"본 김에 얘기하면 되겠군. 조금 있으면 네 손님이 찾아오기로 했다."

"손님이요?"

뜻하지 않은 소식에 혁준의 얼굴이 굳었다. 혁준의 친우 중에는 이화동 집까지 찾아올 만한 이가 없었다.

"조금 전 요정에서 김환식 군을 만났어. 너와 할 얘기가 있다길래 자리 마치고 나면 집으로 오라고 했다."

뜻하지 않은 소식에 이어 뜻하지 않은 이름까지 듣게 된 혁준의 얼굴이 더욱 굳었다. 명호는 설명을 더 덧대지 않고, 혁준이 엎어놓은 등사본만 못마땅하게 노려보았다.

"아직도 저런 물건 따위나 보고 있는 게냐."

명호는 못마땅한 듯 혁준을 을렀지만, 그래도 못마땅한 물건을 눈에 보이지 않는 곳으로 치워버린다거나 하지는 않았다. 혁준이 어렸을 때만 해도 저런 종류의 책이나 문건을 발견할 때마다 직접 정원으로 들고 나가 싹 다 불태워버리던 명호였다. 하지만 머리가 굵어진 후로는 혁준이 학문의 자유를 얘기하며 따지는 통에 교수 입장에서 그 말에 반박하기가 여간 까다롭지 않았다.

"어쩌다 보니 읽게 됐습니다. 나쁜 책은 아닙니다."

혁준 역시 그와 길게 얘기하고 싶지는 않았기에, 등사본을 대강 옆으로 치워버렸다. 명호에게서 풍기는 술 냄새가 몹시 불쾌했다. 혁준도 가끔은 선술집에 들러 소모임 회원들이나 공장 노동자들과 어울려 술을 마시고는 했다. 하지만 그것은 가난한 사람들의 몫을 빼앗아 기름진 음식으로 배를 불리고, 여인들을 끼고 노는 자리의 술과는 값어치가 달랐다. 그런 술자리나 찾아다니는 주제에 밖에선 고결한 학자인 체하는 아버지가 혁준에게는 위선적으로만 느껴졌다.

하지만 혁준은 아비를 보고 손가락질을 할 처지가 아니라는 생각에 그냥 쓰게 웃고 말았다. 술의 종류가 다를 뿐, 그 뿌리는 다를 것도 없었다. 식민지 조선 사람을 수탈한 덕분에 부유한 삶을 누리는 것은 자신도 마찬가지 아니었던가. 혁준은 아버지의 허물을 지적하며 또 지루한 말싸움을 하는 대신, 용건을 간단히 말했다.

"혼담 때문에 뵙자고 했습니다."

"인아 말이냐?"

명호는 넥타이를 풀어내면서 서재 한편의 장식장에서 위스키 한 병을 꺼냈다. 명호가 크리스털 잔 한가득 위스키를 따르자, 혁준의 얼굴이 다시 또 굳어졌다.

"진행하지 말아달라고 말씀을 드렸는데, 아직도 그쪽 집안에 전하지 않으신 겁니까?”

“내가 분명히 말했을 텐데. 그건 어른들이 결정할 일이지, 네가 낄 문제가 아니야.”

“혼인에는 당사자의 의사가 가장 중요한 것 아닙니까?”

“철없는 소리 마라. 이건 어른들이 정하는 집안 간의 문제지, 네가 나설 문제가 아니야.”

혁준은 위스키 한 잔을 단번에 들이켠 명호를 보고 끝내 인상을 찌푸렸다.

인아와의 정혼에는 혁준의 의지가 단 한 톨도 들어가지 않았다. 아들이 나이가 차도록 고등고시 준비는커녕 결혼도 하려 들지 않자, 명호는 올해 초 멋대로 고등법원 판사 집안과 정혼을 해버렸다. 인아가 나쁜 여자라 정혼을 거부하는 것은 아니었다. 도리어 인아는 신윤복의 그림에서 빠져나온 듯한 미인이었고, 얼굴만큼이나 침착하고 사려 깊은 여자였다. 그런 여자가 자신을 좇아 연구소까지 따라왔다는 사실을 알게 되었을 때는 혁준도 적잖이 놀랐다. 오죽 답답했으면 그 얌전한 여자가 그렇게까지 했을까 싶어 미안한 마음도 있었다.

하지만 인아가 아무리 괜찮은 여자라 해도 그 집안이 문제였다. 인아의 아버지는 광복 전부터 조선인의 몸으로 경성지방재판소에서 판사 노릇을 한 사람이었으니 뼛속까지 친일파였고, 지금 인아가 누리고 있는 부는 조선 민중을 수탈해 얻은 것이었다.

'제일 큰 문제는 다른 여자를 마음에 품고 있는 나라는 놈이지.'

혁준은 버릇처럼 자신을 향해 비웃음을 흘렸다. 이러지도 저러지도 못한 채 현재에 안주하면서 모든 것을 다 누리고 사는 주제에 마음에 들지 않는 것만 골라서 싫다고 거부하고 있으니 어린아이의 투정이 따로 없었다.

"아버지께서 계속 그렇게 말씀하신다면, 오늘 정인아 씨가 연구소까지 찾아왔다는 말씀을 드릴 수밖에 없군요."

순간, 명호의 움직임이 멎었다. 명호는 쾅 소리가 날 정도로 잔을 세게 내려놓으면서 애물단지 둘째 아들을 험상궂게 노려보았다.

"너 아직도 그 빨갱이 연구소에 다니는 게냐?"

"빨갱이 연구소가 아니라 조선평등연구소입니다. 남한 사람들의 삶을 연구하는 연구 단체일 뿐이고요."

"내가 거기 가지 말라고 몇 번이나 말했지! 경무대에서 신경 곤두세우고 있다고! 거기 엮이면 너만 위험한 게 아니라 네 애비와 형까지 위험하다고!"

분을 삭이지 못한 명호는 들고 있던 크리스털 잔을 힘껏 내던졌다. 크리스털 잔이 혁준의 뺨을 스치고 지나가 반대편 벽에 부딪혀 산산조각이 났으나, 혁준은 눈 하나 깜빡하지 않았다.

"제가 그렇게 위험한 놈이니 정인아 씨를 위해서도 멀쩡한 혼처를 찾는 게 좋지 않겠느냐고 말씀드리는 겁니다. 저는 정인아 씨만이 아니라 그 누구와도 혼인할 생각이 없으니 헛된 기대는 그만두시죠, 아버지."

혁준의 덤덤한 시선과 명호의 날카로운 시선이 허공에서 부딪혔다. 부자 중 먼저 눈길을 거둔 것은 명호 쪽이었다. 명호는 몇 번 기침을 한 후 아무 일도 없었다는 양 새 잔을 꺼내 다시 위스키를 따랐다.

"네가 그 연구소를 계속 다니겠다면 나로서도 이 혼담을 더 빨리 진행할 수밖에 없으니 그리 알아두어라. 최소한 판사 집안의 사위라도 돼야 문제가 생겨도 빠져나올 수 있겠지."

"아버지!"

"허튼소리 그만하고 네 방으로 올라가. 지금쯤이면 네 손님도 와 있을 게다."

명호는 위스키 잔을 든 채로 혁준이 보이지 않는 방향으로 몸을 돌려버렸다. 그것은 더 할 이야기가 없다는 명호 특유의 의사 표시였다. 이런 이상 명호는 이제 어떤 말도 듣는 시늉조차 하지 않을 것이다.

"아버지……."

밤늦게까지 아버지를 기다린 목적은 이루지 못했지만, 혁준은 이를 갈면서 응접실을 나올 수밖에 없었다.

혁준은 2층으로 향하는 계단을 오르다 말고 이맛살을 찌푸렸다. 명호와 입씨름을 벌이느라 2층 응접실에서 기다리고 있을 손님의 존재를 미처 생각지 못했다. 늦은 시간이긴 하지만 그에겐 의원 아버지라는 뒷배가 있어 통행금지 시간에 크게 구애를 받지 않았을 것이고, 그 오만한 성격에 방문이 폐가 될 만큼 늦은 시간이라는 자각도 없었을 것이다. 그런 남자였기에 혁준은 그를 좋게 생각해본 적이 한 번도 없었다. 명호가 그 집안에 줄을 대려 한다는 사실을 몰랐더라면, 아마 그를 사람 취급도 하지 않았을 것이다.

　그렇지만 만나고 싶지 않다고 해서 만나지 않을 수 있는 사람은 아니었다. 혁준은 마지못해 계단을 올랐다. 계단 끝에는 제집인 양 편안히 소파에 앉은 환식이 있었고, 혁준은 내키지 않는 인사를 건넸다.

　"어쩐 일이십니까."

　"아버지와는 얘기가 끝났나? 생각보다 오래 걸렸군."

　혁준을 기다리는 동안 장식장에 꽂아두었던 책을 몇 권 꺼내 읽은 듯, 환식 앞에는 《젊은 베르테르의 슬픔》을 비롯한 세계 문학 전집 몇 권이 가지런히 놓여 있었다.

　"얘기하나 보니 그렇게 됐습니다. 귀국한 줄은 알고 있었지만 이리 찾아올 줄은 몰랐습니다."

"혁준 군과 할 얘기가 있다고 몇 번 말을 넣었는데, 네 아버지가 얘기를 안 했나 보군. 어째 내가 미국으로 가기 전보다 부자 사이가 더 나빠진 모양이야. 정혼 때문인가?"

"그건 김환식 씨가 상관할 일이 아닙니다."

혁준이 불쾌감을 감추지 않자, 환식의 얼굴에서도 서글서글한 웃음기가 싹 가시고 본디의 한겨울 칼바람 같은 얼굴이 드러났다. 그 역시도 즐겁게 대화나 하려고 혁준을 찾아온 것이 아니었다.

"그래, 우리가 하하호호 얘기를 나눌 만큼 친밀한 사이는 아니지. 용건만 짧게 말하지. 백마리를 집으로 돌려보내."

"지금 백마리라고 하셨습니까?"

"그래. 네가 백마리의 가출을 돕고 있다는 건 이미 다 알고 있어."

환식의 입에서 나오리라고는 생각지도 못한 이름이었다. 혁준은 당황한 눈을 깜빡거렸으나, 이내 정신을 차리고 환식을 거칠게 노려보았다.

"백마리가 아니라 '백도야'입니다."

"놀고 있군. 어린애들 소꿉장난은 집어치워. 네가 백마리를 돌려보낼 생각이 없다면 강제로라도 데려오는 수밖에."

"그건 도야의 의사에 따를 문제이지 제가 관여할 문제가 아닙니다. 그리고 갑자기 무슨 말입니까. 도야 일에 김환식 씨가 대체 무슨 상관입니까?"

"상관이 있지. 나는 백마리의 정혼자니까."

낮은 대화만 오가던 응접실에 순간 깊은 정적이 흘렀다. 혁준은 자신이 들은 말을 믿을 수가 없어 멍청한 얼굴로 환식을 보았고, 환식의 입가에 조소가 매달렸다.

"네 아버지가 이 얘기도 하지 않았나 보군. 김환식이 난데없이 귀국한 건 백마리와 혼인을 하기 위해서라고. 김운일에게 줄을 대려는 네 아버지라면 김운일네 집 대소사 정도는 당연히 알고 있을 텐데 얘기를 하지 않았단 말이지?"

혁준은 자기 귀를 믿을 수 없었지만, 그 말이 거짓이라고 의심할 수도 없었다. 아무리 소름 끼치는 남자라지만, 이런 문제로 거짓말을 할 남자는 아니었다. 혁준이 할 말을 찾지 못하고 얼어붙어 있는 사이 환식은 제 앞에 놓여 있던 《젊은 베르테르의 슬픔》을 다시 집어 들었다.

"여기까지 했으면 굳이 널 찾아온 이유도 짐작이 갈 테지? 난 나의 로테 곁에 베르테르를 둘 만큼 관대한 남자가 아니야. 네가 백마리를 돌려보내지도 않고 백마리의 곁을 떠날 생각도 하지 않겠다면 네가 백마리와 함께 있을 수 있는 공간을 부숴버리는 수밖에. 주변이 다치는 꼴 보고 싶지 않다면 조심하는 게 좋을 거야."

《젊은 베르테르의 슬픔》을 바닥에 내던져버린 환식은 다시 서글서글하고 사람 좋은 웃음을 걸고서 찬찬히 계단을 내려갔다. 혁준은 말을 잃어버린 사람처럼, 바닥에 나뒹굴고 있는《젊은 베르테르의 슬픔》만 하염없이 내려다보았다.

9

탁주도 취할 만큼 잔뜩 마셨겠다, 이만하면 잠이 올 때가 되었는데도 머릿속을 자꾸 스쳐 지나가는 그림자 때문에 한이는 도통 잠을 이루지 못했다. 그림자는 키가 큰 편도 작은 편도 아니었지만, 신경질적일 만큼 말라 어떻게 보면 무척 자그마하게 보이기도 했다. 얼굴은 또 어찌나 작은지 그런 조그마한 얼굴에 오밀조밀 자리 잡은 눈, 코, 입을 볼 때마다 신기하다는 생각마저 든다.

그 여자가 자꾸만 떠오르는 것은 비단 그 생김 때문만은 아니었다. 그 여자가 또박또박 말대꾸하던 모습이 떠오르면 저절로 웃음이 나왔다. 한주먹 거리도 되지 않을 여자가 참 겁도 없었다. 한이에게만 겁이 없었던 것도 아니었다. 무슨 통뼈라도 타고났는지, 제 몸의 두 배는 넘을 것 같은 사내들을 상대로 목소리를 높였고 사내들에게 얻어맞아도 기죽지 않았다.

그런가 하면, 자기가 틀렸다 싶으면 또 바로 꼬리를 내리고 고개를 끄덕이기도 했다. 그런 자존심에 이런 깡패의 말이 맞는다고 인정하기가 쉽지 않았을 텐데.

여자가 했던 다른 말도 떠올랐다. 여자는 한이를 남덕배 패거리라고 했고, 남덕배 패거리에 있는 것만으로도 남덕배가 하는 나쁜 짓에 힘을 보태주는 것이라고 했다.

"젠장."

평생 가져본 적 없는 요상한 죄책감이 뜬금없이 가슴 언저리로 몰려와 한이는 괜한 담배 끝만 짓씹었다.

"들어가도 되겠습니까, 형님."

"어어, 들어와."

점박이였다. 한이는 자꾸만 둥실둥실 떠오르는 여자의 얼굴을 얼른 걷어내며 문을 열었다.

"무슨 생각을 하고 있었길래 그렇게 실실거리고 계시우."

점박이는 방에 들어서자마자 퉁명스러운 소리를 뱉었고, 자신이 어떤 얼굴을 하고 있었는지조차 몰랐던 한이는 표정을 가다듬으면서 바로 앉았다.

"무슨 일이야, 오밤중에."

"무슨 일이겠수. 춘길 형님 일이지."

말투가 퉁명스러웠던 것은 용건이 이쪽이었기 때문이었나

보다. 도로 심드렁해진 한이는 물고 있던 담배에 불을 붙였다.

"형님 오늘 종로에 갔수? 뭔 짓을 했길래 춘길 형님이 펄펄 뛰는 게요."

"무슨…… 질 나쁜 놈들이 아녀자를 희롱하고 있길래 손 좀 봐줬다, 그뿐이야."

"형님 참말로! 깡패 새끼가 언제부터 아녀자 희롱하는 거에 신경 썼다고 들이받어요. 그놈들이 춘길 형님이 종로 쪽에 나가 보겠다고 뒷배 봐주려던 놈들인가 보오. 뒷배 봐주기도 전에 틀어져버려 아주 난리가 났지 않소."

"허, 그 자식들이 춘길이 쪽 놈들이었다고?"

한이는 길게 혀를 찼다. 그렇지 않아도 질이 나쁜 동네다 싶었는데, 춘길은 그런 질 나쁜 놈들까지 휘하에 두려는 모양이었다. 덕분에 그 여자가 했던 말이 또 머리를 치고 지나가 한이는 쓰게 웃었다.

춘길이 그쪽으로 알짱거릴 수 있는 것은 덕배의 허락이 있었기 때문이고, 덕배 역시 그런 질 나쁜 놈들이 패거리 안에 들어오는 것을 막지 않는다는 뜻이었다. 여자의 말이 틀리지 않았다. 오늘은 요행히 형편이 닿아 그 여자를 도왔지만, 자신이 덕배 밑에 있다는 것만으로도 그런 질 나쁜 놈들이 사람들을 괴롭히도록 도와주는 셈이 되는 것이었다. 깡패에 좋은 놈이 어디 있고 나쁜 놈이 어디 있겠는가.

"춘길이 쪽에서 남대문시장 국숫집 얘기는 없고?"

"거기서도 드잡이했소? 제발 적당히 좀 하고 다니십쇼. 왜 자꾸 춘길 형님을 건드리오? 그놈들이 나서면 나도 감당 못 해. 한이 형님 패거리라고 해봐야 내가 단데, 춘길 형님이랑 자꾸 부딪혀서 어쩔 셈이우? 자꾸 이러면 나두 춘길 형님 쪽에 가버릴라오."

점박이가 솥뚜껑 같은 주먹으로 제 가슴을 팡팡 두드렸으나, 한이는 귀찮다는 듯 담배 연기나 길게 내뿜었다. 말은 이렇게 해도 점박이는 누군가를 배신한다거나 뒷일을 도모할 만큼 머리가 있는 놈이 아니었다.

'깡패라……'

한이는 가볍게 눈을 감았다. 그 여자의 말이 자꾸만 머릿속에서 맴돌았다. 그래서였을까. 한 번도 한 적 없었던 생각이 심장 한쪽을 건드리고 지나갔다.

한 번도 다른 삶을 고민해본 적이 없었고, 그런 고민을 해볼 여유도 없는 삶을 살았다. 그러나 이제는 그런 문제도 생각을 해봐야 할 때가 된 것 같았다. 그 여자가 말한, 누군가를 괴롭히지 않는 삶을.

10

점심시간을 정신없이 보내고 났더니 겨우 손님이 뜸한 시간이 되었다. 춘천댁과 도야는 이 시간이 되어야 간신히 한숨 돌리면서 끼니를 챙길 수 있었다.

도야는 멍하니 탁자에 앉아 국수 사발에 젓가락을 가져갔지만, 온갖 잡스러운 생각이 머릿속을 툭툭 치고 지나가는 탓에 좀처럼 국숫발을 입으로 가져가지 못했다.

"먹물 먹었다는 인간은 이래서 안된다니까. 남이 하지도 않은 짓을 뒤집어씌우고 말이야."

다른 말은 그냥저냥 흘려보냈는데 그 한마디만은 유독 질기게 머릿속에 달라붙었다. 어디선가 들어본 적 있는 말이었다.

"배웠다고 하는 사람들일수록 다른 사람을 쉽게 판단할 때가 많더라. 어떤 부류의 사람은 그럴 것이라고 무조건 단정 짓는 것 말이야. 예를 들어, 노동자나 농민은 무식하고 천박해서 제 머리로는 권리를 주장하지 못하고, 그들이 목소리를 내면 북괴가 세뇌한 게 분명하다고 생각하는 사람들이 있어. 도야 너는 그러면 안 돼. 누군가를 만나면 아무 편견 없이 그를 사람으로서 대우하고 직접 부딪혀야 해."

아직도 기억 속에 생생하게 남아 있는 그 목소리는 진운의 것이었다. 조선인으로 경성제국대학에 수석 입학했던 진운은 비싼 공부 좀 했다 하는 부유층 자제들을 수없이 만나고는 푸념처럼 그런 말을 했다. 하지만 한이라는 남자가 했던 말이 그와 비슷한 것은 우연에 지나지 않을 것이다. 깡패 노릇을 하는 데에 아무 죄의식도 갖지 못하는 남자가 진운과 비슷한 사상을 가지고 있으리라고는 생각조차 하고 싶지 않았다.

어느새 제 몫의 국수를 말아 온 춘천댁이 도야의 사발을 흘끗 내려다봤다.

"입맛이 없어? 오늘 국수가 별론가?"

"아니에요. 엄청 맛있어요."

도야는 고개를 저으면서 얼른 국숫발을 입안에 밀어 넣었다. 춘천댁은 피식 웃으면서 제 사발에 젓가락을 박아 넣었다.

"우리 도야가 가을을 타나, 품고 있는 사내라도 있어 이러나."

"아니에요, 그런 거!"

도야는 무심코 정색하면서 얼굴을 확 붉혔다. 예전 같았으면 분명 "괜찮은 남자가 있어야 마음에 품기라도 하죠" 하고 맞받아쳤을 도야였고, 산전수전 다 겪으며 살아온 춘천댁이 이런 눈치를 그냥 보아 넘길 리 없었다. 춘천댁의 얼굴에 은근한 웃음이 잡혔으나, 도야는 무심한 척 국수 사발만 젓가락으로 휘휘 내저었다.

"내가 전에도 딸년 얘기한 적 있지? 살아 있다면 도야랑 나이가 비슷할 거라고."

"예, 한 번…… 피난 가다가 손을 놓쳐서 생사두 모르게 됐다고 하셨었어요."

춘천댁의 속내를 짐작하지 못한 도야의 표정이 순식간에 가라앉았으나, 춘천댁은 태연하게 젓가락으로 국숫발을 내저었다.

"아들자식도 굶어 죽고 서방도 군에 끌려가서 소식이 끊겼으니 꼼짝없이 죽었을 거라 생각하는데, 딸년은 어디서든 잘 살아 있겠거니 생각하고 있어. 그래도 꼭 하나 가슴에 맺히는 게 어쩔 수가 없더라고. 어디 멀쩡한 사내 만나서 자식 낳고 사는 거, 그걸 내가 꼭 보고 싶은데 말이야. 그래서 너라두 그리 사는 걸 보면 얼마나 좋을까, 주책없게 그런 생각을 하게 되더라구."

"아주머니······."

도야의 눈매가 빨갛게 물들었고, 춘천댁은 곁눈으로 도야의 표정을 살피면서 국숫발을 후루룩 삼켰다.

"도야 보기에도 한이 총각 괜찮지? 곱게 자란 아가씨한테 저런 잡놈을 붙이는 게 못마땅할 수도 있을 테지만, 그래도 평생 이런 데서 궁둥이 붙이고 살 요량이라면 그런 사내도 나쁘지는 않아. 저래 봬도 건실하고 좋은 사내야. 여기도 괜히 오는 줄 알어? 웬 술 처마신 영감네가 가게 바닥에서 지랄하는 걸 내쫓아 주고 나서는 걱정이 되는지 가끔 저리 들여다본다니까."

춘천댁은 무심한 눈으로 다시 국숫발을 삼켰고, 도야는 어떻게 대답해야 할지를 몰라 그저 바닥만 내려다봤다. 다행히 때마침 누군가 국숫집 문을 열고 들어와, 도야는 구세주라도 만난 양 자리에서 벌떡 일어났다.

"어서 오세······!"

하지만 국숫집 입구에 모습을 보인 손님을 보고 도야는 다시 또 당황하고 말았다. 말이 씨가 된 것인지, 나타난 손님은 하필 지금까지 탁상 위에 올라와 있던 그 남자였다. 조금 전 춘천댁이 풀어놓은 얘기 때문에 도야의 두 귀는 금세 새빨갛게 달아올랐고 춘천댁은 깔깔 웃으면서 국숫발을 한 번에 들이키고는 자리에서 일어났다.

"아이고, 호랑이여. 양반은 못 된다니까."

"뭐야, 내 말 하고 있었어?"

"한이 총각은 몰라도 돼. 어디, 국수 한 그릇 말아줘?"

"국수 먹으러 온 거 아니야."

"그럼 찬밥 한 그릇이라도 국물에 말아줄 테니까 있어 봐."

춘천댁은 쏜살같이 가게 뒤에 붙은 쪽방으로 사라지자, 가게 안에는 두 청춘남녀만이 덩그러니 남게 되었다. 도야는 어떻게 해야 할지 몰라 갈팡질팡했으나, 이내 생각을 정리하고 다시 자리에 앉았다. 어차피 손님으로 온 게 아니라면 남은 국수를 마저 먹어도 괜찮지 싶은 생각이었다. 그런데 어쩐 일인지 한이 쪽에서 그답지 않게 주저하며 도야 곁으로 다가왔다.

"저기, 바빠? 안 바쁘면 나랑 어디 좀 가자."

잠깐의 머뭇거림 끝에 남자는 조심스레 그 말을 꺼냈다. 도야의 두 눈이 조금 커졌다가 원래 크기로 돌아왔다.

"무슨?"

"아니, 거…… 나랑 어딜 가기가 싫은 건 아니지?"

도야는 잠시 대답하지 못했다. 이 남자를 따라가기가 싫은 것은 아니었고, 그렇다고 해서 무서운 것도 아니었다. 이 남자가 평범한 깡패들과는 다르다는 것을 이제는 도야도 알았다.

"아직 가게가 문을 안 닫아서. 그리고 어디로, 왜 가자는 건지 얘기는 해줘야……."

도야가 거기까지 대답했을 때, 쪽방에 들어앉았던 춘천댁이 느닷없이 톡 튀어나왔다.

"괜찮아! 저녁 되기 전에만 오면 돼. 한이 총각이 어디 좋은 데 데리고 가려고 그러나 보네. 국밥은 필요 없지?"

춘천댁은 그러고는 다시 또 쪽방으로 쏙 들어가버렸다. 밥을 말러 왜 굳이 쪽방에 들어가나 했더니, 청춘남녀 둘이서만 얘기를 나눌 수 있도록 자리를 피해준 모양이었다.

"들었지? 저녁 되기 전에 올 터이니 좀 따라와. 보여주고 싶은 곳이 있어서 그래."

한이의 얼굴에 숨길 수 없는 웃음이 번졌고, 도야는 어쩔 수 없다는 듯 자리에서 일어났다. 그러나 뚱한 동작과는 다르게 그 얼굴에도 홍조가 올라 있었다.

사실 한이가 국숫집을 찾은 것은 그보다도 한참 전, 새벽 무렵의 일이었다.

전날 밤엔 탁주를 두 주전자나 마셨다. 그 여자의 얼굴, 그리고 그 여자가 한 말들이 떠올라 도통 잠을 이룰 수 없었다.

탁주를 모두 비우고 겨우 잠이 들었다가, 새벽녘 물장수가 찾아와 독에 물을 붓는 소리에 또 깨어났다. 말이 좋아 잠이 든 것이지 사실은 기절했다가 깨어난 것이나 다름없었다. 한번 달아난 잠은 다시 오지 않아 하릴없이 천장만 바라보며 있기를 또한 식경, 지루함을 견디지 못한 한이는 새벽부터 시장을 찾아 나섰다.

시장에 도착한 한이는 미리 정해놓고 나온 것처럼 국숫집부터 찾았다. 하지만 너무 이른 시간이었는지, 국숫집은 아직 문을 열지 않았고 여자도 보이지 않았다. 한이는 국숫집 입구가 잘 보이는 맞은편 골목에 걸터앉아 하염없이 여자를 기다렸다. 여자는 어슴푸레하게 빛나던 동쪽 하늘이 밝아질 무렵에 나타났다. 한이의 입가에도 웃음이 걸렸다.

여자는 시장 사람들에게 하나하나 다정하고 싹싹하게 인사를 붙이며 국숫집 쪽으로 걸어갔다. 국숫집에서 일한 지 몇 달 되지도 않았다는데 언제 이렇게까지 사람들과 친해졌을지 모를 일이었다. 마침내 국숫집에 도착한 여자가 가볍게 문을 두드리자, 춘천댁이 부스스한 얼굴로 문을 열어주었다.

그렇게 오전 내내, 또 점심시간이 다 지나도록 한이는 여자가 움직이는 모습을 가만히 지켜보기만 했다. 여자는 심부름도 다녀오고, 손님들에게 자리도 안내하고, 손님이 나간 자리를 치우기도 했다.

오후 무렵이 되어서는 늙수그레한 사내 둘이 여자를 희롱하려던 일도 있었다. 해가 하늘 한가운데 있는데도 사내들의 발걸음은 비틀거렸고, 사내들은 국수도 시키지 않고 여자에게 수작을 걸려고 했다. 수작이 마음대로 되지 않자 강제로 여자의 손목을 잡으려고 했고, 한이는 저도 모르게 뛰쳐나가 사내들의 멱살을 잡을 뻔했다. 하지만 한이가 나설 틈도 없이 여자가 능숙하게 그 사내들을 쫓아버렸다.

"서지도 않는 물건 아무 데나 들이밀 거면 집에 가서 마누라한테나 잘하시라고요."

그 모습을 본 한이의 입가에는 또 싱긋 웃음이 맺혔다. 싹싹하면서도 이럴 때는 또 잘도 대들고 맞받아친다. 그리고 한이는 그제야 어렴풋이 깨닫게 되었다. 이 여자, 백도야가 왜 자꾸 눈에 밟혔는지를. 어린 시절의 기억 때문에 젊은 여자만 보면 피하기 바빴던 한이에게 있어 그것은 참으로 새롭고도 신기한 감각이었다.

"어디로 가는지 말은 해줘야 할 거 아니야."

남자를 따라 한참이나 전차를 타고, 또 한참이나 걷고 난 후에야 이런 질문을 하는 자신이 한심하게만 느껴졌다. 그래도 그럴 수밖에 없었다. 이미 몇 차례나 같은 질문을 했지만, 남자는 제대로 된 대답을 해주지 않았다.

생각해보면 남자의 수작질에 제대로 넘어간 셈이었다. 어영부영하다가 따라오고 봤더니, 정작 어딜 가는지도 모른 채로 멍청하게 뒤따르는 꼴이 됐다. 그래도 다시 생각하면 이 남자를 따라오는 것이 내키지 않았던 것 같지는 않다. 무작정 따라나선 길이었지만, 나쁜 곳에 데려가지도 않을 것 같았고 아무 이유도 없이 끌고 나올 것 같지도 않았다. 게다가 무엇보다도, 이 남자와 함께 길을 걷는 시간이 그냥 좋았다.

꽤 오래 언덕길을 더듬어 올라가자, 도야는 반가운 소리를 들었다.

"다 왔어, 여기야."

언덕배기를 한참이나 올라온 끝이었기에, 도야는 거칠게 숨을 몰아쉬며 주위를 둘러보았다. 다 왔다는 말이 반가웠던 것도 잠시, 도야는 금세 인상을 찌푸렸다.

"여기 오자고 한 거였어?"

전차를 타고 언덕길을 올라와 도착한 곳은, 아무것도 없이 그저 쓸쓸하기만 한 풍경이 펼쳐진 언덕이었다. 서울에 있는 여느 산처럼 이 언덕에도 나무나 풀이라는 것이 거의 없어 시뻘건 흙과 허연 바위들이 늦가을의 찬바람에 고스란히 드러나 있었다. 전쟁 통에, 또 가난한 사람들이 겨울을 나는 통에 나무란 나무는 모조리 베어져 나간 것이다. 그나마 그리 크지 않은 나무들이 길색 잎을 달고서 드문드문 흩어져 있기는 했지만, 그마저도 텅 빈 풍경에는 자그마한 소품에 지나지 않았다.

"가을이라 이렇지 봄이 되면 경치가 제법 좋아."

"그럴 거면 봄에 왔어야지."

한이가 하얀 뼈대처럼 드러난 너럭바위를 찾아 주저앉자 도야도 비슷한 바위를 찾았다. 말에는 불만이 가득했지만 정작 바위를 털어내고 앉는 손놀림에는 별다른 불만이 없어 보였다.

"지금 당장 보여주고 싶어서. 나중에 봄이 되고 꽃이 피면 다시 오지, 뭐. 보기 좋을 거야."

"그래, 봄이 되면 경치가 좋다고 쳐. 여기에는 왜 오자고 한 거야?"

한이는 왠지 또 대답하지 못하고 쑥스러운 듯 머리만 긁었다. 그런데 문득, 도야는 이 살풍경한 언덕이 어딘지 눈에 익다는 사실을 뒤늦게 깨달았다. 지금은 갈색 잎을 매달고 있을 뿐인 이 크지 않은 나무들이 우선 눈에 익었다. 모두 복숭아나무였다. 이 남자의 말대로 봄이 되면 아름다운 연홍색 꽃이 지천으로 피어 경치가 무척 좋을 것이다.

"안 그래 보이겠지만 내가 아주 까막눈은 아니야. 글자도 읽을 줄 알고 셈도 할 줄 알아. 글과 셈을 여기서 배웠어. 다리 아래서 살았는데 거기서는 영 마땅찮으니까."

한이는 여전히 쑥스러운 듯 머리를 긁었다. 그러니까 이 남자는 자신이 귀하게 생각하는 장소에 도야를 데려오고 싶었던 것이었다.

그런데 공교롭게도 이 장소는 도야의 어린 기억 속에 남아 있는 장소이기도 했다. 도야가 꽃도 피지 않은 복숭아나무를 바로 알아보았던 것은 도야를 이 언덕까지 데리고 와서 복숭아나무가 어떻게 생겼는지 가르쳐준 사람이 있었기 때문이었다. 분명 전쟁 전의 일이었고, 그 사람의 손을 잡고 이 언덕을 찾았을 때만 해도 풍경은 지금보다 조금 더 풍성했다.

남자의 얼굴에 그 사람의 얼굴이 또 겹쳐 보였고, 도야는 자신도 모르게 떨리는 두 손을 꽉 붙들었다.

11

호적에 오른 이름은 '백마리'였고, '도야'라는 이름은 배다른 오빠가 지어준 것이었다. 이복오빠인 진운은 백도 복숭아라면 사족을 못 쓰는 어린 여동생을 장난삼아 "백도(白桃)야"라고 불렀고, 도야는 언젠가부터 자신을 마리 아닌 도야로 소개했다.

도야와 진운은 터울이 많이 진 이복남매였다. 진운은 일제의 수탈이 본격적으로 시작됐을 즈음 몰락한 양반가 출신 구식 여자를 친모로 하여 태어났고, 도야는 일본이 중국을 상대로 전쟁을 일으키기 위한 준비를 시작하던 무렵, 일본 귀족의 둘째 딸을 친모로 하여 태어났다.

인형은 관례를 치른 직후 진운의 친모와 혼례를 올렸다. 그 혼례는 중인 신분에 열등감을 느낀 인형의 아버지가 몰락한 양반가의 딸을 사들이듯 데려와 한 혼인이었기에, 인형은 구식 여자인 진운의 친모를 굉장히 못마땅하게 여겼다. 인형은 부친의 뜻에 따라 아들 하나만 낳아놓고 훌쩍 미국으로 유학을 떠나버렸다. 인형이 조선 땅으로 되돌아와 진운의 친모를 만난 것은 부친이 죽고 난 이후였다.

인형은 혼인을 강제한 부친이 죽자마자 기다렸다는 듯 진운의 친모에게 이혼을 통보했다. 그 무렵 소박을 맞은 구식 여자들이 다들 그러했듯, 진운의 친모는 친정으로 돌아간 날에 곧장 대들보에 목을 맸다.

어렸던 진운은 자신의 친모가 어떻게 죽었는지는커녕 자신의 친모가 누구인지도 모른 채로 그 큰 집에서 혼자 자라다시피 했다. 인형은 첫 번째 부인이 이혼 성사도 전에 죽어버리자 아주 후련해하며 매일을 술과 여자에 파묻혀 지냈다. 진운에게 친모의 죽음에 대해 알려준 사람은 3대째 백 씨 집안을 지켜오고 있다는 행랑어멈이었다.

"도련님 어머니가 어떻게 죽었는지 아시오?"

행랑어멈은 재미난 풍문이라도 전하는 양 그 얘기를 전했다.

아닌 게 아니라, 그에게는 진운 친모의 얘기가 무척 재미있기만 했을 것이다.

진운은 친모의 죽음에 대한 자세한 사정을 알게 된 후부터 자신의 아버지를 극도로 경멸하고 혐오하는 아들로 자라났다. 인형과 얼굴을 마주하기 싫어 식사 때가 되어도 양식으로 잘 꾸며놓은 식당 대신 부엌에 퍼질러 앉아서 혼자 밥을 먹었고, 열 살이 되던 해에는 인형과 같은 공간에서 숨을 쉬는 것조차 싫다 하여 제 방마저 별채로 옮겼다.

인형은 진운이 열두 살 되던 해에 도야 친모와 혼인했다. 인형은 요정과 기생집을 전전하며 허랑방탕한 세월을 보내면서도 그 수완이 워낙 좋아 백씨 집안의 부를 외려 늘려놓았고, 거기에 더해 전에는 없던 권력마저 거머쥐었다. 귀국 후 바로 조선총독부에 들어가 일을 시작한 인형은 조선인으로서는 감히 상상하기 힘들 만큼 높은 자리까지 올라가게 됐는데, 저보다 스무 살이나 어린 본토 자작 가문의 여식과 결혼할 수 있었던 데에는 그런 배경이 있었다.

인형의 후처는 혼인한 그해에 바로 아이를 가졌다. 인형은 아이가 생기자마자 후처에게 흥미를 잃고 발길을 뚝 끊었다. 친모마저 병약해 유모의 손에 이리저리 떠맡겨지며 자란 진운의 이복 여동생은 다섯 살이 되던 해 끝내 어머니를 결핵으로 잃고 말았다.

사정이야 어떻게 됐든 진운은 홀로 남겨진 어린 여동생에게 무거운 책임감을 느꼈다. 어쩌면 낯선 곳으로 끌려와 스무 살이나 나이가 많은 남자와 결혼해야 했던 몸 약했던 일본 여인, 그리고 그 여인이 낳은 어린 여동생에게서 자신과 친모의 처지를 겹쳐 봤던 것일지도 몰랐다.

진운은 우선 어린 여동생에게 조선말부터 가르쳤다. 일본어야 어차피 소학교에 가면 저절로 배우게 될 테니 달리 가르칠 사람이 없는 조선어는 자신이 직접 가르쳐야 한다고 생각했다. 그래서 도야가 어렸을 때는 매일 붙어 앉아 도야가 좋아하는 조선의 옛날 동화를 열심히 들려주었고, 도야가 조금 자란 후엔 직접 조선 글자를 가르쳤다.

또, 고용인들의 눈을 피해 도야를 데리고 집 밖으로 나들이를 나가기도 했다. 조선 사람들과 섞여 사는 법을 가르쳐주기 위한 것이기도 했지만, 그렇게라도 하지 않으면 이 어린 여동생이 소학교에 갈 때까지 높은 담장 밖으로 나가보지도 못할 것이란 생각도 있었다. 인형은 진운이 어렸을 때처럼 어린 도야 역시 전혀 돌보지 않았다. 도야를 데리고 나들이를 나갈 사람도 따로 없었다.

도야는 진운의 손을 잡고 어떤 날은 종로 거리로, 어떤 날은 남대문시장으로, 또 어떤 날은 청계천에 있는 다리로 나들이를 나갔다. 종로 거리에서는 잘 빼입은 모던걸과 모던보이를 구경했고, 남대문시장에서는 상인들이 내놓은 갖가지 물건을 구경했다. 청계천 다리 아래엔 구걸이나 좀도둑질로 먹고사는 걸인 아이들이 많았는데, 왜인지 그 아이들과 무척 친해 보이는 진운을 따라 도야 역시 자연스럽게 그 아이들과 어울려 놀았다.

때때로 진운은 경성 안에 있는 야트막한 언덕 같은 곳으로 도야를 데려가기도 했다. 진운이 데리고 간 언덕은 항상 색색의 꽃들이 지천으로 피어 있고 그 고운 빛깔을 따라 시선을 옮기다 보면 낮은 초가지붕들이 가득한 경성 끄트머리가 이어지는 곳이었다. 경성 안에서 눈을 들어 사방을 둘러보아도 온통 시뻘건 민둥산들뿐이라, 대체 어떻게 그런 언덕들을 찾아낸 건지 지금 생각하면 정말로 놀랍지 않을 수 없었다.

"봐, 백도야. 처음 보지? 노란 꽃은 개나리고, 진홍빛 꽃은 진달래고, 연홍빛 꽃은 복사꽃이야. 복숭아나무는 이렇게 낮고 옆으로 넓게 퍼져 있어."

"그럼 이 꽃 지면 복숭아 열려?"

"글쎄, 백도가 좋아하는 그 하얀 복숭아는 안 열릴걸?"

"그러면 이거 복숭아나무 아니잖아."

"네가 좋아하는 복숭아가 안 열린다니까 섭섭해?"

"내가 아기인 줄 알아? 그런 거 아니야."

진운은 입이 닷 발이나 나온 도야를 보고서 끝내 웃음을 터뜨렸고, 도야는 오빠의 그런 반응에 완전히 제대로 삐쳐버렸다. 진운은 한참이나 웃은 후에야 언덕 여기저기를 뛰어다니며 복사꽃이며 개나리며 진달래를 꺾어와 도야의 머리에 예쁘게 장식해주었다.

"복사꽃도 개나리도 우리 집 담장 안에서는 볼 수 없지만, 봄이 되면 조선 땅 어디에나 지천으로 피어나는 꽃이야. 꼭 우리 조선 사람들 같지."

진운은 여러 종류의 꽃들을 한데 그러모아 예쁜 다발로 만들어 도야의 손에 쥐여주었고, 그제야 도야도 기분이 조금 풀렸다. 아직 어렸던 도야는 오빠의 말을 제대로 이해할 수 없었지만, 그 정도는 다 알아들을 수 있다는 양 눈을 길게 뜨고 고개를 끄덕였다. 진운은 그런 어린 이복 여동생이 귀여워 또 함박웃음을 터뜨렸다.

12

도야는 언덕 위를 돌아다니는 진운의 그림자를 조용히 좇다가, 눈앞에 앉아 있는 키 큰 남자에게로 시선을 돌렸다. 한이는 가만히 있는 것이 머쓱했는지 나뭇가지 하나를 주워 와 붉은 흙 위에 무언가를 쓰기 시작했다.

"봐, 거짓말 아니라니까. 이렇게 내 이름 석 자도 쓸 수가 있고…… 아주 일자무식은 아니다, 이 말이야."

도야는 남자가 글자를 써 내려가는 것을 보면서 저도 모르게 피식 웃었다. 글과 셈을 안다는 사실을 열심히 알려주려 하는 남자의 얼굴에는 묘한 절박감과 기대감이 어려 있었다.

"곱게 자란 아가씨 눈에는 우습기는 하겠다만."

한이가 시무룩한 얼굴로 나뭇가지를 내던지자, 도야는 급히 고개를 저었다.

"아니, 전혀."

"정말?"

남자는 미덥지 않은 눈치였으나, 도야는 진심이었다. 부잣집에서 태어나 쉽게 학교에 다닐 수 있었던 자신, 거리에서 주먹질을 하고 살면서도 글과 셈을 배웠던 이 남자. 삶을 저울질해본다면 대단한 것은 자신보다도 이 남자였다.

남자는 도야가 정말로 자신을 무시하지 않는 눈치라는 것을 알고, 다시 나뭇가지를 주워 이번에는 '백도야'라는 이름을 흙바닥에 써 내려갔다. 붉은 흙바닥에 쓰여 내려가는 자신의 이름을 보며, 도야는 어쩐지 마음이 폭신폭신 차오르는 것을 느꼈다.

묘한 일이었다. 이런 남자에게서, 진운이 가졌던 신념이나 사상 따위 전혀 알지 못할 거리의 남자에게서 자꾸 진운을 떠올리게 되다니. 이제는 도야도 이 남자에게서 진운의 느낌이 물씬 난다는 것을 인정할 수밖에 없었다.

결국 도야는 온갖 쓸데없는 생각을 머릿속에서 다 밀어내고서 잠시간 이 황량한 풍경이나 즐기기로 했다. 봄이 돼 복사꽃이 지천으로 피어나면 이곳은 분명히 아름다운 한 폭의 산수화와 같은 풍경을 보여줄 것이다. 그때가 되어 이 남자와 다시 이 언덕을 찾을 수 있다면, 분명 많은 것이 달라져 있으리라.

폭풍

1

책 읽기 소모임이 사용하고 있는 문리대 학회실은 무척 어지러운 상태였다. 연필이나 공책 같은 것이 아무 데나 널브러져 있었고 글자가 두서없이 늘어서 있는 종이는 구겨진 채로 여기저기 버려져 있거나 했다.

도야와 혁준은 난장판이 된 학회실 한가운데 앉아 골똘히 문장을 고민하는 중이었다. 혁준은 한참 전부터 공책을 펴놓고 있었으나, 그 위에는 아직 아무것도 쓰여 있지 않았다. 앞서 적어놓았던 것들 역시 모두 찢어버린 지 오래였다.

"아직도 어떻게 써야 할지 감이 안 와?"

도야의 말투가 불퉁한 것도 무리는 아니었다. 혁준이 첫 문장을 고민하며 앉아 있는 것도 벌써 한 시간째였다.

"모르겠이. 누구라도 보자마자 사무치게 와닿을 밀들을 쓰고 싶은데 쉽지가 않아.”

“일단 한 글자씩 적어 나가보는 건 어때? 그러다 보면 쓸 만한 문장이 만들어지지 않을까.”

“그렇게 했다가 저만큼이나 종이를 버렸잖아. 생각을 먼저 하고 써야 해.”

도야는 한숨을 쉬며 재영의 연설을 받아 적은 공책을 팔랑팔랑 펼쳤다가 덮었다가 했다.

‘이렇게 오래 걸릴 줄 알았으면 차라리 내가 초안을 잡을걸.’

혁준이 우유부단하다는 것은 알았지만, 이런 문제까지 쉽게 결단을 내리지 못할 줄은 도야도 미처 몰랐다.

“요즘 아버지는 어떠셔? 이거 나가면 네 아버지 또 난리 날 텐데.”

“늘 그렇지.”

“얘기는 해봤어? 소모임이나 연구소도 그렇고, 네 진로나 혼인 같은 문제들 말이야.”

“다 똑같아. 의미가 없어.”

도야는 ‘얘기를 더 해보는 게 좋지 않겠느냐’, ‘그래도 대화로 풀어야 한다’는 등 조언을 굳이 덧붙이지 않았다. 아버지와 얘기를 나눠도 큰 의미가 없는 것은 도야 역시 마찬가지였기에 이심전심이었다.

혁준은 연필 끝으로 공책을 톡톡 두드리다 말고 언뜻 도야를 곁눈으로 살폈다. 도야의 입에서 혼인이라는 말이 나오는 바람에 그 재수 없는 자식이 다시 또 떠올랐다.

"상관이 있지. 나는 백마리의 정혼자니까."

혁준이 부러뜨릴 듯 연필을 세게 쥐는 바람에 영문을 모르는 도야는 놀란 눈으로 혁준을 보았다. 혁준은 자신의 행동에 자기가 더 놀라 급히 연필을 내려놓았다. 도야는 의아한 시선을 한 번 더 던졌다가 거뒀을 뿐 별말을 덧붙이지는 않았다. 그런데 그런 모습을 보고 있자니 조금 이상하다는 생각이 들었다. 저 불같은 성격의 도야가 김환식 같은 남자와 혼담이 진행되고 있다는 사실을 안다면 분명 가만있지 않았을 것이다. 당장에라도 집으로 쳐들어가 제 아비와 죽자고 싸움을 벌였을 것이 뻔했지만, 요 한 달간 도야는 평온했다.

혼담을 아직 모르고 있는 걸까. 그럴 법했다. 도야의 불같은 성격은 아버지인 인형이 더 잘 알고 있을 것이고, 혼사를 몰래 진행하지 않았다가는 결혼식장은커녕 상견례 자리조차 가보지도 못하고 혼담이 깨지고 말리라는 것을 모를 리 없었다.

거기까지 생각이 닿자, 이번에는 약간 고민이 되었다. 아무것도 모르는 도야에게 괜히 그 일을 알려줬다가 마음고생만 시키는 게 아닐까 싶었다. 하시만 고민은 삼시뿐, 혁순은 금방 마음을 바꿔 먹었다. 싫어도 알려줘야 도야가 원치 않는 혼담에 대비할 수 있을 것이다. 자신은 그러지 못해 혼담에 끌려다니는 처지였지만, 도야라면 충분히 맞서 싸울 수 있을 것 같았다.

"도······."

그런데 혁준은 도야를 부르다 말고 말을 멈췄다. 불쾌한 기억 때문이었다. 인아가 연구소까지 몰래 따라왔던 그날, 도야가 깡패 같은 남자와 대화를 주고받았던 것을 혁준은 생생히 기억했다. 그 남자와 도야 사이에는 분명 미묘한 기류가 있었다. 혁준은 갑작스레 초조해졌다. 김환식이야 도야 마음에 들지 않으면 알아서 내칠 것이라지만, 애초에 도야의 마음이 기울어버린 남자가 나타난다면 혁준도 어떻게 할 수가 없었다.

"도야 너, 혹시 깡패와 알고 지내는 거야? 며칠 전에 연구소 세미나 있던 날에 종로 근처에서 너와 깡패가 같이 있다는 걸 봤다는 사람이 있던데."

초조한 마음은 결국 혁준이 예정하지 못한 가시가 되어 툭 튀어나왔다. 도야의 두 뺨에 순간적으로 아주 옅은 홍조가 떠올랐고, 짧게 스친 표정 변화였지만 혁준의 두 눈은 그 변화를 놓치지 않았다.

"갑자기 무슨 소리야?"

말은 퉁명스레 하지만, 홍조의 흔적은 여전히 남아 있다. 혁준은 더욱 기분이 나빠졌다.

"맞나 보네. 천하의 백도야가 깡패랑 알고 지내다니, 진운 선생님이 아신다면 뭐라고 하실지."

"왜 또 오빠를…… 너는 무슨 말을 그렇게 해?"

"요즘 세상에 깡패라면 야당 유세 현장에 가서 못 박힌 각목 정도는 휘둘러 보지 않았겠어? 노동자 조합원들 잡아다 강에 빠뜨리는 것도 예사였을 테고. 그런 남자와 알고 지낸다니 진운 선생님 얘기를 안 할 수가 있겠냐고."

도야의 낯빛이 어두워졌지만, 혁준은 질투심 때문에 말을 멈출 수가 없었다. 질투심 때문에 나오긴 했어도 틀리기만 한 말은 아니라고 혁준은 생각했다. 거리의 깡패들이 부패한 자유당 정권의 파수꾼 노릇을 하면서 노동자를 잡아 죽이고 재야인사들에게 백색 테러를 가하는 게 예사인 세상이다.

그러나 혁준은 이내 자기 행동을 후회했다. 아무리 질투심이 치밀어도, 도야의 어두운 얼굴은 보고 싶지 않았다.

"뭐, 꼭 그렇지는 않을 수도 있는 거니까."

"아냐, 네 말이 맞아. 모르는 일이야. 나도 생각해봐야겠어."

혁준이 내뱉은 말을 주워 담으려 했지만 한번 어두워진 도야의 얼굴은 다시 밝아지지 않았다. 도야는 짧은 숨을 뱉은 후 다시 공책을 펴서 몇 가지 문장을 짚어냈다.

"하던 거나 계속하자. 이 부분은 어때? 저번 세미나에서 안재영 선생님께서 하신 말인데. 소선 민중의 완전한 해방은……."

도야가 자신이 필기했던 공책을 혁준에게 건넸기에, 혁준도 그 문제에 대해 더 이상 얘기를 이어갈 수가 없었다. 두 사람은 방금 나누었던 대화에 대해서는 단 한마디의 언급도 없이 써야 할 글에 대한 논의를 다시 엮어나가기 시작했지만, 혁준만은 속으로 괜한 질투심에 도야에게 쓸데없는 얘기를 했다며 제 머리를 여러 차례 때렸다.

2

고급스럽고 으리으리한 한옥이었다. 비싼 승용차가 멈추더니 부티 나는 신사를 내려놓은 후 사라졌고, 고운 한복을 입은 여인들이 종종걸음으로 나와 신사를 마중했다.

그런데 이런 고급스러운 풍경과는 좀체 어울리지 않는 키 작고 덩치 두둑한 사내 하나가 험상궂은 눈알을 이리저리 굴리며 대문 앞에 서 있었다. 사내는 자신이 이곳까지 나와 있는 것 자체가 불만인 것처럼 보였다. 한이는 불만스럽게 서 있는 그 사내를 대번에 알아보고 씨익 웃으면서 대문간으로 걸어갔다. 반면, 한이를 알아본 사내의 얼굴은 잔뜩 구겨졌다.

사내는 남덕배 패거리의 2인자인 춘길이었다. 두목인 덕배가 시키지 않았다면 절대로 대문까지 나와 한이를 기다리지는 않았을 것이다.

"이한이 출세했소. 춘길 형님한테 마중을 다 받고."

한이가 능청스레 간죽거리자, 춘길은 눈알을 더욱 살벌하게 굴려대면서 으르렁거렸다. 하지만 덕배의 지시를 무시할 수도 없어, 춘길은 대문간에 침을 탁 뱉어놓은 후 어쩔 수 없이 먼저 안으로 들어갔다.

문간을 넘어서자, 짐작한 것보다 몇 곱절은 더 호사스러운 풍경이 펼쳐졌다. 널찍한 마당에는 일본풍으로 잘 꾸며진 정원이 있었고, 번듯한 건물이 몇 채나 줄을 지어 섰다. 저녁이라고는 해도 아직 해가 제대로 지지 않은 시간이었건만 벌써 풍악소리, 여자들의 웃음소리가 여기저기서 요란했다.

이리 고급스러운 요정은 난생처음이었다. 질 낮은 깡패의 주머니 사정이야 뻔하기도 했지만, 한이는 애초에 여자가 나오는 술집에 와볼 생각부터가 없었다. 그래도 여기저기를 신기하게 둘러보며 촌스러운 티를 내지 않고 춘길을 따라 의연하게 걸어갔다. 춘길은 이 정원에 한두 번 온 게 아닌 듯 걸음걸이가 무척 익숙했다.

춘길이 멈춰 선 곳은 가장 크고 화려한 별채 앞이었다. 고급스러운 나무를 질러 만든 창호문 앞에는 시커먼 사내들이 늘어서 있었고, 그것만으로도 별채에 든 손님의 지체를 짐작할 수 있었다.

"의원님께 손님 왔다고 말씀드려주오."

춘길이 별채 앞에 선 사내 중 하나에게 귀엣말을 했고, 사내는 안으로 들어갔다가 다시 나와 문을 열었다. 한이를 가장 먼저 반긴 것은 덕배였다.

"한이 왔나! 와 이래 늦었노!"

덕배는 한복을 곱게 차려입은 기생을 둘이나 옆구리에 끼고 앉아 있었다. 헤죽헤죽 웃어대는 것이 술이 올라도 잔뜩 오른 모양이었다.

해가 아직 지지도 않은 시간인데 술판은 이미 한창이어서, 가난한 노동자들은 구경도 못 해봤을 육전이니 구운 닭이니 하는 것이 상 위에 가득했다. 덕배가 술상 위에 놓여 있던 것을 집어 기생의 입에 넣어줄 때마다 까르르거리는 웃음소리가 터졌다.

한이를 들여보낸 사내는 조용히 문을 닫고 나갔고, 한이는 덕배의 손짓에 따라 아랫목에 놓여 있던 방석에 앉았다. 덕배는 비굴하게 웃으면서 상석의 덩치 큰 사내에게 말을 건넸다.

"저놈이 그놈입니더. 저번에 의원님이 칭찬하셨잖습니꺼. 일 깔끔허이 잘한다고."

하지만 덩치 큰 사내는 기생의 치맛자락에 머리를 파묻고 있느라 바빠 곧바로 대꾸하지 않았다. 한참 후에야 치맛자락에서 빠져나온 얼굴은 술에 취해 벌겋게 달아올라 있었다. 깡패같이 험악한 이 사내가 바로 송로 일대를 주름잡다가 민의원 의원 자리에까지 올랐다는 김운일이었다. 덩치가 워낙 크고 인상이 험악해 양복을 두르고 있어도 깡패 같은 인상이 지워지지 않았다.

사내는 기생이 건네준 술 한 잔을 쭈욱 들이키고는 한이를 눈으로 한 차례 훑었다.

"저놈이 그놈이라고?"

"예, 그렇십니더. 쟈가 한이입니더. 저번에 의원님이 칭찬하셨던 거 이놈이 했다 아입니꺼. 아주 물건입니더."

덕배가 또 비굴하게 웃었고, 운일은 미심쩍은 듯 어떻게 보면 또 마음에 드는 듯 다시 이리저리 한이를 훑어보았다. 그러는 동안 덕배는 취기가 싹 가신 얼굴로 운일의 표정을 살폈다.

오늘 이 자리는 한이를 운일에게 소개하기 위해 덕배가 애써 만든 자리였다. 덕배는 운일의 뒤를 따라다니면서 이제는 경무대에까지 줄을 대려 이리저리 노력하던 중이었는데, 때마침 운일이 쓸만한 젊은 녀석을 찾는다고 해서 한이를 불러낸 것이었다. 쓸만한 젊은 녀석이라면 춘길이나 다른 놈들도 있었으나, 덕배 아래에서 아직 운일과 만나보지 않은 놈은 한이뿐이었다.

"그렇게 괜찮은 놈이면 그동안은 왜 소개해주지 않구."

"이놈이 이 바닥에 들어온 지 얼마 안 됐거든요."

사실은 최측근들 먼저 운일과 만나게 해주려다 보니 한이의 순서가 뒤로 밀렸던 것뿐이었으나, 덕배는 대충 둘러댔다.

"들어온 지 얼마 안 됐으면 일을 잘하는지는 어찌 알구?"

"딱 보면 보이는 게 있잖습니꺼. 동대문 쪽에서 노동조합 한다는 빨갱이들 설칠 때도 이놈이 혼자서 그놈들 다 그 자리서 족쳤다 안 캅니꺼. 주먹만 잘 쓰는 게 아니라 뒤처리도 깔끔합니더. 이놈 간 자리에 빨갱이들 다시 설치는 꼴을 못 봤습니더."

운일은 그제야 마뜩잖았던 표정을 풀어내고, 제 술잔에 담긴 술을 단번에 마신 후 비어버린 잔에 다시 술을 따라 한이에게 건넸다. 한이는 운일에게 꾸벅 절을 한 후 그 잔을 단숨에 비웠다. 평소 먹던 탁주와는 비교도 할 수 없을 만큼 고급스러운 술 덕에, 입안이 온통 감미로웠다.

"이름이 뭐라고?"

"이한이입니다."

"주먹 쓰는 놈처럼 생기지는 않은 게 이름도 그렇구먼. 누가 지어준 이름인가?"

"어머니께서 지어주셨습니다."

'어머니'라 할 때 한이의 주먹에 잠시 힘이 들어갔지만, 자리에 있던 누구도 그 사실을 알아차리지는 못했다.

"그래, 내가 남 회장한테 젊은 놈을 하나 소개해달라고 한 게, 대학교에도 빨갱이들이 설치고 다닌다는 얘기가 경무대서 나와서 말이야. 그건 그런데……."

운일은 말을 끊고 한이를 한 번 더 훑었다. 마뜩잖은 표정이 사라진 얼굴에는 어느새 흡족한 기미가 떠올라 있었다.

"이 정도면 주먹 일만 시킬 게 아니라 누굴 따라다니는 일을 해도 괜찮겠어. 험악한 놈들만 붙이고 다니다 보니 뒷말이 나오나 본데, 이런 놈 붙이고 다니면 쑥 들어가겠단 말이지."

순간 덕배의 두 눈이 그 말을 놓치지 않고 희번덕였다. 한이 역시 그 말을 놓치지 않았다. 운일은 껄껄 웃으면서 곁에 있던 기생의 어깨를 꽉 끌어안았다.

"경무대 말이, 대학교까지 빨갱이들이 은밀하게 잠입해서 똑똑한 학생들을 망치고 있다는 게야. 빨갱이 찾아내는 거야 경찰들이 어련히 알아서 잘하겠느냐마는, 잡아오는 게 문제라······."

운일이 잠시 혀를 차다가 다시 말을 이었다.

"그 빨갱이라는 놈들이 아무리 다 잡아놨대도 벌레처럼 계속 불쑥불쑥 튀어나와서 말이야. 그 자리에서 다 잡아 죽이지는 못해도, 본보기를 보여놔야 더 기어 나오는 놈들이 없지. 그래서 말인데, 남 회장, 이번 일이 잘되면 혹시 저놈 나한테 줘도 괜찮겠나."

"한이 놈 말씀이십니꺼?"

"원체 말들이 많아서 멀끔한 놈도 하나 데리고 다녀야지 싶은데, 멀끔한 놈이면 영 매가리가 없더라고. 저놈이 생긴 거 답지 않게 주먹도 잘 쓰고, 일도 깔끔하다면 딱이겠구먼. 딱 좋겠어."

덕배의 눈은 이제 완전히 취기가 가신 채로 번쩍거렸다. 눈이 반짝거리는 것은 한이도 마찬가지였다. 머릿속에는 곧바로 국숫집 여자의 하얗고 조그만 얼굴이 떠올랐고, 여자가 했던 말도 떠올랐다. 여자는 한이가 깡패라서 싫은 게 아니라고 했고, 깡패가 사람다운 일을 하지 못하는 것이 싫다고 했다. 그런데 이 김운일이라는 의원이 하자는 대로만 하면 깡패 아닌 다른 노릇을 할 수도 있을 게 아닌가. 그동안 귀찮아 피해 다니기만 한 자리에 혹시나 하는 마음으로 찾아왔더니 이렇게 좋은 기회가 굴러들어 왔다.

"이번 일만 잘되면 남 회장도 경무대 경찰서장하고 만나게 해줘야지. 이렇게 나라를 위해 충성을 다하고 있는 친구가 있단 걸 경무대도 알아야 할 거 아닌가."

"여부가 있겠습니꺼! 이런 못난 놈을 좋게 봐주시다니 제가 감사할 따름입니더."

드디어 원하는 말을 얻어낸 덕배의 얼굴에 완연한 웃음이 번졌다. 상인회장이 된 후로도 몇 달씩이나 운일의 뒤를 따라다니며 뒤치다꺼리를 해준 성과였다. 한이 역시 갑작스레 찾아온 기회에 기쁜 마음을 감추지 못하고 바닥에 머리를 찧을 듯 절을 했다.

"의원님! 감사합니다! 충성을 다해서 빨갱이들 잡아들이겠습니다!"

"충성은 내가 아니라 경무대랑 우리 삭하께 해야지."

"말을 저리해서 그렇지, 충성심은 남대문시장 바닥 최고일 겁니더."

"아주 잘됐군. 허긴, 남 회장 주변에 애국자 아닌 자가 있겠느냔 말이야."

"나라를 위해 온몸을 바쳐 일하겠습니다, 의원님!"

운일은 만족스럽게 웃으면서 술잔을 비웠고, 한이는 다시 한 번 깊숙이 절을 하면서 감사 인사를 했다.

기분이 좋아진 운일이 다시 기생의 치마폭에 머리를 파묻자, 어려운 얘기가 다 끝났다고 생각한 기생 두서넛이 눈치를 보며 슬그머니 한이 곁으로 자리를 옮겨왔다. 한이는 제 옆으로 다가온 기생들을 서늘한 눈으로 쳐다본 후 한 번 더 깊숙이 고개만 숙였다.

3

해가 넘어가고 나서도 자리가 끝날 기미를 보이지 않았다. 한이는 볼일이 있다는 핑계를 대고 요정을 빠져나왔다. 운일과 덕배도 한이를 내보낸 후 더 할 말이 있는 눈치여서, 한이의 어설픈 핑계에도 편히 가라고 손짓을 해줬다. 그렇게 애매한 시간에 밖으로 나왔더니 곧장 집으로 돌아가려 해도 통금시간이 아직 한참 남아, 한이는 밖에서 기다리고 있던 점박이와 함께 청계천 변을 찾았다.

"청년구국인지 김운일인지 귀찮아하기만 하다가 웬일로 찾아가더만. 나한텐 이런 데서 술을 멕이우? 거기서는 야들야들한 기생들 잘 끼고 놀았을 거면서, 내 입은 입도 아니우?"

점박이는 손수레에 앉아 술을 마시고 있는 처지가 불만인 모양이었다. 그도 그럴 것이 한이를 기다리면서 저기선 얼마나 맛

132

난 게 나올까, 얼마나 예쁜 여자들이 있을까, 혹시나 덕배 형님이 나도 한 번쯤 불러주지는 않을까 기대를 품었던 점박이였다.

"야들야들한 기생들이 있었는지는 네가 어떻게 알아서."

"허이구, 밖에서 보고 있었더니 야들야들한 여자들이 줄을 지어 들락거립디다."

"나도 들어가기나 했지, 기생은 끼고 있지도 않았어."

"뭐요? 형님한텐 기생 하나도 안 붙여줍디까? 그 의원 나부랭이인지 뭔지 대접 참 박하네."

"박할 게 뭐 있어."

"박하지요. 지들은 기생 서넛씩 끼고 놀았을 거면서. 헌데 기생들이 형님을 내버려둔 것도 참 희한타. 기생들이면 번지르르한 놈들 하루에도 열댓 명은 만날 테니 그런가? 형님 얼굴이 멀끔한 줄만 알았더니 그게 우리 처지에서나 하는 얘기였나 보오."

"말 한번 참 뭐하게 한다? 기생들이 안 덤빈 게 아니라 내가 내친 거야."

"허이고, 알았소. 어련하시겠어."

점박이는 괜히 참새구이나 짓씹었다. 손수레 매대에서 파는 것이라고는 해도 참새구이는 꽤 값이 나가는 안주였고, 고급 요정에는 못 데려가도 이런 안주나마 배불리 먹여주는 사람이었기에 점박이도 한이를 따라다니는 것이었다.

"근데 형님은 그것도 참 병이오. 아무리 사람이란 게 옛일 곱씹으면서 산다지만, 언제까지 여자들 가까이 오는 것도 싫다 하려우?"

술에 취한 김에 점박이에게서는 늘 하던 그 얘기가 또 나왔다. 그 얘기는 한이에게도 언제나처럼 듣고 싶은 얘기가 아니었기에 한이는 소주나 한 잔 더 들이켰다.

'여자들이라.'

여자라고 하니 또 그 국숫집 여자가 생각났다. 이제는 그 여자 생각이 아주 습관이 됐다. 굳이 익선동에서 청계천까지 오게 된 것도 그 여자 때문이었던 것 같다. 여기서 조금만 더 가면 그 여자가 사는 하꼬방이 있다. 그날 그 언덕에서 복숭아나무를 만지작거리며 눈매에 아주 작은 웃음을 걸었던 여자의 얼굴이 떠올라, 한이는 무심코 웃었다.

'의원 나부랭이 따라다닌다고 하면 그 여자 보기에도 면은 서겠지. 그런 데서 산다지만 대학생하고 친한 것도 같고 많이 배운 여자 같으니까.'

"어허, 웃는 것 좀 보소. 어디 감춰놓은 여자가 있는 모양인데?"

한이가 빙그레 웃고 있는 것을 놓치지 않고, 점박이가 실실 웃음을 흘리며 그 옆구리를 쿡 찔렀다. 한이는 얼른 표정을 가다듬었다.

"여자가 있건 말건 네가 다 무슨 상관이냐."

"오호, 그거는 여자가 있단 말씀이지우?"

한이는 소주 한 잔을 더 털어 넣었을 뿐, 굳이 아니라고 부정하지는 않았다. 점박이의 얼굴에 대번에 화색이 돌았다. 젊은 여자가 근처에 오기만 해도 내쫓기만 하는 한이였으니, 마음에 품은 여자가 생겼다는 것은 좋은 일이 아닐 수 없었다.

"이 성님 보소. 참말로 감춰놓은 여자가 있는 모양이오? 뭐하는 여자요? 형님 성미에 기생집 여자는 한 꾸러미를 갖다주어도 싫을 것이고."

"남대문시장 국숫집에…… 아니다, 네가 알아서 뭐 하려고."

"참 섭하게 말하시네. 이래 뵈도 내가 형님 하나뿐인 오른팔 아니우. 그런 것도 얘기를 안 해주면 뭘 얘기해줄라고 그러우?"

"아서라. 네가 그런 곱게 자란 아가씨를 만나봤어야지. 여인숙 주인 잡아 기둥서방 살고 있는 네놈한테 내가 뭘 묻겠냐."

"오호라, 그 여자가 형님 뜻대로 잘 안 풀리나 보오? 설마 외사랑인 게요? 그래서 넌지 나한테도 얘기를 못하고?"

"야!"

점박이가 눈치 좋게 핵심을 찌른 바람에, 한이는 그만 자리에서 벌떡 일어나 성을 내고 말았다. 그러자 점박이는 겁을 먹기는커녕 도리어 자지러지게 웃었다.

"아이고, 시상에나. 진짜요? 천하의 이한이가 여자 마음 하나를 못 잡아서! 만날 알몸으로 뛰어드는 여자들 내쫓을 줄이나 알았지, 알고 보니 숙맥이었소!"

한이는 이러지도 저러지도 못하고 점박이를 노려보며 가만히 서 있기만 하다가 하릴없이 다시 주저앉았다. 점박이는 한참이나 더 웃고 난 후에야 웃음으로 맺힌 눈물을 눈가에 그렁그렁 매단 채로 한마디를 덧붙였다.

"여자 마음을 어떻게 잡아야 할지 모르겠으면 패물이라도 갖다줘보시우. 반짝거리는 거 싫다는 여자는 없으니까."

"치워. 그런 여자 아니야."

한이가 다시 또 낮게 성을 냈고, 점박이는 또 자지러지게 웃음을 터뜨렸다.

술을 마시니 아랫도리가 뜨거워진다며 점박이가 냅다 뛰어버린 바람에, 두 사람의 대작은 적당히 이른 시간에 끝이 났다. 함께 술을 마시면 항상 그랬듯 사창가를 찾는 것은 점박이뿐이었고, 한이는 털레털레 여인숙으로 향했다.

그런데 오늘따라 어떤 좌판 하나가 유독 눈에 띄었다. 통행금지 시간이 가까워 다른 좌판은 다 철수했는데, 이 좌판만은 물건 하나 제대로 팔지 못했는지 아직 걷지 않고 남아 있었다.

"좋은 물건 많으니 보고 가시우."

장사꾼은 한이가 관심을 가진 걸 용케도 알고 씩 웃었다. 좌판 위에 있는 물건은 담배나 통조림 같은 것이 전부여서 한이는 금방 관심을 거뒀고, 장사꾼은 한이가 좌판 위 물건에 흥미가 없다는 것을 알아차리고 얼른 품을 뒤적였다.

"내, 좋은 물건은 안에다 감춰뒀는데 이런 건 어떻소?"

장사꾼의 지저분한 손가락에는 화사한 금빛으로 빛나는 펜던트 목걸이 하나가 들려 있었다.

"요게 미제라 여자들이 환장할 거요. 보아하니 여자들 퍽이나 울리고 다니게 생겼는데, 요런 것도 하나 갖고 있으면 여자들이 줄을 지어 따라오지 않겠소?"

진짜 금은 아니겠지만 조잡한 세공이나마 돼 있었고 사진이나 조그만 물건 같은 것을 넣을 수 있는 펜던트였다. 어디서 밀수품을 구해온 건지, 미군 부대에서 유출된 것을 솜씨 좋게 챙겨온 건지는 알 수 없었지만, 이런 좌판에서 보기 드문 귀한 물건이었다.

한이는 여자에게 패물이라도 몇 개 줘보라는 점박이의 말이 생각났다.

"얼마요?"

장사꾼은 히죽 웃으면서 터무니없는 값을 불렀다. 어마어마한 바가지일 것이 분명했지만, 한이는 군말 없이 값을 치르고 펜던트를 받았다.

'이런 거 받으면 그 여자도 좋아하겠지? 의원 나부랭이 따라 다니게 되면 그 얘기 하면서 줘야겠다.'

막판에 큰 횡재를 하고 좌판을 접기 시작한 장사꾼의 옆에서 한이는 또 여자를 떠올렸다. 여자가 환하게 웃는 것을 생각만 해도 마음이 차오르다 못해 넘치는 것만 같아 바가지를 쓴 것도 전혀 아깝지 않았다.

4

조선의 무산민중은 아직 완전한 광복을 맞이하지 못했다!

조선 민중의 완전한 해방은
일본식 독점자본주의를 척결하고, 민중이 온당히 가져야 했던
것을 되돌려주는 데서부터 출발하여야 할 것이다!

헌데 작금의 상황을 보면 일제에 부역해 노동자와 농민의 고혈
을 빨아왔던 친일 조선 자본가들이 여전히 정부의 요직을 차지
하고 승승장구하고 있다.
일제가 뿌려놓은 독 역시 완전히 척결되지 못했다.

조선의 민중이여, 단결하라!

우리는 우리의 조국 조선의 진정한 광복을 원한다!

서울대 곳곳에 유인물이 나붙었다. 책 읽기 소모임에서 도야와 혁준이 밤을 새워가며 쓰고, 다른 문리대 학생들이 꼼꼼하게 첨삭을 해준 그 유인물이었다. 혁준은 학내에 유인물을 뿌린 다음 날 국숫집을 찾아와 도야에게 유인물에 대한 반응을 알려줬다. 반응은 그리 나쁘지는 않은 듯했으나, 딱히 열광적인 것도 아니었던 모양이었다.

"유인물이라는 게 그렇지. 관심 있는 사람은 보는 거고 아닌 사람은 제목도 보질 않는 거고. 그래도 읽어본 사람들은 괜찮았다고 하더라. 비약이 심하다는 사람도 있긴 했는데 아무래도 유인물이니까. 학내 신문에 정식 기고한 글이었으면 논리적으로 좀 더 꼼꼼했을 테지만 어쩔 수 없지."

혁준은 오십 원이나 되는 큰돈을 국숫값으로 내어놓으며 그렇게 말했다. 조금 아쉽긴 했으나 다음에는 제대로 가다듬어서 문리대 신문에 투고나 한번 해보자 하는 생각을 끝으로 도야는 유인물 생각을 머릿속에서 지워버렸다.

그렇게 도야와 혁준은 유인물을 머릿속에서 슬그머니 치워버렸지만, 일은 도야와 혁준은 물론이거니와 소모임 회원 중 그 누구도 생각하지 못했던 전혀 엉뚱한 방향으로 튀어 올랐다.

시작은 서울대 문리대 학장이었다. 유인물이 뿌려진 지 사흘째 되던 날, 문리대 학장은 뒤늦게 그것을 발견하고선 몹시 놀라 해당 유인물 전체 수거를 지시했다. 그는 학자라기보단 정치인에 가까운 인물로, 정치권에 줄 댈 일만 찾아다니는 사람이었으니 당연한 반응이었다.

하지만 유인물이 뿌려진 지도 며칠이나 지났기에, 총 50장의 유인물 중 수거된 것은 채 10여 장도 되지 않았다. 결국 학장은 해당 유인물을 작성한 문리대 내 책 읽기 소모임을 찾아내, 혁준을 비롯해 유인물 작성을 주도한 학생들에게 무기정학 처분을 내렸다. 서울대에 적을 두고 있지 않았던 도야는 징계를 받지는 않았지만, 혁준이 찾아와 그 소식을 전했을 때는 분통을 터뜨렸다.

"대학교라는 곳은 사상과 학문의 자유가 보장되는 학문의 전당 아냐? 어째서 이게 불온한 유인물이야! 민주시민이자 민주사회에서 공부하는 대학생으로서 할 수 있는 주장을 담은 유인물이지! 그 무능한 학장 놈! 부패한 자유당 정권에 줄을 대려 이리저리 노력하더니만 응당 대학교에 보장되어야 할 학문과 사상의 자유마저 억압하는구나!"

문제는 거기서 끝나지 않았다. 며칠 후 경무대 경찰서장은 언론 인터뷰 도중 이 유인물 사건을 언급했다.

"대학교 안에서까지 좌익분자들이 활동하는 것이 요즘 각하의 가장 큰 고민이지. 좌익분자들이 조국을 위해 충성을 바쳐야 할 이 나라에서 가장 젊고 똑똑한 친구들을 망치고 있는 셈이야. 얼마 전에도 서울대에서 유인물이 뿌려지는 바람에 학교 본부가 식겁을 했다더군."

그것은 "좌경세력이 요즘은 어디를 근거로 활동하고 있느냐"라는 어떤 기자의 질문에 대한 대답이었다. 경무대 경찰서장의 언급은 즉각 "서울대에도 좌익분자 활동! 좌경 유인물 발견"이라는 제목의 기사가 되어 사방팔방으로 퍼져나갔고, 공안 당국의 서슬 퍼런 눈이 서울대 문리대를 향하기 시작했다.

서울대 문리대 유인물 사건이 조간신문에 실린 그날, 따로 약속한 것이 아니었는데도 문리대 학회실에는 학생들이 모여들었다. 모여든 것은 책 읽기 소모임 회원들만도, 문리대 학회에 소속되어 있는 학생들만도 아니었다. 문리대 학생 상당수, 심지어 법과대와 상과대 학생까지 찾아와 저마다 심각한 얼굴로 자리를 지켰다.

류혁준, 김영식에게 무기정학이라는 징계가 내려졌을 때도 대학 본부를 규탄하는 유인물만 잔뜩 나붙었을 뿐 이리 모이진 않았으니, 다들 이번 사안을 매우 심각하게 보고 있다는 뜻이었다. 도야 역시 춘천댁에게 양해를 구하고 급히 문리대 학회실을 찾았다.

"아직은 별일 없지?"

도야는 헐떡거리는 숨을 가다듬으면서 학회실에 모여 있던 학생들의 얼굴을 하나하나 새기듯 눈에 담았다.

"응, 아직은."

영식의 말투는 차분했지만, 얼굴에는 오갈 데 없는 분노가 잔뜩 스며 있었다. 다른 학생들도 마찬가지였다. 어느 남학생 하나는 "젊은 대학생 사이 좌경사상 확산하여 골치"라는 헤드라인이 찍혀 있는 신문을 바닥에 집어던졌다.

"있을 수 없는 일이야."

"그래, 학문의 전당인 대학교에서만은 있을 수 없는 일이지."

혁준이 헤드라인을 살벌하게 노려보며 답했다.

"그래서 어떻게 할 계획이야? 일단 난 유인물부터 더 작성할 생각이야. 이대로 두고 볼 수만은 없어."

"그랬다간 너희도 정학당할지 몰라."

"고작 유인물을 뿌리는 정도로 정학이라니! 여기 학문의 전당 아니었나? 누구든지 자유롭게 의견을 표명할 수 있는 곳이 대학교여야 한다고!"

"맞아! 옳은 일을 하는 데에 정학이 무섭겠어? 너희도 감수한 일인데 나도 그 정도는 충분히 감수할 수 있어!"

학생들은 더욱 화가 나서 목소리를 높였다. 하지만 혁준의 지적은 틀리지 않았다. 잠자코 신문 헤드라인을 노려보고 있던 도야가 입을 열었다.

"유인물은 위험한 게 맞아. 이젠 정학으로 끝나지 않게 될 거야."

"정학이 아니면? 학문의 전당인 대학교에서 사상과 표현의 자유를 행사했다고 경찰이 잡아가기라도 할 셈인가?"

"그럴 수도 있어. 봐, 경무대까지 끼어들었어. 이건 아무리 대학교라 해도 사상과 표현의 자유를 용납하지 않겠다는 자유당 정권의 선전포고인 셈이라고."

어쩌다 언급한 것이든, 작정하고 언급한 것이든, 경무대 경찰서장이 이 일을 언급했단 것은 앞으로 이런 문제를 학내 문제로 방치하지 않겠다는 경무대의 경고였다. 좋든 싫든 권력의 핵심에서 자라난 도야는 이런 종류의 정치적 제스처가 숨 쉬듯 익숙했다.

모여 있던 학생들의 얼굴이 삽시간에 어두워졌고, 한 남학생이 참지 못하고 경무대 경찰서장의 사진이 찍혀 있는 신문을 펜 끝으로 꽉 눌러버렸다. 처음 유인물 얘기를 꺼냈던 남학생이 젊은 혈기를 도무지 참아내지 못하고 다시 울분을 토했다.

"그렇다고 이런 부당한 일을 내버려둔다고? 난 용납할 수 없어. 지성의 전당이어야 할 대학교에서 어떻게……. 대학교는 나라와 민족의 발전을 위하여 필요한 어떤 사상도 논할 수 있는 곳 아니었느냔 말이야! 그게 좌경사상이라니! 좌익분자가 학생들을 망치고 있는 거라니!"

"네 말이 틀렸단 게 아니야. 하지만 도야 말대로 유인물을 붙이는 것은 위험할 수가 있어 그러는 거지. 게다가 유인물은 그런 위험을 감수할 만한 효과도 없어. 고작해야 우리 학교 학생들이나 보고 말 텐데."

학생들의 눈빛이 일순 변했다. 혁준이 한 말에 숨겨져 있는 의미를 모두 단박에 알아차린 것이다. 경무대의 경고라는 위험을 감수해야 한다면 차라리 판을 키워야 한다, 그런 뜻이었다.

"종로 거리에 유인물을 뿌려보는 건 어때?"

법과대 학생이 눈을 반짝이며 말했다. 혁준은 고개를 저었다.

"그것보다는 일단 기자들과 접촉해보는 게 어떨까? 신문 쪽에 올바른 얘기가 실린다면 이 일의 부당함을 많은 사람이 알게 되지 않을까?"

"신문 말이냐? 신문에 이런 기사가 실리고 있는데?"

영식은 "대학교 내 좌익분자 좌시 않겠다는 경무대"라는 헤드라인이 실린 신문을 흔들면서 쓰게 웃었다. 혁준은 그 신문을 낚아채 반으로 찢어버렸다.

"경무대에서 하는 말만 받아쓰니까 이런 기사가 나오는 거야. 우리와 같은 생각을 하는 기자들이 있을 거고, 그들을 만나야 해. 교수님이나 의원들을 통하는 것도 좋겠지. 여차하면 그분들이 직접 신문에 기고를 하나 해주시는 것도 괜찮겠고."

혁준의 말이 끝나자, 학회실에 모인 눈들에 분노 아닌 희망과 기대가 반짝였다. 확실히 나쁘지 않은 얘기였다. 영식이 가장 먼저 반색하며 되물었다.

"나쁘지 않은 방법인 거 같군. 생각하고 있는 인물은 있어?"

"글쎄, 조선평등연구소의 안재영 선생님도 계시고."

"그건 안 돼."

이번에는 도야가 제동을 걸었고, 학생들의 시선이 모두 도야에게로 모였다.

"가뜩이나 경무대의 표적이셔. 이런 일로 트집 잡힐 거리를 늘려서 좋을 게 없어. 그리고 이런 일에 엮여 안 선생님께 문제라도 생기면 자유당 정권은 그걸 기회로 야당을 노릴 테니까 그쪽 분들께도 곤란해. 최대한 자유당 정권에 가까운 사람으로, 그러나 민중을 생각하는 마음은 투철하신 분으로 찾는 게 낫지 않을까."

그 역시도 일리 있는 말이었기에, 다들 고개를 끄덕였다.

"그러면 교수님들부터 알아보자. 학장이야 정권에 줄을 대고 싶어 눈이 벌게져 있다지만, 교수님 중에 이 일을 심각하게 생각하고 계신 분도 있을 거야."

"영문과 강 교수님은 어때? 저번에 강 교수님과 면담했을 적에⋯⋯."

학생들의 논의는 그 이상 이어지지 못했다. 논의가 채 제대로 무르익기도 전에, 도야가 말했던 '자유당 정권의 선전포고'라는 것이 곧장 학생들을 찾아온 것이다.

"이 빨갱이 새끼들, 공부는 안 하고 무슨 작당을 하는 거야!"

한 무리의 험상궂은 사내들이 다짜고짜 문을 부수며 학회실로 뛰어들었다. 사내들은 학회실에 들어서자마자 각목과 주먹부터 휘둘렀고, 온갖 물건들이 와르르 부서져나갔다. 무방비로 대화를 나누고 있던 학생들은 혼비백산해 비명조차 지르지 못하고 자리에 주저앉았다.

"저, 정치깡패?"

바닥에 주저앉은 법학부 남학생이 비명 아닌 비명을 질렀다. 야당 정치인들의 유세 장소, 노동조합 활동가들이 만든 야학이나 습격하던 정치깡패들이 마침내 대학교에까지 들이닥친 것이다. 갑작스러운 상황에 놀란 학생들의 얼굴이 하나같이 죽은 빛으로 변했다. 제일 먼저 정신을 차리고 분노한 것은 도야였다.

"너 이 새끼들, 대체 뭐야! 여기가 어딘 줄 알고!"

도야 역시도 대학교 안까지 정치깡패가 난입했다는 것에는 무척 놀랐지만, 국숫집 일을 하면서 남덕배 패거리를 상대하느라 그나마 이 중에서는 깡패들을 상대하는 데에 익숙했다. 무리의 제일 앞에 서 있던 키가 작고 살집 두둑한 사내가 낄낄거리며 도야의 어깨를 각목으로 툭툭 건드렸다.

"야 이 빨갱이 새끼들아. 니네가 그저 공부 잘하고 있겠거니 생각하는 불쌍한 부모님들을 대신해서 우리가 니네 다리몽둥이를 분질러놓으러 왔다 이 말이야."

"여기는 대학이야! 당신 같은 무뢰배가 함부로 설치고 다닐 곳이 아니라고!"

"야, 안되겠다. 패라, 패! 요노무 대학생 새끼들 맞고 나면 정신 차리겠지!"

그 키 작은 사내가 우두머리 격이었는지, 그 말이 끝나기가 무섭게 깡패들은 일제히 각목이며 방망이를 다시 휘두르기 시작했다. 학회실은 삽시간에 학생들의 비명이 가득한 아수라장이 됐다. 하지만 도야는 깡패들이 휘두르는 각목이 무섭지도 않은지 다른 학생들의 제일 앞에 서서 바락바락 소리를 질렀다.

"이 개사식들아, 낭장 멈추지 못해!"

때마침 각목 하나가 도야의 머리를 향해 날아왔고, 뒤늦게 정신을 차린 혁준이 급하게 도야를 뒤로 당겼다. 혁준의 등에 닿은 각목이 반쯤 부서지다시피 했지만, 고통을 느낄 겨를도 없었다. 화가 난 도야는 자신을 가로막은 혁준을 밀어내면서 깡패들을 향해 악을 썼다.

"류혁준! 난 괜찮으니까 이 개자식들을……!"

그렇지만 혁준은 도야의 두 팔을 놓지 않았고, 도야를 향해 날아오는 각목들을 모두 자기 몸으로 막았다. 도야가 아무리 밀어내도 혁준은 도야를 뒤로 붙잡은 손에서 절대로 힘을 풀지 않았다.

어느 순간이었다. 도야의 화가 난 고함이 갑자기 멎었다. 혹시 날아온 각목 파편에 맞기라도 한 것인가 싶어 혁준은 얼른 뒤를 살폈다. 다친 곳은 없어 보였지만, 도야의 낯빛은 새파랗게 변했고, 시선은 어느 한 곳에 못 박힌 채 움직이지 않았다. 도야의 시선이 향하는 곳을 따라 시선을 움직인 혁준은 그만 어금니를 짓씹고 말았다.

"젠장."

연구소까지 인아가 따라 왔던 날, 도야를 도와주고 도야와 얘기를 나누던 그 깡패가 학회실 입구에 멍청히 서 있었다. 그 역시 시선을 도야에게 둔 채로 움직이질 못하고 있었지만, 어찌 됐건 도야를 보호하는 것이 우선이었기에 혁준은 도야를 제 뒤로 더 바싹 끌어당겼다. 그런데 남자는 뒤늦게 정신이 들었는지, 느닷없이 혁준에게로 달려와 어깨를 잡아당겼다.

"그 여자 내놔. 여기서 일단 빼내야 하니까."

남자가 다급히 속삭였다. 혁준은 버럭 소리를 지르려다가, 멈칫하며 주변을 둘러보았다. 남자의 말대로 이 아수라장에서 도야를 빼내는 것이 우선이었다. 혁준은 다시 남자의 눈을 보았다. 거짓말을 하는 것 같지는 않았다. 혁준의 눈빛이 잠깐 흔들렸으나, 이내 남자에게 도야를 넘겼다.

"류혁준!"

정신을 차린 도야가 분노로 새빨갛게 달아올라 외쳤지만, 그 목소리는 다른 학생들의 비명에 묻혀 들리지 않았다. 도야가 한이의 손으로 넘겨진 직후 혁준에게는 다시 몽둥이 세례가 쏟아졌고, 한이는 개의치 않고 도야의 손을 잡아끌었다.

"이거 놔! 놓으라고!"

5

도야는 제 손을 붙든 그 단단한 손을 깨물고 할퀴면서까지 다른 사람들을 놔두고 도망갈 수 없다고 울부짖었지만, 한이는 막무가내로 도야를 끌고 나왔다. 남겨진 다른 학생들 생각에 도야의 눈에서는 눈물이 뚝뚝 떨어졌다.

"당신, 정치깡패였어? 정치깡패였냐고!"

겨우 안전한 곳에 도착한 한이가 손을 풀어주자마자 도야는 피를 토하듯 외쳤다. 소리를 지른 것은 한이 역시 마찬가지였다.

"너야말로! 너 빨갱이였어?"

"하, 하하……."

도야의 입에서 끝내 실소가 터졌다. 남자가 내지른 '빨갱이'라는 그 단어 하나에 모든 것이 명확해졌다. 얼마 전 혁준이 했던 경고, 그리고 수면 아래에 맴돌면서 도야를 괴롭혔던 그 의문들, 그 모든 것은 결국 외면할 수 없는 진실이었다.

"맞네. 정치깡패였어. 사람을 괴롭힌 적 없다고? 웃기고 있네! 야당 유세 현장에 가서 못 박힌 각목 정도는 휘둘러봤겠지? 조합원들 잡다가 강에 빠뜨려본 적도 있겠고!"

도야는 좀 더 빨리 이 진실을 깨닫지 못한 자신을 탓했다. 아니, 깨닫지 못했던 것은 아니었다. 그저 의심하고 있었으면서도 진실을 마주하기 싫어 외면하고 회피했을 뿐이었다.

"류혁준 말이 맞았어. 세상에 옳은 깡패가 있을 리가 없지!"

도야는 눈가에 맺힌 눈물을 소매 끝으로 닦았다. 커다란 두 눈은 새빨갛게 변해 있었으나, 이전에 없을 만큼 차갑게 가라앉아 있기도 했다. 마치 매서운 한겨울의 폭풍이 몰아치는 것만 같은 눈이었다.

"빨갱이질이나 하고 다닌 주제에 지금 뭘 잘했다고 나불거리는 거야!"

소리를 지르면서도 한이 역시 혼란스러웠다. 이 여자가 자신을 정치깡패라고 비난하는 것이 혼란스러웠고, 자신이 이 여자를 빨갱이라고 비난하는 것도 혼란스러웠다. 한이가 알고 있기로 빨갱이란 자유민주국가를 부정하고 무너뜨리려는 나쁜 놈들이었다. 그런데 이 말라빠진 여자가 정말로 그런 여자였나? 하지만 그런 건 살아남는 데에 중요한 문제가 아니었다. 거리에서 살아남기 위해서는 주먹질을 잘해야 했고, 혼자 주먹질을 잘하는 것으로는 부족하니 패거리에 들어가야 했으며, 패거리에 끼려면 빨갱이를 잡아야 했다. 그뿐이었다.

"너야말로 멀쩡한 밥 잘 먹고 다니면서 빨갱이 짓은 왜 하는 거야! 부자들 다 죽이고 재산 뺏으면 된다는 그거 다 새빨간 거짓말인 걸 몰라? 많이 배운 여자가 어떻게 그런 거짓말에 홀랑 넘어가서 멀쩡한 세상을 망가뜨리려고 하는 거야!"

한이는 이 바닥에 들어오고 난 후 지독할 정도로 들어댔던 그 말을 똑같이 입에 담았다. 그 말은 어느 유세장에서 덕배가 한 것이기도 했고, 어느 노동조합 결의대회에서 춘길이 한 것이기도 했다. 도야는 눈물이 고인 두 눈을 들어 한이를 똑바로, 아주 똑바로 바라보았다.

"정말 뼛속까지 정치깡패였구나. 왜 미처 몰라봤을까. 내가 너무 한심해서 미쳐버릴 것 같아."

"너, 이……!"

"웃기지 마. 나는 세상을 망가뜨리려고 하는 게 아니라 누구라도 살만한 세상을 만들고 싶은 거야. 가난한 민중의 피눈물을 빨아먹으면서 호의호식하고 있는 자들을 몰아내고, 가난한 민중이 스스로 노동해서 얻은 대가를 누구에게도 뺏기지 않고 행복하게 살 수 있는 세상을 원하는 거라고!"

한이는 입을 열었지만, 반론은 말이 되어 나오지 못하고 흩어졌다. 빨갱이로부터 이런 식의 대답이 돌아올 것이라고는 단한 번도 생각해본 적이 없었다. 그런데 불현듯, 머릿속에 떠오르는 어떤 기억이 있었다.

"네가 구걸이나 좀도둑질로 살고 있는 건 절대 네 잘못이 아니니까 절대 부끄러워할 필요가 없어. 이건 모두 네가 가져야 할 온당한 몫을 누군가 빼앗아갔기 때문에 벌어진 일이고, 그들을 몰아내면 너 역시 행복하게 살 수 있을 테지."

누군가 한이에게 건넸던 말이었다. 한이는 당황하여 눈앞의 키 작은 여자를 다시금 내려다봤으나, 도야는 하던 말을 멈추지 않았다.

"전쟁 때 그쪽이 어디 있었는지는 모르겠지만, 난 부산에 있었어. 그 살벌한 전쟁 속에서 매일같이 이어진 환락과 유흥의 밤들을 똑똑히 봤다고. 알아? 낮의 거리엔 도둑질과 구걸로 목숨을 이어가는 피난민들이 넘쳐나고 도둑질도 구걸도 하지 못한 아이들은 하나둘씩 굶어 죽어가는데, 밤이 되면 멀지 않은 거리에서 환락과 유흥의 시간이 시작돼. 대낮처럼 밝은 클럽에선 파티니 연회니 하는 것들이 열리고, 비싼 비로드 옷을 차려입은 인간들이 들어가 위스키니 미제 케이크니 하는 것들을 먹고 마셔. 바로 곁에서는 사람들이 죽어가고 있는데 말이야! 전쟁 중에만 그랬을까? 지금도 똑같아. 한쪽에서는 하루에 스무 시간씩 노동하면서도 감자 한 알로 겨우 허기를 면하는 아이들이 있는데, 또 한쪽에서는 아무 일도 하지 않으면서 매일 밤 요정에서 부어라 마셔라 하는 사람들이 있어. 이게 그쪽이 얘기하는 멀쩡한 세상이라고! 제힘으로 노동하는 이들은 하루걸러 하루 먹는 것도 버거운데, 아무런 노동도 하지 않는 자들이 그 피를 빨아 흥청망청 즐기고 있는 게 그 멀쩡한 세상이라고! 그리고 이건 알아? 그쪽이 하고 있는 일은 그런 더러운 자식들이 가난한 민중의 피눈물을 계속 빨아먹을 수 있도록 해주고서 그 대가로 그들이 던져주는 고깃점이나 받아먹는 똥개 노릇이야! 사람이라면 부끄러운 줄을 알란 말이야!"

한이는 퍼뜩 정신이 들었다. 단순한 착각이나 기억의 혼선이 아니었다. 한이는 분명히 이전에도 이 여자가 하는 말과 비슷한 얘기를 들은 적이 있었다.

"네가 이리 삶을 이어가는 동안에도 아무것도 하지 않는 자들은 높은 곳에 편안히 앉아 술이나 마시고 있어. 진짜 도둑들은 그들이고, 부끄러워할 것은 네가 아니라 그 사람들이야."

한이가 어렸을 때, 이 정도는 알아야 사람 구실을 하고 산다며 끝까지 자신에게 글과 셈을 가르쳐준 그 남자가 했던 말이었다. 한이는 비로소 그 남자와 이 여자 사이에 설핏 닮은 데가 있다는 사실을 깨달았다. 얼굴 생김생김은 달랐지만, 눈빛은 쌍둥이라고 해도 좋을 만큼 똑같았다. 처음 봤을 때부터 지금까지 어쩌면 한이는 이 여자에게 그 남자를 겹쳐 보고 있었던 것인지도 몰랐다.

한이는 여자를 다시 부르려고 했으나, 그만 입을 다물고 말았다. 여자의 눈이 너무나 차갑게 식어 있었기 때문이었다. 지금까지 한이는 이 여자의 이런 눈빛을 본 적이 없었다. 상처를 입은 몸으로 위협을 가했을 때도, 깡패가 싫다고 할 때도 이런 적이 없었다.

"내가 그쪽을 사람 취급하지 않고 있다고 말했던 적 있지? 그 말을 그대로 다시 할게. 난 그쪽을 절대로 사람 취급할 수가 없어."

말이 마디마다 날카로운 비수가 되어 한이의 심장을 후벼 팠다. 하지만 비수를 꽂는 도야의 얼굴 역시 한이만큼이나 아파 보였다. 그러나 도야는 남겨진 다른 학생들을 생각하면서 눈물을 뚝뚝 흘리던 조금 전과 달리, 이제는 눈물을 그치고 남자를 향해 비난을 마무리 지었다.

"이제 서로 알지 못하는 것으로 해. 보더라도 못 본 척, 오늘처럼 도와준답시고 오지랖 부리지 말고 죽을 것 같으면 죽게 놔둬. 니에게 있이 그쪽은 증오스럽고 끔찍한 존재야."

경멸이자, 관계를 끊겠다는 명백한 선언이었다. 도야는 그 자리에서 휙 돌아섰다. 한이는 어찌해야 할지를 몰라 그 자리에 멍청히 서 있기만 했다. 품속에 넣어둔 펜던트 목걸이가 여자의 시린 표정만큼이나 차갑게 느껴졌다.

6

다시 문리대 건물로 돌아갈 수도 없어 도야는 터덜터덜 집으로 향했다. 다른 학생들도 죽을 만큼 다치지는 않았으리라는 사실은 그나마 위안이 되었다. 처음부터 버릇을 고쳐놓는 것이 깡패들의 목적이었으니, 지금쯤이면 다른 학생들도 조금 다쳤을지는 몰라도 저마다 집으로 돌아갔을 것이다.

그래도 도야의 눈에서는 자꾸만 눈물이 샘솟았다. 정치깡패 앞에서 무력하게 당하기만 한 데다가 그 자리에서 도망친 자신이 너무 화났다. 눈물을 삼키기 위해 몇 번이나 고개를 바짝 들어 달을 쳐다봤지만, 그래도 눈물이 고여 고개를 다시 바닥으로 떨구기를 반복하며 걸었다. 집에 도착했을 무렵에는 통행금지 시간에 가까워져 있었다.

그런데 집 앞 골목에 도착한 도야의 눈에서 별안간 눈물이 사라졌다. 판자로 만든 집들이 줄을 지어 서로 처마를 맞댄 풍경에 어울리지 않게, 고급스러운 자동차 한 대가 도야의 집 앞에 서 있었다. 도야는 아버지일까 잠깐 생각했지만, 아직 그럴리 없었다.

도야의 고집이 보통이 아닌 것은 인형을 닮았다. 도야가 집을 나간 그 순간 인형은 다시는 도야를 딸로 대우하지 않겠다고 선언했다. 도야가 먼저 굽히지 않는 한 그 말을 끝까지 지킬 것이다.

그때 자동차 문이 열리고 젊은 남자 하나가 질척질척한 흙바닥 위에 내려섰다. 집을 잘못 찾은 게 아니라는 걸 증명이라도 하듯 남자는 성큼성큼 도야 쪽으로 걸어왔다. 도야는 반사적으로 뒤로 한 걸음 물러났지만, 남자는 향수 냄새가 진하게 느껴질 만큼 가까이 다가와 핏기 없는 입술을 열었다.

"백마리 씨."

남자가 입에 담은 이름은 진운이 붙여준, 동료와 친우들이 불러주는 다정한 이름이 아니라 인형이 멋대로 붙여놓은 호적상의 이름이었다.

"미리 언질을 넣고 찾아왔다가는 마리 씨가 거절할 것 같아서 약속도 없이 찾아왔습니다. 혼인하기 전에 얼굴은 한 번쯤 봐야 하지 않을까 싶어서요. 마리 씨와의 사이에 혼담이 오가고 있는 김환식이라고 합니다."

환식은 온기라고는 전혀 느껴지지 않는 웃음을 재차 입가에 걸었다. 도야는 이 남자의 얼굴을 뒤늦게 기억해냈다. 오래전, 전쟁 당시 부산에서 있었던 한밤의 사교 파티에서 얼핏 본 기억이 있었다. 그때 이 남자는 자기 집안을 알리길 꺼렸지만, 도야를 그곳에 끌고 갔던 친구가 도야에게 이 남자의 아버지가 누구인지 알려줬다. 인간 백정, 김운일.

"김환식 씨라면 정치깡패 출신인 김운일 의원의 아들이죠? 그쪽이 나와 혼인하기로 되어 있다고요?"

"말을 심하게 하시는군요, 마리 씨."

"마리라는 이름은 이제 쓰지 않고 있습니다. 백도야라고 불러주세요. 그리고 혼인이라니, 그게 무슨 말이죠?"

"차관님이 아직 말씀을 안 하셨나 보군요? 마리 씨와 저 사이에 혼담이 진행되고 있다고요."

그제야 겨우 상황을 파악한 도야는 인형의 크고 거대한 체구를 떠올리면서 아랫입술을 짓씹었다. 집을 나온 후로 단 한 번도 찾지 않았으면서 뒤로는 이런 술수를 꾸미고 있다니, 너무 인형다워 놀랍다는 생각도 들지 않았다.

다만 군이 왜 이 남자를 사위로 점찍었는지가 문제였다. 인형이 할 수작을 따져보면 이 남자의 아버지와 얽혀 있는 문제일 것이 분명한데, 도야는 이 남자의 아버지를 끔찍하게 싫어했다. 김운일은 이 땅의 사회주의자들과 민주주의자들을 죽음으로 내몬 공로로 의원 자리까지 오른 정치깡패 중의 정치깡패였다.

하지만 혼인이라는 것은 신부가 없으면 할 수 없는 것이었다. 도야는 그냥 자기가 이 혼사를 거부하면 되겠거니 하고 간단하게 정리하고 말았다. 지금은 이런 억지스러운 혼담이 아니더라도 신경 써야 할 일이 너무 많았다. 도야는 실수로라도 '아버지'라는 단어를 입에 담는 일이 없도록 조심하면서 가볍게 고개를 숙였다.

"그 사실을 알려주기 위해 직접 찾아와준 것은 감사하지만 전 그쪽과 혼인할 생각이 없습니다. 조만간 백인형 씨를 통해 다시 말씀드리도록 하겠습니다."

"하지만 전 마리 씨와 혼인할 생각이 있으니 별문제가 안 되는 거 아닐까요."

"혼인이라는 게 한쪽 마음만으로 결정되는 건 아니니 신부될 사람이 거절하는 이런 복잡한 혼처보다는 다른 좋은 혼처를 찾아보시는 게 그쪽에게도 나을 겁니다. 이렇게 집을 나와서 사는 여자라면 그쪽 눈에도 별로 좋아 보이지는 않을 거고, 또 제 오빠 문제를 모르지는 않을 테죠. 그러니 제가 그렇게 탐을 낼 만한 혼처는 아닐 테고요."

"그건 제가 판단할 문제니까요. 조만간 다시 뵐 일이 있을 겁니다, 마리 씨. 그럼 오늘은 이만 물러나도록 하죠."

환식은 끝까지 '마리'라는 호칭을 쓰고서 가볍게 뒤돌았다.

사뿐사뿐 걸어 고급 승용차로 돌아가는 발걸음은 지나치게 리듬감이 있어 마치 느릿한 춤이라도 추는 것처럼 보였다.

"혼담이라니."

도야는 환식이 탄 자동차가 완전히 사라지고 난 후에야 참았던 숨을 토했다. 난데없어도 이렇게 난데없을 수가 없었다. 그렇지 않아도 복잡한 머리에 복잡한 얘기를 하나 더 끼얹어주는 꼴이라 어질어질하기까지 했다. 그렇게 격렬하게 싸우고 집을 나온 후로는 단 한 번도 인형을 찾지 않았지만, 아무래도 조만간 찾아가 한판 벌이기는 해야 할 듯했다.

7

지금 당장 급한 일은 혼담이 아니기도 했다. 뜬눈으로 밤을 새우다시피 한 도야는 통행금지가 풀리자마자 바로 집을 나섰다.

학회실은 전날 벌어진 끔찍한 흔적을 고스란히 끌어안고 있었다. 성한 물건은 하나도 없을 만큼 모든 것이 깨지거나 부서지고, 군데군데 핏자국도 보였다. 그 살풍경 한가운데에는 새벽부터 달려와 침통하기 짝이 없는 얼굴로 엉망이 된 학회실을 정리하고 있는 혁준이 있었다.

혁준 역시 깡패들로부터 심하게 얻어맞아 몰골이 말이 아니었다. 얼굴 여기저기가 시퍼렇거나 시뻘겋게 물들어 하얀 곳을 찾기 힘들었고, 코와 입술 역시 퉁퉁 부어 있었다. 도야는 또 눈물이 치밀어오르는 것을 참으며 학회실 안으로 들어섰다.

"많이 다쳤어? 이렇게 다쳤는데 하루 쉬지 않고서."

"어, 도야 왔구나. 너는 괜찮아?"

"나야 괜찮지. 다른 사람들은?"

"어, 다들 다치진 않았어. 나 말고도 아주 크게 다친 사람은 없었고. 영식 형이 뒤통수가 터져 급하게 병원으로 옮기기는 했지만."

"다행이다. 다들 그렇게 위험한 일을 당하고 있는데 나만 도망쳐서 너무 미안해……."

도야는 천장을 바라보며 북받치는 감정을 애써 삼켰다. 치밀어 오르는 죄책감을 내리누르려면 어떻게든 도움이 되는 수밖에 없었다. 도야는 바로 소매를 걷어붙이고 학회실 정리를 도왔다.

그런데 어쩐지 혁준의 분위기가 평소와 조금 달랐다. 여느 때 같으면 도야에게 쉬엄쉬엄 하라면서 핀잔 아닌 핀잔을 줬을 혁준이었으나, 오늘은 손을 멈추고 도야를 물끄러미 쳐다보기만 할 뿐이었다. 한참 뜸을 들인 혁준은 결국 깊은 한숨을 뱉으며 나지막한 목소리로 도야를 불렀다.

"도야 너 말이야."

"어, 왜?"

도야는 멀쩡한 책과 공책을 한쪽으로 모으다 말고 어리둥절한 눈으로 혁준을 봤다. 혁준은 도야의 까맣고 맑은 두 눈을 보면서 한 번 더 무겁게 한숨을 쉬었다.

"도야 네가 어제 그 상황에서 빠져나갈 수 있었던 건 다행이야. 그 일로 널 비난할 생각은 결코 없어. 다만 그 남자 말인데……."

"그 남자?"

"너 데려간 남자."

도야는 "아" 하고 작게 중얼거렸다. 곧 도야의 얼굴도 혁준의 얼굴만큼이나 어둡게 변했다.

"따라가고도 다친 곳이 없는 것을 보면 그 남자와 잘 아는 사이였던 게 맞니? 아니, 그런 것 같아서 보내주긴 했는데."

"그렇게까지 잘 아는 사이는 아니야."

"그러면 그 남자가 그냥 깡패가 아니라 정치깡패라는 건 몰랐어?"

도야는 순간 대답할 말을 찾지 못했다. 사실대로 말하자면 '몰랐어'라고 대답할 수 있을 것이다. 그렇지만 그것이 사실일 뿐 진실이 아니었고, 그것은 도야 자신이 가장 잘 알았다. 진실대로 말하자면 그 남자가 정치깡패일 가능성에서 눈을 돌리고 모른 척하고 있었을 뿐이었다.

"일이 이렇게 된 이상 그 남자와 알고 지내는 것도 그만두는 게 좋지 않을까 싶다. 무엇보다도 네가 위험해질 수 있어."

혁준은 치솟는 질투심을 억누르며 밤새 고민하고 또 고민한 끝에 겨우 정리한 말을 했다.

"도야 네가 알아서 할 일이지만……. 그래도 네가 위험하지 않으면 좋겠어서 한 말이야. 너무 신경 쓰지는 마."

도야가 아무 대답도 하지 못하고 있자, 혁준은 괜히 싱긋 웃으며 다시 주섬주섬 학회실 정리를 시작했다. 도야도 혁준을 따라 다시 책들을 옮겼지만, 혁준이 한 말이 잔가시처럼 심장에 쿡쿡 박히는 바람에 얼굴이 좀처럼 밝아지지 못했다.

8

돈 있고 권력 있다 하는 자들은 다들 양식 저택을 선호하는
가운데, 운일만은 유독 한옥을 고집했다. 백 평도 넘는 대지를
둘러싸고 넓게 펼쳐진 기와 담장 안에는 고풍스러운 척하는 안
채와 사랑채, 행랑채 같은 것들이 줄을 지어 늘어서 있었다.

하지만 아무리 고택처럼 보이려 해도, 하나같이 다 최근에
만들어진 태를 숨길 수 없었다. 출신에 대한 자격지심이 컸던
운일은 전통적인 것, 오래된 양반 집안에나 있을 법한 것, 집
안 대대로 내려온다는 분위기에 몹시 집착했으나 어설픈 흉내
로는 천박한 태를 숨길 수 없었다. 환식은 그런 운일을 역겨워
했다.

"아이구, 도련님 오셨습니까요."

한복을 말끔히 차려입은 행랑아범이 뛰어나와 환식이 입고

있던 프록코트를 반쯤 벗기듯이 건네받았다. 말하는 꼴이나 입성을 보면 꼭 김씨 집안에서 3대가 넘도록 일해 온 사람 같지만, 사실은 이 대단한 집을 짓는 김에 들인 여러 사용인 중 하나에 지나지 않았다. 환식은 물씬 피어오르는 경멸을 솜씨 좋게 안으로 감추고, 서글서글한 웃음의 가면을 겉으로 내밀었다.

"아버지는?"

"아까 전부터 사랑채에서 기다리고 계십니다요. 그리고 저기…… 오늘은 작은 마님이랑 작은 도련님도……."

행랑아범은 환식의 눈치를 보며 기어드는 목소리로 중얼거렸으나, 환식은 알았다고 짧게 대답한 후 다시 빙긋 웃었다.

적어도 한 달에 한 번은 부자간 식사 자리가 있어야 한다는 것이 운일이 고집하는 '집안 전통' 중 하나였다. 평소에는 그 너른 식당에 환식과 운일 둘만 앉아서 한 시간 정도 되는 식사를 했는데, 오늘은 무슨 바람이 불었는지 작은어머니와 이복동생까지 부른 모양이었다. 셋이나 되는 작은어머니, 또 넷이나 되는 이복남동생 중 누구를 불렀는지는 별로 궁금하지 않았다. 식당으로 가면 절로 알게 될 터였고, 무엇보다 환식은 자신과 아무런 상관도 없는 사람들이라 여겼다.

사랑채 안으로 들어서자 저녁 식사는 이미 한창이었다. 한옥과 좀처럼 어울리지 않는 크고 번쩍거리는 대리석 식탁 위에는 또 식탁과 어울리지 않는 한식이 한 상 크게 차려져 있었다.

"왔구나."

운일은 삼계탕에 푹 빠진 닭 다리 하나를 맨손으로 건져내다 말고 손을 휘휘 내저었다. 환식은 운일에게 가볍게 고개를 숙여 인사한 후, 제 자리로 가 앉았다. 환식의 맞은편에 앉아 있던 '작은어머니'가 환식에게 작게 눈인사를 보냈다. 환식은 기억을 한참 되짚은 끝에, 익선동 어디서 고급 요릿집을 하던 여자라는 사실을 떠올렸다. 작은어머니 곁에 앉아 있던 '이복남동생'도 환식을 무섭게 노려보면서 고개를 까딱였는데, 나이가 열여덟쯤 되었다든가 하는 것 외에 환식에게 정확히 기억나는 것이 없었다. 환식이 그 얼굴을 보아하니 딴에 환식의 자리를 노리는 듯했지만, 그런 놈이 이미 둘이나 있었다는 사실은 잘 모르는 것 같았다.

"어딜 갔다가 오느라 이리 늦었어?"

운일이 닭 다리를 잡았던 손가락을 입으로 쭉쭉 빨아댔지만, 환식은 인상 하나 찌푸리지 않았다.

"마리 씨를 좀 만나고 왔습니다."

"그래? 새아가는 잘 있더냐? 집에도 안 들어가고 여기저기서 빨갱이질한다고 시끄럽던데."

"잘 지내고 있는 것으로 보였습니다."

"그래, 집안에 앉히면 빨갱이질 못 하도록 네가 안사람 관리를 잘해야 한다. 두들겨 패서라도 집안에 앉혀놓으면 별 탈은 없을 게야."

"아유, 그래도 빨갱이라니…… 세상 무서워서. 어쩜 환식 군은 안사람을 골라도 그런 여자를 골랐지? 당신이 걱정이 많으시겠어요."

부자가 대화를 나누는 동안 슬금슬금 눈치만 보고 있던 작은어머니가 기어이 대화에 끼어들었다. 자기 딴에는 본처 소생을 견제하느라 그런 말을 한 모양이었으나, 운일이 이 혼처를 퍽 마음에 들어 하고 있다는 사실까지는 몰랐던 듯했다. 운일은 며느리 될 여자가 빨갱이 노릇이나 하고 다닌다는 게 탐탁지는 않았지만, 백인형의 딸을 자기 아래에 둘 수 있다는 자체에 대단히 만족스러워했다.

"시끄럽다! 니가 낄 자리 아니니까 입 다물고 밥이나 먹어!"

운일이 숟가락을 탁 내려놓으면서 큰소리를 지르자, 작은어머니는 금세 기가 죽어 젓가락으로 밥알을 깨작거렸다. 제 어머니가 당한 모습을 본 이복남동생의 눈에도 잠시 불꽃이 일었으나, 차마 운일을 보진 못하고 환식을 무섭게 쏘아보았다.

운일은 엉망이 된 밥상머리 분위기에는 전혀 신경 쓰지 않고 숟가락 옆에 놓여 있던 술 한 잔을 쭈욱 들이켰다.

"저번에 삐라 사건인지 뭔지도 새아가 될 아이가 얽혀들었다더구나. 아직 이 집에 들어오기 전이니 고년 다리몽둥이를 분질러 집안에 들어 앉힐 수도 없고."

작은어머니는 그새를 못 참고 또 환식의 흉을 볼 기회를 노리며 슬금슬금 운일의 눈치를 살폈다. 그 작태를 본 환식은 그만 피식 웃고 말았다. 사실 환식은 처음부터 도야가 그 사건에 얽혀 있다는 것을 알고 있었다. 그래서 서울대 문리대에 정치깡패를 보내도록 운일을 충동질한 것이 바로 환식이었다.

환식은 운일에게 경무대가 눈여겨보는 사건이니만큼 그 일을 해결하고 나면 입지가 더욱 단단해질 거라고 조언했다. 일자무식으로 의원 자리에까지 오른 운일은 미국에서 공부하고 있는 아들의 말을 절대적으로 신뢰했고, 그 즉시 제 휘하의 정치깡패 '민족구국청년단'을 그곳으로 보낸 것이다.

그런데 운일이 이어 덧붙인 말은 환식도 몰랐던 사실이었다.

"거기서 웬 놈이 새아가 될 아이를 빼돌려서 별로 다치지는 않은 것 같더라만, 차라리 거기서 대가리라도 깨졌어야 정신을 차리지 않았겠나 싶어."

"그런 일이 있었습니까?"

"그래, 하필 또 내가 눈여겨보던 놈이 그랬다고 하니, 거 참."

환식은 자리에 있던 누구도 알아보지 못할 만큼 작게 혀를 찼다. 혁준을 노리고 운일을 충동질한 것이었는데, 혁준이 아니라 다른 놈이 걸린 모양이다. 운일이 눈여겨보고 있던 놈이라면 혁준일 수가 없었다.

"그래서 말이야. 요즘 대학생들 상태가……."

운일은 지저분한 손가락을 냅킨에 마구잡이로 닦으면서 요즘 정세와 관련된 이야기로 화제를 넘겼고, 이복남동생은 귀한 가르침이라도 듣는 것처럼 운일의 말에 집중했다. 환식은 아무 말 없이, 밥알이 한가득 얹힌 숟가락만 묵묵히 입으로 밀어 넣었다. 매달 찾아오는 이 저녁 식사 자리는 언제나 역겨웠으나, 오늘은 유독 더 역겨웠다.

9

도야는 바삐 일을 하면서도 그 남자 생각을 떨쳐내지 못했다. 혁준 말대로 정치깡패 근처에 있는 것만으로도 위험할 수 있었고, 그 위험은 도야 한 사람에게만 국한되지 않았다. 말 한마디라도 잘못 흘렸다가는 주변 사람들마저 위험해질 수 있었다.

문제는 "그렇지 않아도 앞으론 서로 알지 못하는 것으로 하자고 얘기를 해뒀어"라고 말하지 못한 도야 자신이었다. 그 남자를 잘라내야 한다는 것을 머리로는 알았지만, 속마음은 그러지 못했다. 마음이 따르지 못하니 그 말을 실천할 수 있을지 자신이 없었다.

이상했다. 집 앞까지 찾아왔던 김환식이라는 남자는 잠깐 말을 섞는 것만으로도 견딜 수 없을 만큼 혐오스러웠는데, 그 남자는 정치깡패 짓 하는 걸 두 눈으로 똑똑히 보고도 싫은 마음이 들지 않았다.

오히려 그 남자를 생각하면 '백도야'라는 글자를 흙바닥에 써 내려가며 뿌듯해하던 얼굴이 먼저 떠올랐다. 봄이 되면 이곳 경치가 제법 좋다던 말도 귀에 맴돌았다. 도야가 동행을 거절할 것 같자 서운해하던 얼굴이나, 나쁜 짓을 하는 것은 본 적 없다고 도야가 인정했을 때 싱글벙글 웃어대던 얼굴도 떠올랐다. 정치깡패 노릇 아닌 그런 모습이 그 남자의 진짜 모습이라고 자꾸 믿고만 싶었다.

도야가 쓸데없는 생각을 털어내려 막 행주를 물에 담갔을 때, 깡패처럼 험상궂게 생긴 사내 하나가 느닷없이 국숫집으로 뛰어들었다. 사내는 자리에 앉지 않고 어딘지 절박한 얼굴로 국숫집 안을 두리번거렸다. 이상하다는 생각은 들었지만, 도야는 앞치마에 손을 닦으며 인사를 했다.

"국수 한 그릇 드릴까요?"

사내는 대답 없이 도야의 얼굴만 유심히 훑었다. 그러더니 난데없이 도야의 팔을 덥석 붙들었다.

"보시오! 우리 한이 형님 알고 계시우?"

점박이는 지푸라기라도 잡아보자는 마음으로 달려왔다. 한이를 끌고 간 것이 정체 모를 놈들이었다면 바로 덕배에게로 갔을 것이나, 한이를 끌고 간 놈들이 바로 덕배 밑에서 일하는 놈들이었다. 어찌할 바를 몰라 발만 동동 구르고 있다가, 얼핏 한이가 마음에 두고 있다는 '귀한 아가씨' 이야기가 생각나 기억을 더듬고 더듬어 남대문시장 국숫집까지 찾아온 것이었다.

때마침 물을 길러 갔던 춘천댁이 돌아왔다. 아는 얼굴을 만난 점박이는 비로소 약간 안심한 듯 그 험악한 두 눈 가득 그렁그렁 눈물을 매달고서 춘천댁을 붙들었다.

"아이고, 춘천댁. 한이 형님이 큰일 났어! 어디를 끌려갔는데 살아나오지 못할 것 같다고! 이러다 형님 죽겄어!"

"아니, 그게 무슨 말이야. 한이 총각이 어디에 끌려가? 알아듣게 얘기를 해봐."

"덕배 형님한티…… 꼼짝없이 죽어 나오게 생겼다니까! 아이고 이 일을 어쩌면 좋누."

점박이는 비통한 얼굴로 다시 도야를 보았다. 그 말에 도야의 낯빛이 창백해졌다. 점박이의 말에 워낙 두서가 없어 알아듣기는 힘들었지만, 모르는 사이로 지내기로 했다고 얘기할 분위기가 아니라는 것은 도야도 눈치껏 알 수 있었다.

"형님이 어제 빨갱이 하나를 몰래 빼돌렸나 보더라고. 그래서 빨갱이들이랑 한통속이 아니냐고……."

"빨갱이를 빼돌렸다고요?"

기절할 듯 놀라 되물은 것은 춘천댁이 아니라 도야였다. 점박이는 필사적으로 고개를 끄덕였고, 도야의 손발이 덜덜 떨렸다. 그제야 무슨 일이 일어났는지를 분명히 알 수 있었다. 빼돌린 빨갱이라는 것은 도야 자신일 것이다. 그 남자는 지금 다른 누구도 아닌 자신 때문에 고초를 겪고 있는 것이었다.

이런 일이 벌어질 거라고 왜 미처 생각하지 못했을까. 보는 눈이 그렇게 많은 자리에서 도야를 데리고 나왔다는 것은 그 남자로서도 엄청난 위험을 감수한 것이었는데. 서로 알고 지내면 도야만 위험한 것이 아니라, 그 남자도 위험해지는 것이었다. 도야는 흐트러지려는 정신을 단단히 부여잡으면서 눈을 부릅떴다.

"그 사람, 어디로 끌려갔는지는 알아요?"

"아이구, 아가씨가 갈 만한 곳이 아니오. 것보다두 귀한 아가씨라고 들었는데 어디 싹싹 빌 곳 없소? 그, 김운일이라던가 의원 나부랭이 명령으로 빨갱이 잡으러 갔던 것인디 거기라도 잘 좀 말해주면……."

김운일. 도야는 저도 모르게 아랫입술을 꽉 깨물었다.

참 공교로운 일이었다. 하필 며칠 전 김운일의 아들이라는 자가 찾아와 조만간 다시 볼 일이 있을 것이라고 했다. 그 남자와의 혼담이 간단히 정리될 수 있을 거라고 생각했던 자신이 지금은 한없이 멍청하게만 느껴졌다.

"아주머니, 어디 좀 갔다 올게요. 방법이 있을 거예요."

"아유, 그래. 무슨 일 있으면 기별 보내야 해, 알았지!"

춘천댁은 전후 사정을 정확히 알지 못하면서도 도야의 등부터 떠밀어주었다. 도야는 재빨리 앞치마를 벗어던지고 국숫집을 뛰쳐나왔다.

도야가 점박이로부터 뜻하지 않은 구조 요청을 받은 때에 한이는 북한산 자락에 있는 어느 버려진 집터에 있었다. 광복 전까지만 해도 번듯한 일본식 가옥이었겠지만, 광복을 맞이하면서 주인을 잃고 전쟁을 겪으면서 조금씩 허물어져, 이제는 마주 보는 벽 두어 개만 남은 폐가였다. 집터라기보다는 허허벌판에 더 가까운 곳에서 한이는 죽지 않은 게 용할 정도로 얻어맞고 있었다.

"내가…… 너…… 기어오를…… 날도…… 얼마 남지…… 않았다고…… 했지……!"

춘길은 각목으로 한이를 후려갈기면서 그간 쌓아왔던 분노를 추임새처럼 흩뿌렸다. 주변으로는 춘길 외에도 다른 깡패들도 여럿 늘어서 있었고, 다들 낄낄거리면서 춘길의 추임새를 거

드는 것을 멈추지 않았다.

"이한이 새끼, 세상 무서운 줄도 모르고 까불고 다녔지?"

"그 따우로 나대고 다니니까 니 새끼 뒤통수 한번 까보겠다고 줄을 서는 거 아니야."

한이를 비웃고 있는 무리 중에는 언젠가 국숫집에서 한이에게 쫓겨나다시피 한 놈들도 있었고, 종로 쪽 놈들도 있었다. 한이는 춘길 쪽 놈들이 나서면 자신도 감당을 못할 거라던, 언젠가 점박이가 한 말을 떠올리며 실소를 흘렸다.

그러는 새 춘길이 들고 있던 각목이 끝내 우지끈 소리를 내며 부러졌다. 춘길이 바닥에 침을 뱉으면서 부러진 각목을 멀리 내던지자 곁에 있던 놈이 튼튼한 새 각목을 건넸다. 춘길은 못이 박힌 각목 끝으로 한이의 뺨을 툭툭 건드렸다.

"이 개새끼야. 뒤통수 맞을 짓을 하고 다녔으면 뒤가 구린 일은 하지 말아야지. 어디서 빨갱이 년을 빼돌려?"

춘길은 이 상황이 아주 만족스러운 듯했다. 사내놈만 득시글한 가운데 꼭 하나 있던 계집이 독하게 따박따박 대드는 게 보통 년은 아니다 싶어 유심히 보았는데, 하필 벼르고 있던 요 한이라는 놈이 그년을 붙들고 도망가는 것이 아니겠는가. 기회는 이때구나 싶어 바로 덕배에게로 달려간 춘길이었다.

"너 이뻐하던 덕배 형님도 펄펄 뛰면서 뒈질 때까지 패라더라. 외원 니리도 그리라고 했단다, 이 새끼야."

한이는 허탈한 신음을 뱉었다. 의원 줄을 타게 됐으니 밑바닥 인생도 빛을 보겠나 싶던 것이 며칠 되지 않았다.

그렇지만 이렇게 되어버린 것이 아깝지는 않았다. 오히려 그 여자를 생각하면 차라리 잘된 일 같기도 했다. 어차피 그 여자 때문에 줄을 타려고 했던 것이었으니, 지금에 와서는 티끌만큼의 미련도 없었다.

다만 신경이 쓰이는 것은 여전히 그 여자였다. 그 여자를 빼돌린 것 때문에 이리 끌려오게 되었다는 사실을 알았을 때, 한이는 죽는 한이 있더라도 그 여자가 누구인지만은 입 밖에 내지 않으리라고 마음먹었다. 한이도 이런 자신이 참 낯설게 느껴졌다. 내가 왜 이렇게까지 하는 걸까, 고작 그런 빨갱이 여자 하나를 위해서.

"이 새끼가 웃어, 지금?"

벌겋게 달아오른 춘길의 목소리를 듣고서야, 한이는 자신이 피거품을 뱉으면서도 희미하게 웃고 있다는 사실을 알았다. 잡다한 생각은 그냥 다 그만두기로 했다. 빨갱이든 아니든 무슨 의미가 있겠는가. 그 여자가 한 말들이 있고, 한 행동들이 있으며, 그것들이 모두 마음을 이렇게 강하게 두드리고 있는데.

다시 몽둥이찜질이 시작됐다. 한이는 몽둥이질을 온몸으로 받아내면서 그래도 자신이 이렇게 맞아 죽어가고 있다는 것만은 그 여자가 알지 못했으면 좋겠다고, 설혹 알게 되더라도 그 이유는 몰랐으면 좋겠다고 생각했다. 한이가 맞아 죽게 된 이유를 알게 된다면, 그 올곧은 여자는 분명히 자기 자신을 탓할 것이었다. 여자가 자기 자신을 탓하면서 우는 것만은 죽어서도 보고 싶지 않았다.

못이 어깻죽지에 박혔다가 빠져나가면서 피와 살점이 허공에 뿌려졌고, 한이는 고통을 견디지 못하고 낮은 비명을 내질렀다. 각목에 박힌 못이 한이의 머리 쪽을 겨냥했다. 이를 본 한이가 꼼짝 없이 죽겠구나 생각했던 그때, 갑작스레 춘길의 매질이 멈췄다.

"아직 그러고 있나?"

누군가 폐가 안으로 성큼 들어섰다. 춘길은 눈에 띄게 당황하며 들고 있던 각목을 아래로 내렸다. 남자의 목소리가 고개도 들지 못하는 한이의 고막에 박혔다.

"거기까지만 해."

경멸과 짜증이 담긴 목소리였다.

10

　도야는 국수 국물이 덕지덕지한 깡통 치마와 낡은 저고리를
걸친 채, 값비싼 비단 벽지와 자기로 장식된 복도를 반쯤 뛰다
시피 걸었다. 이 집에 다시는 돌아오지 않겠다고 다짐했는데 이
렇게 돌아오게 될 것이라고는 생각지 못했다.

　처음에는 외무부를 찾았다. 입구를 지키고 있던 경찰들은 허
름한 시장 상인 차림의 도야를 안으로 들이지 않으려고 했다.
다행히도 때마침 외근을 나가던 차관실 비서를 만날 수 있었다.

　"마리 아니니. 이런 꼴을 하고서⋯⋯. 무슨 일이야?"

　집까지 찾아와 인형에게 이런저런 청탁을 넣었던 남자라 말
을 섞는 것조차 불쾌했으나, 도야는 여기까지 찾아온 목적을 떠
올리고 마음을 다잡았다.

　"아버지를 만나러 왔는데요."

비서는 도야의 머리에 쓰고 있던 싸구려 수건을 눈으로 훑으면서 인형이 지금 집에 있을 것이라고 알려줬다. 집으로 누군가 찾아올 거라며, 그제부터 청사로는 출근하지 않고 있다고 했다.

숨이 턱 막혔다. 그제라면 문리대 학회실 일이 있었던 날이었고, 찾아올 누군가라는 것은 도야를 말하는 것이 분명했다. 모든 게 환식의 수작이라고만 생각했는데, 진짜 배후는 인형이었다. 그렇지 않다면 이 시간에 인형이 집에 있을 리가 없었다. 도야가 쉽게 접근할 수 없는 외무부 집무실과는 달리, 그 집은 도야가 언제든 찾아갈 수 있는 장소였으니까.

'아버지……'

서재 문을 열기 전 도야는 한 번 더 심호흡하면서 마음을 단단히 다졌다. 이 문 안쪽에는 도야가 그토록 증오하고 혐오하는 남자가 있었다. 도야는 두 주먹을 꽉 쥐고, 천천히 문을 열었다.

남자는 거인(巨人) 백인형이라고 했다. 그는 친일파 유지 집안의 장남으로 태어나 뼛속까지 친일하며 한 시대를 살아냈고, 시대가 바뀐 후에는 완벽한 친미파로 변신해 새로운 시대를 살아내고 있는 남자였다.

총독부에서 고위 관료로 일했던 인형이 광복 후에도 계속 권력과 부를 쥘 수 있었던 것은 선친의 남다른 안목 덕이었다. 선친은 남들이 다 일본으로 자식을 유학 보낼 때 미국이 조선의 다음 주인이 될 것을 내다보는 혜안이 있어 인형은 일찌감치 미국으로 유학을 떠났다. 덕분에 인형은 일본어와 영어를 유창하게 할 줄 아는 몇 안 되는 행정 관료로서 미 군정의 신뢰를 얻었다. 또 총독부에서 차지하던 권력을 미 군정에서도 그대로 유지할 수 있었다.

도야도 이 남자가 이루어놓은 부와 권세에 힘입어 자신이 그리 큰 고생 없이 많은 것을 누릴 수 있었다는 건 알았다. 하지만 동시에, 그것이 이 남자에게 고마워할 일은 아니라는 것도 알았다. 도야가 고마워하고 죄송해야 할 상대는 이 남자의 발아래에서 피눈물을 흘렸던 가난한 조선 민중이었으며, 도야가 누렸던 것 역시 이 남자의 것이 아니라 민중의 피눈물에서 나온 것이었다. 뒤늦게야 그런 진실을 깨달은 도야는 이 집을 박차고 나왔지만, 지금은 어쩔 수 없었다.

도야가 문을 열어젖혔다는 사실을 모를 리 없었으나, 인형은 한가롭게 파이프 담배를 한 모금 빨아올리며 느긋하게 책을 한 장 넘겼다. 도야가 찾아올 것을 알고 있었다는, 동시에 도야를 대단하게 상대하지는 않겠다는 의사표시였다.

"아버지."

도야는 한 글자 한 글자 짓씹듯 그를 불렀다. 집을 나간 후로는 처음으로 입 밖에 내어보는 호칭이었다. 인형은 딸을 쳐다보기는커녕 책장을 가볍게 넘기며 무심히 대답했다.

"네가 온단 얘기는 들었다. 애비 보기 싫다고 집을 나간 딸년이 갑자기 어쩐 일이지?"

몇 달 만에 마주하는 부녀간이었으나, 흔한 안부 인사도 없었다. 보고 있는 것만으로도 정말로 끔찍했다. 도야는 저 남자의 피가 제 몸속에 흐르고 있다는 것을 생각하면 자기 자신마저도 견딜 수 없이 증오스러울 지경이었다. 그러나 흙바닥에 도야의 이름을 쓰면서 웃던 그 남자의 얼굴이 떠올랐다. 아무리 혐오스럽고 경멸하는 상대라도 어쩔 수 없었다. 도야는 입술을 꽉 깨물고, 굽혀지지 않는 다리를 억지로 굽혀 무릎을 꿇었다.

"부탁드릴 것이 있어요. 도와주세요."

자기 자신에 대한 경멸인지, 굴욕감 혹은 분노인지, 그도 아니면 그저 억제하지 못한 슬픔인지. 가늠할 수 없는 이유로 도야의 목소리는 가늘게 떨렸다. 그제야 인형도 고개를 들어 딸을 바라봤다.

"언제는 저 잘났다고 뛰쳐나가더니 아비의 도움이 필요한 일이 생겼나 보지?"

인형과 눈을 마주친 도야의 온몸이 파르르 떨렸으나, 도야는 맞아 죽어가고 있을 그 남자를 다시 생각했다. 죽게 두고 싶지 않았다. 아니, 죽는다고 해도 그 죽음이 자신으로 인한 것이어서는 안 되었다.

"아버지, 김운일 의원과 친하게 지내고 계시죠. 그 집과 혼담을 진행할 만큼. 김운일 의원에게 부탁 한마디만 넣어주세요."

"김환식 군이 그새 너를 찾아가 혼담 이야기를 했나 보군. 그래, 부탁할 일이라는 게 뭐지?"

이 역시 다 알면서 하는 질문이었다. 도야는 다시 아랫입술을 꽉 깨물었다. 환식이 정혼자를 찾아가 혼담 얘기를 꺼내리라 짐작했다는 것은, 환식이 제 정혼자를 집에 들여보내기 위해 어떤 짓을 꾸미리라는 것 역시 계산하고 있었다는 뜻이었다. 제 손 하나 까딱하지 않고 집 나간 딸을 찾아오려 하다니, 과연 백인형이라는 남자가 부릴 만한 수작이었다.

그러나 이제 그런 문제는 중요치 않았다. 아무리 인형의 손바닥 안에서 놀아나는 것이라고 해도 지금은 이 남자가 필요했다. 도야는 굴욕감으로 떨리는 어깨를 멈추려고 노력하면서 도무지 떨어지지 않는 입술을 억지로 열었다.

"제가 아는 사람이 지금 죽어가고 있습니다. 김운일 의원의 한마디면 멈춘다고 합니다. 그 사람을 살릴 수 있게 도와주세요, 아버지."

얼마나 무겁게, 이를 악물고서 말을 꺼냈는지 모른다. 한 글자 한 글자가 마치 무거운 쇳덩이처럼 가라앉았다. 인형은 곧바로 대답하지 않았다. 도야는 속이 탔다. 지금 이러고 있는 동안에도 그 남자는 죽음의 문턱 가까이 가고 있을 것이다.

"아는 사람이라니…… 밖에서 망나니처럼 굴다가 알게 된 사이인가 보지? 그런데 그런 문제라면 환식 군에게 직접 얘기하잖고."

인형이 잠깐 뜸을 들인 후 꺼낸 말을 듣고, 도야는 터지도록 아랫입술을 깨물었다. 인형은 그 남자가 정혼자라는 것을 인정하고 싶지 않은 도야의 마음을 잘 알면서도 말을 한 것이다. 도야가 바로 답을 하지 못하자 인형은 피식 웃으며 책을 덮었다.

"그래, 그건 그렇다 치고. 그럼 대가로 뭘 내놓을 거냐. 내가 어릴 때부터 가르치지 않았느냐. 상대방에게 뭔가 부탁을 하려면 상응하는 걸 내놓아야 한다고, 그게 정치의 기본이라고."

딸을 상대하면서도 참으로 능구렁이 같고도 치밀한 남자였다. 제 입으로 그 대가라는 것을 약속하고 나면, 도야는 성격상 자신이 직접 한 약속을 절대로 어기지 못할 것이다. 인형은 딸의 그런 성격을 아주 잘 알았다. 하지만 어쩔 수 없었다.

다시는 인형을 보지 않을 각오로 집을 뛰쳐나간 것이었건만, 이렇게 어이없을 만큼 허무하게 굴복하게 될 줄은 도야 자신도 미처 상상하지 못했다.

"집에…… 들어오겠습니다……."

더듬더듬 말을 꺼내는 목소리가 파르르 떨린다. 인형은 수염 없는 턱을 만지작거렸다.

"그것만으로는 부족한 것 같군. 집에 들어오는 거야 당연히 해야 할 일이니."

인형은 고개를 들어 도야와 눈을 똑바로 맞추었다. 이렇게 마주 보고 있으면, 진운과 무척 닮은 눈매였다. 그러나 그 속에 담긴 빛깔은 진운의 눈에 담겼던 그것과 전혀 다르다. 소름 끼칠 만큼 차갑고 그 속을 전혀 알 수 없는, 새까맣고 먹먹하기만 한 빛깔이었다.

"그럼 이렇게 하지. 학교는 그만뒀다고 했지? 잘됐구나. 이참에 미국으로 건너가거라. 네 정혼자가 미국에서 학교를 다니고 있으니, 혼인하고 따라가면 되겠지. 귀국하고 나면 모든 게 다 정리돼 있을 게다."

인형은 완전한 굴복을 요구했다. 인형은 도야가 손발을 얌전히 묶인 마리오네트가 되기를 원하고 있었다. 하지만 다른 방법이 없었다. 이 남자 앞에서는 절대 눈물을 보이지 않으리라 다짐했던 것을 간신히 떠올리면서 도야는 이를 악물었다.

"그렇게 할게요, 아버지."

그렇게 말하며 고개를 떨어뜨린 그 순간, 도야는 무언가가 제 속에서 산산이 부서지고 무너져 내리는 것을 느꼈다.

원하지 않는 결혼을 한다. 그리고 미국으로 간다. 그것은 자신이 믿고 있고 또 원했던 신념과 그 신념에 따른 삶을 깨끗이 포기하는 것이었다. 발을 딛고 서 있던 바닥이 무너져 추락하는 감각 속에서, 간신히 그 자리에 버티고 서 있는 것이 도야의 최선이었다.

"그래, 그러면 네 부탁도 들어주지. 아는 사람이 죽어가고 있는데, 김운일 의원에게 부탁하면 된다고?"

딸의 절망스러운 목소리와 표정이 만족스러운 듯 인형은 딸이 살리겠다는 지인이 누군지도 묻지 않고 책상 위의 전화기를 집어 들었다.

"그래, 환식 군. 부탁할 게 있어서 전화했네. 의원님께서 누구 하나 혼내라고 지시한 게 있는가? 그 사람을 놓아줬으면 하는 게 자네 정혼자의 부탁인데."

상대방은 운일이 아니라 그 남자였다. 도야는 인형이 전화 건너편에 있을 그 끔찍한 남자와 대화를 주고받는 것을 보면서 비로소 자신의 마음을 인정할 수 있었다.

깨닫는 것이 너무 늦었다. 일이 이렇게 되기 전에 조금이라도 일찍 인정하고서 제대로 웃어주기라도 했다면 좋았을 것을.

폐가에 나타난 것은 키가 크고 말쑥하게 생긴 청년이었다. 평소와 달리 미제 청바지에 헐렁한 셔츠를 대충 걸쳐 입고 있었으나 얼굴에는 여전히 귀티가 묻어났다. 환식이었다.

"저놈이 그놈인가?"

"네, 맞습니다."

환식은 저보다 대여섯 살은 많을 법한 깡패들에게 당연한 듯 반말을 했고, 춘길은 공손히 머리를 조아렸다. 춘길이 새파랗게 어린놈의 하대에도 전혀 불쾌감을 느끼지 않았다. 몇 주 전 운일에게 이자를 소개받은 후로 묘한 주종관계가 형성됐기 때문이었다.

환식은 바닥에 쓰러져 있는 남자의 상태를 확인하고는 얼굴을 찌푸렸다. 평소 보이던 서글서글한 미소의 가면은 전혀 보이지 않았고, 새하얗고 멀끔한 얼굴에는 오로지 경멸과 환멸만이 담겨 있었다.

환식은 쓰러져 있는 남자에게로 성큼성큼 다가가 그 얼굴에 침을 뱉었다. 환식이 제 아버지에게 하고 싶었지만 여태 하지 못한 짓이었다.

"개새끼가!"

그렇게 맞고도 아직 기력이 남았는지 한이는 욕설을 퍼부었다. 그에 그치지 않고 환식에게 거꾸로 침을 뱉으려 했지만, 침은 환식의 청바지에 가 닿지 못하고 힘없이 바닥에 떨어졌다.

"그물에 류혁준 그놈이 걸릴 줄 알았더니."

환식은 불쾌감을 감출 생각조차 하지 않고 혀를 찼다. 운일을 충동질할 때만 해도 덫에 걸려들 놈은 분명 혁준일 것이라고 생각했다. 혁준이 걸려들면 그를 기회로 도야 주변을 정리하고 도야를 완벽히 손에 넣을 생각이었다.

"어떻게 이런 무식한 짐승 새끼가 걸려드나. 내 정혼자는 참으로 천박한 안목을 가진 여자였군."

환식은 다시금 불쾌감을 침에 담아 한이의 얼굴에 뱉었다.

"저놈 풀어줘. 남 회장에겐 내가 얘기할 테니."

폐가 안을 둘러보는 환식의 말에는 여전히 경멸이 잔뜩 묻어났다. 저런 벌레 하나쯤 죽여 없애도 상관은 없겠지만, 그랬다가 그 고집스러운 여자가 약속을 지키지 않았다고 날뛰며 제 목에 칼을 들이대는 일이라도 벌일 수 있다. 어쨌든 그 여자가 집으로 돌아왔고 결혼과 미국행을 모두 승낙했다니, 타깃은 틀렸어도 일은 제대로 풀린 셈이었다.

춘길은 맺힌 분노를 모두 풀지 못해 불만스러운 듯했지만 어쩔 수 없이 한이를 놓아줬다. 그렇게 환식과 춘길 패거리가 모두 떠나고 나서야 한이는 겨우 의식을 놓을 수 있었다. 무엇이 어떻게 된 일인지 확인해보기는커녕 이 갑작스러운 구원에 놀라거나 감사할 만한 정신력마저 남아 있지 않았다.

11

춘길이 떠났을 때 해가 하늘 한가운데 떠 있었으나, 한이가 시내까지 내려왔을 때에는 해가 지평선까지 내려와 있었다. 까무룩 혼절하고 있었던 것이 두어 시간이었고, 절뚝거리면서 걸어 내려오느라 또 한 세월이었다.

서울 시내로 들어선 한이는 산녀의 여인숙이 아닌 청계천 변 하꼬방촌으로 향했다. 그 여자, 도야를 봐야 한다는 생각밖에 없었다. 그 여자를 빼돌린 자신에게 이 정도의 매질이 가해졌다고 하면 그 여자 역시 무사하지 못하지 싶었다. 도야를 제 눈으로 직접 확인해야 마음이 놓일 것 같았다. 절뚝거리면서 어렵게 걷다 보니 또 한참의 시간이 걸려, 완전한 밤이 됐을 시각에야 한이는 겨우 여자의 집에 도착할 수 있었다.

하지만 그 필사적인 노력이 무색하게도 여자의 하꼬방 문이 굳게 닫혀 있었다. 인기척도 전혀 나질 않는 것이, 여자는 아직 집에 돌아오지 않은 듯했다. 한이는 여자가 돌아올 때까지 기다려야겠다는 생각으로 하꼬방 앞에 털썩 주저앉아 버렸다. 여자가 무사한 것을 두 눈으로 확인하기 전에는 그곳을 떠나지 않을 요량이었다. 그렇게 판자벽에 기대어 눈을 감고 있었더니, 어쩐지 이 집에서 그 여자와 보냈던 짧은 시간이 떠올라 피식 웃음이 나왔다. 그때는 이 여자에게 이렇게까지 마음을 주게 될 줄 상상조차 하지 못했다.

얼마나 넋을 놓고 있었을까. 누군가 갑자기 멱살을 잡아채는 바람에 한이는 퍼뜩 정신이 들었다.

"뭐야!"

한이는 움직이지 않는 몸을 억지로 움직여 멱살을 잡은 손을 있는 힘껏 뿌리쳤다. 멱살을 잡았던 남자는 제힘을 이기지 못해 바닥에 넘어지고 말았으나, 다시 벌떡 일어나 주먹을 들어 올렸다. 하지만 남자가 제대로 주먹질을 해보기도 전에 한이는 도로 자리에 주저앉았다. 남자는 차마 주먹도 못 휘두르고 피 끓는 절규만 쏟았다.

"너 따위 깡패 자식 때문에 도야가 어떻게 됐는지 알아!"

"너는……."

한이는 그제야 남자의 얼굴을 알아볼 수 있었다. 학회실을 습격했던 날, 여자를 넘겼던 그 남자였다. 한이의 눈에 날카로운 빛이 돌아왔다.

"그게 무슨 소리야. 그 여자가 어떻게 됐는데?"

"몰랐나? 너 따위를 구하겠답시고 제 발로, 제집으로 돌아갔단 말이다!"

"그게 무슨 소리야? 여기가 그 여자 집 아니었어?"

"제 아버지가 있는 집 말이다! 원치 않는 혼인을 약속하고, 미국으로 가겠다는 약속까지 하면서!"

혁준에게 일이 어떻게 됐는지를 알려준 것은 환식이었다. 환식은 한이를 풀어주자마자 무슨 생각에선지 문리대 학회실까지 찾아와 그를 비웃었다.

"네가 베르테르인 줄로 알았더니, 《젊은 베르테르의 슬픔》이 아니라 《신 엘로이즈》였더라고? 아니지, 그런 새끼를 생 프뢰에 비교하는 건 루소에 대한 모독이지."

"갑자기 나타나선 무슨 소립니까?"

환식은 조소와 함께 그간의 일을 알려주었고, 혁준은 바로 학회실을 뛰쳐나와 이 남자를 찾아 지금까지 헤맨 것이었다.

분노를 주체하지 못하는 혁준과 달리, 한이는 오히려 안심한 듯 온몸에 긴장이 풀렸다. 그러자 애써 참고 있었던 고통이 비로소 고개를 들어 한이는 인상을 쓰면서 신음을 뱉었다. 눈에 띄게 안도한 한이를 보자, 혁준은 더 화가 나 다시 그 멱살을 잡아 일으켜 세웠다.

"이 개자식아, 무슨 상황인지 이해가 안 돼? 너 때문에 도야가 어떻게 됐는지 이해가 안 되느냐고!"

"이해가 왜 안 되겠어? 그 곱게 자란 여자가 제자리로 돌아갔다는 거 아니야. 그럼 다행이지. 이런 곳에서 더는 위험하게 살 일도 없을 거고. 그럼 됐어."

"그걸 말이라고……!"

결국 혁준은 한이의 멱살을 잡고 있던 손을 풀어버리고 말았다. 한이는 끈 풀린 인형처럼 바닥에 흘러내렸고, 혁준은 이글이글 타오르는 눈으로 한참이나 한이를 노려보다가 뒤돌아서고 말았다. 고작 이런 놈을 위해서 도야가 자신이 원하는 삶까지 포기했다는 사실을, 혁준은 도저히 믿을 수가 없었다.

혁준이 사라지자 한이는 허탈하게 웃었다. 그 여자의 결혼 상대는 분명 자기 같은 깡패 새끼보다는 괜찮은 놈일 것이다. 그것 역시 적잖게 안심이 되는 일이었다.

"미국으로 간다면 앞으로 볼 일은 없겠군. 이걸로 됐다."

한이는 금방이라도 그 여자의 온기가 느껴질 것처럼 판자벽에 가만히 머리를 기댔다. 그렇게 하지 않고서는 마음이 텅 비는 듯한 허기를 도저히 견딜 수가 없을 것 같았다.

도야, 아니 마리의 방은 주인이 떠난 다섯 달 전과 조금도 달라지지 않았다. 물론 이렇게 될 것을 예견한 인형의 지시 때문이었다. 도야는 낡디 낡아 표지의 글자마저 제대로 보이지 않는 소책자 하나를 든 채로 자기 방에서 나왔다.

　방을 나온 도야는 자신의 방 맞은편의 방문을 한참이나 바라봤다. 집을 뛰쳐나갔을 때와 한 치도 다르지 않은 자신의 방과 달리 그 문 안쪽은 텅 비어 있는 상태일 것이다.

　벌써 3년 전의 일이다. 인형은 방의 주인이 객사했다는 사실을 알게 되자 곧장 방 안의 모든 것을 버리라고 했다. 아직 고등학생이던 도야는 방을 치우지 말라고 울며불며 매달렸지만, 반나절이 채 지나기도 전에 방은 완전히 텅 비고 말았다. 그 이후로 달라진 바가 없을 것이었다.

　조심조심 문을 열어보자 역시나 여전히 횅한 그대로였다. 도야는 어깨를 축 늘어뜨렸다. 그러나 이내 방 안으로 성큼성큼 들어가, 방 한가운데에 주저앉아 들고 온 소책자를 조심스레 펼쳤다. 진운을 마지막으로 만났을 때 받았던 것이라 유품이나 다름없는 물건이었다. 무척 낡았지만 도야에게는 그 무엇보다도 귀중한 책이었다. 도야는 펼쳐진 책장 하나하나를 만지작거리며 길게 호흡했다.

도야가 기억하기로, 진운과 인형이 사이가 좋았던 적은 한 번도 없었다. 아주 어렸을 적에는 부자 사이가 좋았던 적이 있었는지도 모르겠지만, 도야가 세상을 알게 될 즈음에는 이미 사이가 극도로 나빠진 후였다.

아마도 진운 친모의 죽음만이 계기는 아니었을 것이다. 진운은 고등보통학교에 진학한 후 새로운 사람을 만나고 또 새로운 사상을 접하면서 아주 많이 달라졌다. 그즈음부터는 집에서 나오는 밥은 모두 식모에게 주었고, 저는 감자 한 알로 끼니를 때웠다. 또, 식모가 깔끔하게 다려놓은 셔츠와 바지는 모두 집안의 사용인들에게 나누어줬으며, 진운 자신은 집에서 제일 낡고 허름한 옷들만 걸쳤다. 그래도 인형에게 큰 소리를 내거나 반항하는 일은 거의 없었는데, 인형과 얼굴을 마주치는 건 싫어한 진운이 계속 인형을 피해 다녔기 때문이었다.

고등보통학교 졸업이 가까워지자, 인형은 진운에게 경성제국대학 법학과 입학을 강제했다. 백씨 집안에서는 아직 율사 노릇을 한 사람이 아무도 없었기에, 인형은 제 아들이 판사가 되기를 바랐다. 진운은 그 뜻에 따라 경성제국대학에 진학하기는 했지만, 인형을 비웃듯 대학을 다니는 내내 다른 공부만 했고 대학교를 졸업한 후로는 그대로 집을 나가버렸다. 그때 진운은 마치 이 집에 진 빚을 모두 탕감했다는 듯 무척 홀가분해 보이는 얼굴을 했다.

집을 나간 진운이 어떤 일을 하면서 누구를 만나고 어떻게 살았는지는 도야도 정확히 알지는 못했다. 그래도 어렴풋이 알게 되는 것들은 있었다. 서너 달에 한 번씩 인형의 눈을 피해 몰래 도야를 만나러 집으로 찾아온 진운에게서는 밀가루 냄새나 기름 냄새가 나곤 했다. 또, 진운이 자기 입으로 직접 인천 쪽에 있다거나 서울에 올라오긴 했는데 영등포 쪽에 있다거나 하는 말을 하기도 했다.

"저녁에는 천막을 쳐놓고 사람들에게 셈이나 글도 가르쳐. 내가 얼마나 사람을 잘 가르치는지는 도야 너도 알지?"

자기가 무슨 일을 하고 있는지 얘기할 때, 진운은 무척 즐거워 보였다. 학교에 다니면서는 한 번도 보인 적이 없는 얼굴이었다. 그렇게 몰래 찾아오는 진운에게서 도야는 이런저런 얘기들을 듣기도 하고, 어릴 때처럼 이런저런 것을 직접 배우기도 했다.

진운은 도야를 만나러 올 때마다 도야의 눈높이에 맞는 책 서너 권을 가져다주곤 했는데, 도야는 그에 그치지 않고 진운의 방에 몰래 들어가 뜻도 모르는 진운의 책들을 한두 줄씩 읽어나 갔다. 진운이 온 날, 도야가 자신이 읽은 것을 자랑스레 더듬더듬 얘기하면 진운은 기뻐하면서 도야의 머리를 쓰다듬었다.

진운이 집을 나간 후로 어떻게 살았는지 제대로 알지 못한 것처럼 진운이 언제 어디서 어떻게 죽었는지도 도야는 정확히 알지 못했다. 그저 어느 날엔가 느닷없이 이른 귀가를 한 인형이 짧게 진운의 방에 있던 모든 것을 버리라고 지시했을 뿐이다. 그 때문에 도야는 진운이 죽었거니 하고 막연히 생각하게 되었고, 방에 틀어박혀 며칠을 소리 없이 울었는지 모른다.

진운의 흔적이 모두 사라진 후로, 이전에도 그리 살가운 사이는 아니던 부녀간이 남보다 못한 사이로까지 멀어졌다. 진운의 흔적을 깨끗이 지워버린 인형은 백진운이라는 이름을 입에 올리지도 않았고, 마치 이 집에 백진운이라는 사람이 존재하지 않았던 것처럼 행동했다. 그런 인형이 너무 끔찍해서, 도야는 살아생전 진운이 그랬던 것처럼 인형과 얼굴도 마주하려 들지 않았고, 본채에 있던 자기 방도 별채에 있는 진운의 방 맞은편으로 옮겼다.

도야에게 진운의 죽음에 관한 진실을 알려준 것은 혁준이었다. 도야가 서울대 음악부에 입학한 지 얼마 되지 않았을 때, 혁준이 연건동 음악부 건물까지 찾아와 수업을 마친 도야를 붙든 적이 있었다.

"네가 백진운 선생님의 동생이지?"

모르는 사람에게서 진운의 이름을 듣게 된 도야도 처음에는 혁준을 몹시 경계했다. 하지만 경계심은 금방 녹아내렸다.

"고등학교 때 야학에서 아이들을 가르친 적이 있는데 거기서 백진운 선생님을 뵀었어. 여동생이 있다고 들었는데, 이번에 이 학교 신입생으로 들어왔다고 하길래 찾아왔어."

혁준은 잠시 망설이다가 진운의 마지막도 알려줬다.

"백진운 선생님은 북악산에서 총에 맞아서 돌아가셨다고 했어."

너무도 갑작스러운 얘기에, 도야는 하마터면 넋을 놓을 뻔 했다.

"뭐? 총이라니……! 경찰은? 아니, 지금이라도 경찰에 알리면……!"
"경찰에는 가봤자 의미가 없어. 애초에 경찰과 한패인 놈들이 었으니까. 아니, 오히려 경찰 쪽에서 빨갱이를 사살하라고 그놈들한테 시켰을 테지. 경찰만 문제는 아니고, 네 아버지도 관여했을 거야. 아들이 빨갱이라는 사실이 알려지면 아무래도 자신이 곤란해질 테니까 그 정도 선에서 일을 마무리 지은 걸 거야. 시신을 제대로 수습하지 않고 그 자리에서 불태워버린 것도 네 아버지 지시였을 테고."

끔찍하고 처참한 얘기에 도야는 어떻게 반응해야 할지 알 수가 없었다. 진운의 방을 비워버리라고 지시했던, 백진운이라는 사람이 존재하지도 않았던 것처럼 취급했던 인형의 행동이 모두 이해됐다. 인형은 말 그대로 진운을 지워버리려 한 것이었다.

도야의 눈매가 발그스름하게 변했다. 백진운이 지금의 도야를 본다면, 허무하게 신념을 꺾고 제 발로 집에 돌아온 도야를 본다면 뭐라고 할까. 발개진 눈매에서 눈물이 한두 방울 새어 나왔다. 도야는 끅끅거리고 울음을 억지로 참아내면서 진운이 건네주고 간 소책자를 계속, 계속 쓰다듬었다. 그러나 한두 방울씩 흘러내리던 눈물방울은 끝내 굵은 줄기가 됐다.

"오빠, 어쩔 수 없었어…… 그 남자 살려야 했어……."

심장을 쥐어뜯는 것 같은 오열 사이로 간간이 발작하는 듯한 흐느낌이 가늘게 새어 나왔다.

동트기 전, 깊은 밤

1

혼인은 정해놓은 길을 따라 차근차근 진행됐다. 운일의 집에서 인형의 집으로 사주단자를 보내왔고, 인형의 집에서는 혼인 날짜를 정해 운일의 집으로 보냈다. 하지만 신부가 될 도야는 하루하루 생기를 잃어갔다. 예물을 담은 함 수십여 개가 도착했으나 도야는 열어보지도 않고 거실 한구석에 쌓아두었다. 드레스를 입어보러 간 자리에서도 도야는 무표정한 얼굴로 아무 말을 하지 않았다. 환식의 뜻에 따라 전통 혼례복 아닌 양장을 입기로 한 것이었는데, 도야에게는 아무래도 상관없었다.

다행히 혼사가 진행되는 동안 양가가 한자리에 모여 식사를 하거나 이야기를 나누는 일은 없었다. 사돈 될 집안이 마뜩잖았던 인형이 양가의 만남을 이 핑계 저 핑계로 미룬 것이다. 도야에게는 그나마 다행한 일이었다. 하지만 환식에게는 그 상황이 그리 달갑지 않았던 모양이다. 식을 두어 주 앞둔 어느 날, 환식은 사전에 약속도 하지 않고서 불쑥 찾아왔다.

"손님 오셨어요."

식모아이가 조심스레 전한 말에 도야는 멍하니 침대에서 일어났다. 예전 같았으면 자투리 시간에 책이라도 한 줄 읽고 있었겠지만, 도야는 침대에 누운 채로 아무것도 하지 않았다. 심지어는 잠도 제대로 자지 않고 있을 정도였다. 이 집에 도로 들어오게 된 이상 모든 것이 소용없어졌고, 그래서 도야는 자신에게 다가오는 시간을 조용히 죽여갈 뿐이었다.

도야는 나가지 않겠다고 우겨볼까 잠시 생각했지만, 아직 인형이 귀가할 시간이 되지 않았다. 집에 손님을 맞을 사람이 따로 없었기에, 도야는 하릴없이 웃옷을 걸치고 거실로 나갈 수밖에 없었다.

"누구?"

"그게⋯⋯."

도야가 이 손님을 반가워하지 않으리란 것을 알았기에 아이가 머뭇거렸다. 그러나 굳이 추궁하지 않아도 답은 바로 나왔다. 현관 쪽에서 불쑥 환식의 목소리가 들려왔다.

"이 집은 고용인 교육이 필요하겠군요. 고용주가 될 사람을 아직도 똑바로 알지 못하고."

환식은 마치 제집을 찾은 마냥 제멋대로 별채 안까지 당당하게 들어와 소파에 앉았다. 작은 주인어른이 될 사람으로부터 예기치 않게 혼이 난 아이는 울상이 됐고, 도야는 아이를 부드럽게 달래어 다과를 내오라며 별채 밖으로 내보냈다.

"이 집은 손님 대접이 이런 식인가 보군요. 고용인도 그렇고, 고용주도 그렇고."

"피차 대접을 할 만한 사이는 아니지 않나요?"

도야는 아예 환식을 제대로 긁으려고 작정이라도 한 듯, 손님을 대접하기는커녕 상체를 한껏 뒤로 기대 반쯤 눕다시피 앉았다. 환식은 인상을 찌푸렸지만, 무례하기 짝이 없는 정혼녀의 태도를 굳이 지적하지는 않았다.

"약속도 없이 불쑥 찾아온 결례를 용서하시죠. 새 신부가 워낙 집에서 나오질 않아 혼인 전에 얼굴이라도 한번 보려면 이렇게 하는 수밖에 없겠다 싶었습니다."

"결례라는 걸 알면 찾아오지 않는 편이 낫지 않았을까요."

"섭섭하게 말하는군요. 그래도 감사하다는 말 정도는 한마디 들을 줄 알았는데. 제가 마리 씨의 지인 목숨까지 구해주지 않았던가요?"

환식의 뻔뻔한 태도에 어이가 없어진 도야는 끝내 인상을 잔뜩 구기고 말았다. 따지자면 그 일은 이 남자가 파놓은 덫에 걸려든 쪽에 가까웠으니, 도야 입장에서는 화를 내도 모자랄 일이었다.

때마침 식모아이가 인스턴트커피 두 잔과 양과자 몇 조각을 담은 쟁반을 가져온 덕분에, 찢어질 듯 팽팽했던 긴장감이 조금 느슨해졌다. 도야는 아이에게 살짝 고개를 숙여 감사 인사를 대신했고, 아이는 윗사람의 정중한 감사 표현에 귀가 새빨개져서는 후다닥 별채를 나갔다. 환식은 집주인에게 묻지도 않고 먼저 커피 한 모금을 마셨지만, 도야는 아이가 내어온 다과에 손도 대지 않았다.

　　"기왕 이렇게 보게 됐으니 궁금했던 거나 물어봐도 되죠?"

　　"마리 씨가 제게 묻고 싶은 게 있다고요? 별일이군요."

　　도야가 소파에 등을 기대어 앉은 채로 굉장히 불퉁스럽게 말하자 환식은 손깍지를 끼면서 흥미로운 눈으로 도야를 보았다. 도야는 다시 또 인상을 구겼다.

　　"일전에 하꼬방 앞에서 봤을 때 내가 말했었죠. 이리 집을 나와 사는 여자라면 별로 좋아 보이지 않을 거고 제 오빠 문제도 있으니 굳이 추진할 만한 혼담은 아니지 않겠느냐고요. 여기까지 진행되고 나니 더 궁금해지더라고요. 김환식 씨가 대체 왜 이 혼담을 고집하는 걸까. 내가 집을 나가 뭘 하고 살았을 줄 알고, 몸이라도 팔고 살았으면 어쩌려고."

　　"글쎄요. 그거야 마리 씨를 아는 사람이라면 딱히 걱정하지는 않을 문제일 텐데요?"

　　"걱정을 안 한다고요? 그래요, 가출 문제는 내버려두고. 제 오빠는요? 제 오빠가 어떻게 죽었는지 그쪽이 모를 리 없다고 생각하는데요. 전 제 친우도 인정할 만큼 제 오빠의 훌륭한 수제 자인걸요. 김환식 씨가 달가워할 여자는 분명히 아닐 거예요."

"그것도 크게 고민할 흠은 아니라고 생각합니다. 나쁜 생각 이야 고쳐놓으면 그만 아니겠습니까."

도야의 표정이 결국 또 구겨졌다. 이 남자는 지금 도야가 삶의 목표로 삼고 있는 사상이자, 진운이 그 삶을 바쳐 이루고자 했던 신념을 고쳐야 할 생각 따위로 여기고 있었다.

도야의 눈에서 새파란 불꽃이 튀었지만, 환식은 태연하게 커피를 한 모금 더 마실 뿐이었다. 도야는 이 남자가 별채에 들어왔을 때 그냥 방으로 들어갔어야 했다는 뒤늦은 후회를 짓씹었다. 더는 환식을 견디지 못한 도야는 끝내 자리에서 벌떡 일어났다. 그런데 도야가 제 방으로 돌아가기 위해 뒤로 돌아섰을 때, 환식이 다시 입을 열었다.

"이런 시답잖은 얘기나 하러 온 건 아니고, 그놈들에게 정을 주지 말라고 경고하러 온 거야."

"그게 무슨 말이지?"

환식은 태연하게 커피잔을 내려놓았다.

"네가 하는 책 읽기 소모임인가 하는 빨갱이들 작당 말이야. 무슨 연구소 대표랑 친하다지? 그리 오래가진 않을 테니까 그놈들에게 깊은 정 주지 말라고."

도야의 얼굴에서 핏기가 가셨다. 짧게나마 겪은 환식은 적어도 이런 얘기는 함부로 하지 않는 사람이었다. 게다가 그 김운일의 아들이었다.

"이런 얘기라면 그래도 귀담아듣기는 하나 보지? 속을 알기가 참 쉬운 게 버릇을 고쳐놓기가 영 어렵지는 않겠어."

"그러니까 그게 무슨 말이냐고 묻고 있잖아!"

환식은 커피잔을 마저 비운 후 자리에서 일어나 도야 가까이 성큼성큼 다가섰다. 이번에는 도야도 물러서지 않았다.

"경무대는 처음부터 노리고 있는 표적이 있었고, 이제 본격적인 사냥에 들어갈 거다. 첫 번째 타깃이자 미끼는 너희 빨갱이 소모임과 안재영이 되겠지. 저번처럼 혼쭐을 내는 정도로는 끝나지 않아. 물론 무식한 내 아버지는 이 일을 몰라. 그자는 그저 서울대에 빨갱이가 있더라는 경무대 경찰서장 한마디에 저혼자 과잉 충성을 한 것뿐이니까. 그렇지만 차관님은 알고 계시겠지? 상관없어. 덕분에 나는 수월해졌으니까. 이렇게 백마리를 집으로 들여보내기도 했고 말이야."

피가 식는 느낌이었다. 도야는 환식의 느닷없는 방문 이유를 비로소 알 수 있었다. 제대로 얼굴을 보지 못한 정혼녀를 보기 위해서라든가 하는 소리는 핑계에 지나지 않았다. 환식이 씩 웃으면서 도야의 얼굴 가까이 제 얼굴을 가져왔고, 두 사람의 거리는 얕은 날숨마저 닿을 만큼 가까워졌다.

"난 살면서 내가 원하는 것을 얻지 못한 적이 단 한 번도 없어. 그러니 너도 협조를 해줘야겠어. 그놈들에게 가까이 다가가지 마."

2

그날, 도야는 좀처럼 잠을 이루지 못하고 뜬눈으로 밤을 지새웠다. 다가오는 오전에 재영의 연설회가 있었다. 재영은 이번 연설회를 마지막으로 한국을 떠나 미국에 있는 연구소에 일 년쯤 머물 예정이었다. 경무대가 재영을 미끼로 누군가를 노린다면 오늘 연설회가 마지막 기회라는 뜻이었다.

아직 동도 트지 않은 시간이었지만, 도야는 급히 침대에서 일어나 재빨리 옷을 입었다. 도야를 감시하기 위한 별도의 경비는 없었다. 도야가 제 입으로 한 약속이었던 데다가, 지인의 목숨이 달리기도 했으니 함부로 약속을 어기지는 않을 거라 생각한 듯했다. 도야는 재영이 무사히 연설회를 마치는 것만 보고 돌아오면 된다고, 그러면 약속도 어기는 게 아니라고 자신을 설득하면서 혜화동을 향해 달렸다.

얼마나 정신없이 달렸는지, 연구소에 도착했을 때는 이제 막 아침 해가 뜨고 있었다. 연구소 문도 아직 채 열리지 않은 시각이라, 도야는 거칠어진 숨을 고르면서 연구소 문이 열리기를 기다렸다. 연구소 입구 구석에 두어 시간쯤 앉아 있자, 연구소 문이 열렸다.

　모여드는 사람 중에 경무대 쪽 끄나풀이 섞여 있을 수도 있다는 생각에 도야는 사람들을 하나하나 유심히 살폈다. 그러다가 자신도 몰래 집을 빠져나와 떳떳하지 못하단 사실을 깨닫고, 집에서 가져 나온 머플러로 얼굴을 가리고 연설회가 열리기로 되어 있던 강당 구석에 다시 조용히 웅크리고 앉았다.

　연설회 시간이 가까워지자 서울대 학생 몇도 강당으로 들어왔다. 학회실 습격 사건 때문인지 그날 학회실에 있었던 학생들은 그다지 보이지 않았으나, 그래도 혁준과 영식이 있었다. 두 사람은 심각한 표정으로 대화를 나누며 강당 안으로 들어오고 있었다. 오늘 무슨 일이 벌어지기라도 한다면 도야 자신이 혼자 감당할 수 없을 것은 분명해 조심스레 혁준 뒤로 다가갔다.

　"백도야?"

　도야가 기척을 내기도 전에, 혁준이 먼저 그를 알아보고 눈을 크게 떴다. 도야는 혁준이 큰 소리를 내지 못하도록 급하게 검지를 들어 제 입을 가렸고, 혁준은 바로 입을 다물었다. 학회실을 함께 정리한 날 이후로는 처음 보는 두 사람이었다. 혁준은 도야에게 어떻게 지내고 있는지, 혼인은 정말로 할 것인지, 미국으로는 언제쯤 떠나게 될 것인지 묻고 싶은 게 한둘이 아니었지만, 도야의 진지한 표정에 우선 입을 다물었다.

"완전히 집을 나온 게 아니라 연설회 때문에 잠시 나온 거야. 안 선생님께 무슨 일이 생길 수도 있어서. 안 선생님을 경무대가 노리고 있다나 봐."

난데없는 이야기에 놀란 혁준의 입이 크게 벌어졌다.

"갑자기 무슨 말이야? 확실한 거야?"

"응, 확실해. 다만 언제 벌어질 일인지는 모르고, 오늘 벌어질 일인지조차도 알 수 없기는 해. 오늘이 지나면 선생님이 미국으로 가시니까, 일이 벌어진다면 오늘밖에 없을 것 같아서."

두 사람을 둘러싼 공기가 금방 무겁게 가라앉았다. 혁준은 자신이 재영에게 이 사실을 말할까 물었지만, 도야가 고개를 저었다.

"확실친 않은 얘기라 일단 말씀은 드리지 않는 게 좋을 것 같아."

혁준이 고개를 끄덕였다. 이어 조금 떨어져 있던 영식에게로 다가가 이 일을 전했고, 뒤를 돌아 도야를 확인한 영식은 손을 살짝 흔들어 도야에게 인사했다.

그러는 사이, 마침내 재영이 강당에 도착했다. 재영은 곳곳에 앉아 있는 자신의 제자들이나 알고 지냈던 학생들과 인사를 나누기도 하고, 강당 앞줄의 귀빈석에 한 번씩 인사를 하기도 하면서 연단에 올랐다. 이윽고 연설이 시작되었고, 재영은 평소와 다를 바 없이 또렷한 목소리로 자신의 주장을 하나하나 읊기 시작했다.

재영이 불합리한 자본주의 토지제도에 대한 주장을 마무리 지었을 즈음에 강당 뒤쪽에서 갑작스레 고함이 터져 나왔다. 뭔가 부서지는 소리, 욕지거리, 비명이 잇따라 울렸다. 세 사람은 급히 뒤를 돌아보았다.

"이 빨갱이 새끼들이 할 일이 없어서 나라 망칠 궁리나 하려고 모인 꼬라지들 봐라!"

한 무리의 시커먼 사내들이 다짜고짜 닫힌 문을 부수면서 강당 안으로 밀고 들어오는 중이었다. 도야의 입에서 낮은 신음이 흘렀다.

"정치깡패……."

깡패들은 손에 각목이며 몽둥이며 도끼 같은 것을 하나씩 들고서 닥치는 대로 집기를 부쉈고, 연설회 참석자들이 그들을 막아서려다가 얻어맞고 넘어지는 바람에 강당은 금세 아수라장이 됐다.

도야는 제일 앞장서서 밀고 들어오는 정치깡패를 보고 무심코 눈을 가늘게 떴다. 문리대 학회실 습격 당시 앞장서서 학회실 집기를 부수고 각목을 휘둘렀던, 도야에게 입에 담지 못할 욕설을 했던 키 작고 살집 두둑한 그 남자였다. 저 남자가 여기에 있다는 것은 이 정치깡패들이 남덕배의 수하들이라는 의미였다. 그리고 곧 일의 배후에 김운일이 있다는 뜻이기도 했다.

"김운일……."

도야는 아랫입술을 꽉 깨물었다. 환식은 제 아버지가 경무대의 속셈을 알 리 없다고 했으니, 운일은 그저 빨갱이를 잡겠다고 깡패들을 여기로 보냈을 것이다. 뒷사정이야 어찌 됐건 너무나 경무대가 벌일 만한 수작이었다. 환식이 얘기했던 표적이라는 것은 아마도 야당 간부들일 것이다. 깡패들을 이용해 토론회에 모인 사람들에게는 겁을 주고, 이름값 있는 간부들은 붙잡아 야당 간부들을 잡을 덫을 놓을 셈이었다.

도야는 다시 급히 정치깡패들을 둘러보았으나, 다행히 그 남자는 없었다. 상황에 맞지 않는 안도의 한숨이 저도 모르게 흘러나왔다.

"저거, 그때 학회실에……."

"응."

혁준 역시 제일 앞장서서 밀고 들어온 사내를 알아보았고, 세 사람은 앞뒤 가릴 것 없이 바로 연단으로 달려갔다.

재영은 연설을 마치고도 연단에서 내려오지 못한 채 강당에 난입한 정치깡패들을 향해서 큰 소리로 호통을 치던 중이었다.

"평화롭게 진행되는 연설회에 이게 대체 무슨 짓인가!"

재영은 좀 놀라기는 했지만, 두 눈엔 분노가 가득해 조금이라도 물러서거나 도망칠 기미가 아니었다. 오히려 금방이라도 강당 뒤편으로 달려가 깡패들의 멱살이라도 잡을 기세였기에, 비서가 울상이 되어 간신히 그를 붙들고 있었다.

"안재영 선생님!"

도야는 우선 재영을 막아섰다. 재영은 연단 위로 올라온 여학생을 보고서 잠깐 또 놀란 눈치였으나, 연구소에서 열리는 세미나와 토론회마다 빠지지 않고 찾아왔던 책 읽기 소모임 회원들을 알아보고 간신히 진정했다.

"학생들 앞에서 면목이 없군. 이거 놓게, 내 저놈들을⋯⋯!"

"아이고, 소장님⋯⋯."

재영이 또 다시 강당 뒤편으로 달려갈 기세여서 비서는 화들짝 놀라 다시 그를 붙들고 늘어졌다. 도야는 결연한 표정으로 몹시도 단호하게 말했다.

"선생님, 몸을 피하셔야 해요. 저 깡패들의 목표는 이 토론회가 아니라 선생님입니다."

"난데없이 그게 무슨…… 아니, 그런 일이라면 차라리 잘되었군. 나를 붙잡기 위해서 이런 짓거리를 벌이고 있는 거라면, 내가 붙잡히면 저자들도 다른 사람들을 더 해치지는 않겠지! 당장 저놈들을!"

"아닙니다, 그렇게 하면 안 됩니다. 경무대에서 야당을 잡기 위해 선생님을 노리고 있어요. 선생님이 여기서 잡히시면 저놈들은 선생님을 내세워 어떻게든 야당을 엮으려고 할 거예요. 어쩌면 이 연설회 자체에 내란 선동 혐의를 뒤집어씌울지도 모르고요. 저는 백인형의 딸이며 김운일의 며느리가 될 사람입니다. 그들과 뜻을 같이하진 않지만 그래도 이 정보는 그쪽을 통해 나온 것이니 믿을 수 있어요."

"김운일의 며느리가 될 사람"을 얘기할 때 목소리가 아주 잠깐 떨렸으나, 도야는 동요를 감추기 위해 아랫입술을 깨물었다. 이어 혁준과 영식이 손을 번쩍 들어 올렸다.

"제가 보증하겠습니다. 학회에서 몇 번 뵌 적이 있는 서울대 법학과 류혁준입니다."

"저도, 저도요. 서울대 철학과 2학년 김영식입니다."

그제야 재영을 둘러싼 공기가 삽시간에 가라앉았다. 재영은 무슨 생각인지 잠시 말이 없었다.

그러는 동안에도 깡패들은 성큼성큼 연단으로 다가오고 있었다. 연설회 참가자 중 상당수는 비명을 지르면서 도망갔지만,

또 상당수는 용감하게 깡패에 맞섰다. 하지만 각목을 든 깡패들에게는 역부족일 수밖에 없어 곳곳에서 비명과 신음이 넘쳤고, 깡패들은 거칠 것 없이 계속 연단으로 성큼성큼 다가왔다.

재영은 마침내 무거운 얼굴로 고개를 끄덕였다.

"알겠네. 일단 이곳에서 빠져나가야겠군."

재영의 허락이 떨어지자, 재영의 비서가 기다렸다는 듯 그를 연단 뒤에 마련된 비밀 문으로 끌어당겼다. 재영과 그 비서가 어둠 속으로 빠르게 사라지고 나서야 세 사람은 겨우 가슴을 쓸어내릴 수 있었다.

하지만 재영이 빠져나갔다고 해서 상황이 끝난 것은 아니었다. 이대로는 깡패들이 저 문을 열고 나가 재영을 따라잡을 수도 있었다. 도야는 단단히 결심하고서 깡패들을 노려봤다 굳이 말로 하지 않았지만, 혁준과 영식 역시 도야가 무엇을 결심했는지는 알 수 있었다. 그들 역시 도야와 같은 결심을 하고 있었기 때문이었다.

"괜찮겠어?"

"방법이 없잖아."

혁준이 조심스레 물었고, 도야는 서글프게 웃었다. 세 사람이 서로 무거운 결심을 주고받는 동안, 깡패들은 연단 바로 앞까지 다가와 있었다. 도야는 입에 담기도 힘든 더러운 욕을 지껄이는 깡패들을 보면서 작은 두 주먹을 있는 힘껏 꽉 쥐었다.

맞아 죽는 한이 있더라도 이곳에서 절대 물러나지 않을 것이다. 재영이 안전한 곳으로 몸을 피할 때까지, 반드시.

3

한이가 여인숙에 틀어박힌 것도 보름 가까이 지났다. 처음에
는 춘길에게 얻어맞은 곳이 낫지 않아 바깥으로 나가지 못했다.
못에 찔려 살점이 터져나간 곳에서 신열이 올라 며칠 밤을 끙끙
거리며 헛소리를 하자 산녀가 냅다 의사를 불러줬다.

"파상풍 안 걸린 게 천만다행이오."

의사는 한이를 쏘아보며 핀잔을 놓으면서 엄청나게 아픈 주
사를 몇 대씩이나 놓았다. 한차례 신열이 지나가고 나자 정신
은 더없이 말짱한 상태로 돌아왔지만, 그후로도 일절 여인숙 밖
으로는 나가지 않았다. 춘길 패거리에게 겁을 먹은 것은 아니었
고, 그저 밖에 나갈 생각이 조금도 들지 않았던 것뿐이었다.

방에 틀어박힌 채로 한이가 한 일이라고는 이부자리에 누워
서 천장에다가 그 여자의 얼굴을 몇 번이나 그렸다가 지우는 것

뿐이었다. 여자의 얼굴이 뜻대로 그려지지 않을 땐 그건 또 그것대로 속상했지만, 한참 동안 여자의 얼굴을 그리려고 노력하다가 어느 순간에는 그려놓은 얼굴을 완전히 지워버리기도 했다.

그러다가도 여자가 결혼을 하고 미국으로 떠난다는 사실이 생각날 때면 도저히 견딜 수가 없어서 여인숙 마당을 몇 바퀴나 뛰어다니고는 다시 방으로 들어왔다.

보름하고도 이틀을 아무것도 하지 않은 채 시간을 훌쩍 흘려보내기만 하자, 군말 없이 식사를 날라주던 산녀마저도 종내에는 못마땅한 소리를 했다.

"한이 총각, 뒤졌는가? 살이 썩어 문드러지겠어."

말만 그렇게 하는 게 아니라 겁도 없이 버선발을 들어 한이의 엉덩이를 걷어차기까지 했다. 전에 없던 산녀의 행동거지에 한이는 짜증을 내며 몸을 일으켰다.

"얻다 대고 뒤졌느니 마느니 헛소리를 하는 거야?"

"얻다 대고 하겠어? 다 뒤져가는 총각한테 하는 거지. 이거 뭐 들어갈 틈이 있어야 사내 대접을 해주지…… 그렇게 애타면 찾아가란 말이야. 가운데 달고 있는 건 장식인감? 결단력 있고 대단한 사내인 줄 알았더니 영 구실을 못하네."

말하는 투를 보니 산녀 역시 그 여자와 한이 사이에 있었던 일을 어렴풋이 아는 눈치였다. 아마도 춘천댁이 점박이에게, 다시 점박이가 산녀에게 넌지시 흘렸을 것이다.

한이와 산녀가 되먹지도 않은 구박을 서로 주거니 받거니 하고 있을 때, 느닷없이 점박이가 여인숙으로 들이닥쳤다.

"형님! 큰일이오!"

어디 먼 곳에서부터 여기까지 숨도 돌리지 못하고 달려온 듯 점박이는 거친 숨을 뱉었다. 점박이는 한이가 패거리에서 내쫓긴 후로도 계속 춘길을 따라다니고는 있었지만, 여전히 한이를 몰래 형님으로 모시고 있었다. 그러나 방 안에 먼저 들어와 있던 산녀를 발견하자 다급했던 얼굴이 금세 험상궂게 바뀌었다.

"이 여편네가 또 대낮부터!"

"아유, 밥 갖다주러 왔어, 밥!"

산녀는 바닥에 내려놓았던 소반을 가리키면서 콧김을 내뿜었다. 두 사람이 또 드잡이를 시작할 기세였기에, 한이는 어쩔 수 없이 헛기침으로 두 사람 사이에 끼어들었다. 그제야 점박이는 다급하게 한이 앞에 무릎을 꿇고 앉았다.

"아이고, 형님, 큰일 났소. 내가 오늘 그 아가씨 봤소. 국숫집 아가씨 있잖소. 형님이 목숨 살려줬다는."

한이는 일순 두 눈을 반짝였지만, 금방 그 빛을 꺼트렸다. 듣고 싶었던 소식이긴 했으나, 자신이 더 관심을 가져서는 안 되는 소식이었다.

"아서라, 이제 나랑은 상관없는 여자야."

"아이고, 그 아가씨가 지금 위험하다 이 말이우. 오늘 내가 춘길 형님을 따라서 빨갱이들 모임에를 갔는데 거기서 그 아가씨가……."

순간 너무 놀란 한이는 자리에서 튀어 오르듯 일어났다.

"뭐! 그 여자가 거기 왜 있어! 자기 집으로 돌아갔다고, 이제 위험한 일엔 엮일 일이 없을 거라고 했는데!"

한이는 애꿎은 점박이를 사납게 노려보았고, 점박이는 답답한 듯 가슴을 탕탕 두드렸다.

"그거야 나는 모르지. 거기 있었던 건 확실하우. 춘길 형님이 그 아가씨 머리채를 잡는 걸 내가 두 눈으로 똑똑히 봤소."

한이는 머리가 터질 것 같았다. 집으로 돌아갔으면 이제는 안전해질 줄 알았는데, 왜 또 춘길이에게 잡혔단 말인가. 믿을 수가 없었다.

"그래서 그 여자 지금 어디 있어?"

"그게, 춘길 형님이 다른 빨갱이들이랑 같이 묶어서 데리고 갔으니까 경찰서……."

더 들을 필요도 없었다. 한이는 뒤도 돌아보지 않고 곧장 방을 박차고 나갔다. 여자부터 찾아야 했다.

그 여자가 춘길이나 덕배보다 훨씬 더 위험한 사람들의 손에 넘어가게 됐다는 사실을, 한이는 일주일이나 지난 후에야 알게 됐다.

'학술연구소 가장하여 국기문란 선동선전'

한이는 어려운 한자어 때문에 제대로 읽을 수도 없는 헤드라인을 보고 신문을 꽉 구겨 쥐었다가 다시 펼쳤다. 본문은 그나마 더듬더듬 읽어낼 수 있었다.

관계 소식통으로부터 탐문한 바에 의하면 서울지방검찰청 정보부에서는 극도의 긴장 하에 경찰을 지휘하며 이 사건을 극비리에 수사 중이다. 먼저 연행된 조선평등연구소 회원 7명을 시작으로…

그 여자의 이름은 한 줄도 나오지 않았지만, 조선평등연구소라느니 하는 말들 때문에 한이는 그 여자와 관련된 기사임을 알 수 있었다.

도야가 경찰에 붙잡혔다던 그날, 한이는 정신없이 달리며 서울에 있는 경찰서란 경찰서는 다 돌아다녔다. 하지만 그날 그곳에서 잡힌 사람들이 어디에 있는지는 도저히 알 수 없었다.

한이는 춘길을 찾아가 물어볼 생각도 했지만, 그것만은 점박이가 필사적으로 말렸다. 점박이는 그 여자가 어디 있는지 자기가 알아오겠다고 호언장담했지만 끝내 그러지 못했다. 그렇게 일주일을 꼬박 보낸 끝에 오늘에서야, 그것도 신문으로 확인한 것이었다.

한이는 알지 못했지만, 지난 일주일간 단 한 줄도 나오지 않았던 기사가 이제야 쏟아지기 시작했다는 것은, 드디어 경찰이 원하던 허위 자백이 나왔고 야당을 옭을 판도 다 짰다는 뜻이었다.

허위 자백을 받아내기 위해 그날 잡힌 사람들에게는 온갖 고문이 총동원됐다. 도야와 혁준, 영식의 희생이 무색하게도 주변 사람들이 고초를 겪는 것을 견디지 못한 재영은 끝내 며칠 전 경찰서에 자진 출두하고 말았다.

안재영 씨 등을 연행

조선평등연구소 대표 안재영씨는 국가보안법 위반 혐의로 이미 연행되어 사찰당국의 심문을 받고 있다. … 서울시경찰국에서는 '조선평등연구소가 내세우는 사회 연구 문제로서 이 사건을

수사한 것이 아니라 국가 변란 목적의 선전 선동 행위로 인한 국가보안법 위반 혐의로 이 사건을 수사하고 있는 것'이라고…

야당도 관련?
서울시경찰국에서는 사건의 핵심에 대하여는 함구하고 있으나 경찰에서 탐문한 바에 따르면 '동 사건이 앞으로 더 확대될 것인지에 대해서는 지금 단정하기 곤란하다'라고 하고 있다. …

한이는 신문을 뒤덮은 기사를 찾고 또 찾으면서, 도야가 지금 어디 있는지를 알아내려고 애썼다. 깡패들을 상대로도 그렇게 따박따박 말대꾸하던 여자, 어련히 잘 있을까 싶었지만 그래도 무사한지를 꼭 두 눈으로 확인하고 싶었다.

하지만 아무리 기사를 찾아봐도 그들에게 무슨 일이 일어났는지 정도만 알 수 있을 뿐, 지금 어디에 있는지는 도대체 알 수가 없었다. 그렇다고 덕배나 춘길에게 물어볼 수도 없었다. 그러니 여자의 이름이 실리지도 않은 신문만 뒤지고 뒤질 수밖에 없었다. 하지만 헛수고는 아니었는지, 신문 수십여 장을 뒤진 끝에 어느 구석진 기사 끄트머리에서 여자의 행방에 관한 단서를 찾을 수 있었다.

먼저 연행된 서울대 문리대 학생 3명과 간부 7명은 일단 서대문

형무소에 구금되어 국가보안법 위반 혐의로 문초를 받고 있으며…

그 여자는 학교에 다니지 않는다고 했지만, 이 기사에 등장한 인물 중에서는 그나마 학생에 가장 가까울 것이다. 또, 서울대 문리대라고 하면 빨갱이 대학생들을 잡으러 간 곳이었고, 한이는 그곳에서 여자를 발견해 빼돌린 적도 있었다.

그 여자가 서울대 문리대 학생이 맞기는 한지, 지금도 서대문형무소에 있을지는 알 수 없었으나 다른 단서가 없었다. 한이는 신문을 꽉 구겨 쥐고 방을 뛰쳐나갔다.

"한이 총각! 어딜 그렇게 급하게 가!"

마침 시래기를 널러 나왔던 산녀가 반쯤 소리 지르듯 물었다.

"서대문형무소!"

한이는 비명과도 같은 답변을 던져놓고는 여인숙 대문을 박차고 나갔다.

4

다행히 한이의 추측은 틀리지 않아서, 도야는 그 기사에서 말한 "서울대 문리대 학생 3명과 간부 7명" 중 하나가 맞았다. 다시 말해 아직 서대문형무소에 구금된 상태였다. 한이는 예전에 깡패 노릇을 하면서 봐둔 말단 간수에게 백 원이나 되는 큰돈을 주고서 그 여자에 대한 얘기를 들을 수 있었다.

"학생들 여럿 잡혀 있고 여학생도 있다더라. 내가 알려줬다고 하면 안 돼."

간수는 히죽히죽 웃으면서 백 원짜리 지폐를 안주머니에 넣었다. 하지만 그 여자를 만나게 해주지는 않았다.

"미친놈이. 큰일 날 소리 하고 있어! 면회도 받아주면 안 된다는 걸……."

간수는 놓친 백 원이 아쉬운 듯 입맛을 다셨지만, 위에서 내려온 명령이 살벌하기는 했던 모양으로 고개를 털며 안으로 쑥 들어갔다.

간수가 사라지고 나자, 이제는 여자가 어디 있다는 걸 알면서도 만나지는 못하는 상태가 되었다. 한이는 형무소 입구를 기웃거리면서 발만 동동 구를 때, 다행히도 산녀에게서 얘기를 전해 들은 점박이가 나타났다.

"거 참 형님도. 왜 진즉 얘기를 안 했어. 그러니 날 데리고 왔어야지. 나만 믿으소."

점박이는 안으로 들어갔다가 싱글거리면서 다시 나타났고, 곧장 한이를 안으로 데리고 들어갔다. 점박이가 덕배 밑에서, 운일의 민족구국청년단에서 계속 정치깡패 노릇을 하고 있었기에 아직 얼굴이 먹히는 것이었다. 점박이의 얼굴이 통했는지 이번에는 형무소 앞을 지키고 있던 간수들도 한이를 막아서지 않았다. 한이는 몇 차례나 고맙다고 인사하면서 점박이를 따라갔다.

점박이는 거리낌 없이 구치감 입구를 지나 옥사로 향했고, 옥사 복도를 지키고 섰던 간수가 잠시 두 사람을 올러대긴 했으나 점박이가 뭐라고 숙덕거리자 자리를 피해줬다.

"저 안쪽에 있다고 하오. 간수 데리고 가서 탁주나 한잔하고 있을 테니 다시 올 때까지 후딱 얘기 나누시우."

마침내 옥사 복도까지 도착한 점박이는 한이에게 그렇게 귀엣말을 하고는 그 역시도 자리를 비켜줬다.

점박이와 간수가 모두 사라졌다. 지체할 시간이 없었다. 한이는 제 발이 이렇게 느렸던가 답답해하면서 길게 늘어선 복도를 따라 다급하게 걸었다.

걷는 복도 양옆은 모두 철문으로 굳게 닫혀 있었고, 철문 안쪽마다 사람이 빼곡하게 들어 있었다. 한이는 쇠창살로 가로지른 틈을 슬쩍슬쩍 들여다보며 그 여자를 찾았지만, 눈에 들어오는 건 모두 남자들이었다. 이미 많은 고초를 겪어 초췌한 기색이 역력한 그들은 대부분 엎드려 있을 뿐, 구치감 복도를 조심조심 걷고 있는 이방인을 신경 쓰지 않았다.

대부분 흉악범이 아니라 도야나 혁준과 비슷한 처지의 정치범, 사상범이었다. 광복 이전 독립지사들의 피가 서렸던 서대문형무소에 지금은 가난한 조선 사람들을 사람답게 살게 만들겠다는 사회주의자, 민주주의자들의 피가 서리고 있었다.

꽤 깊은 곳까지 들어가고서야 한이는 그 여자가 구금된 방을 찾을 수 있었다. 도야가 수감된 곳은 남자 미결수들이 가득한 이 구치감의 가장 끄트머리 방이었다. 여성 미결수를 위한 옥사는 따로 있었지만, 도야는 여자 옥사가 아닌 일반 구치감에 수감되어 있었다. 정치라고는 모르는 한이가 보기에도 도야뿐 아니라 '학술연구소' 학생들이 따로 수감된 까닭은 아마도 이 사건이 그만큼 중대하게 다뤄지기 때문으로 보였다.

그나마 도야가 홀로 옥사를 쓰고 있는 건 여자이기도 하지만 무엇보다 백인형의 여식이라 받은 티끌 같은 특별대우일 것이었다.

쇠창살 사이로 도야의 모습을 살핀 한이의 입에선 탄식이 흘렀다. 모진 고문을 견디지 못해 정신을 잃은 듯, 도야는 차갑고 단단한 방 구석진 곳에서 꼼짝하지 못했다. 낡은 죄수복 위로 드러난 살갗은 너덜거렸고, 얼굴에도 맺힌 핏자국이 가득하다. 그저 여자가 잘 있는지 두 눈으로 직접 확인하기 위해 무리해서 온 것이었는데, 여자는 잘 있지 못했다. 집으로 돌아가서 편안하게 잘 살 것이라고만 여겼는데, 여기서 왜 이러고 있는 것일까. 한이는 차마 여자의 이름을 부르지 못하고 쇠창살만 콱 움켜쥐었다.

그런데 그때, 한이의 등 뒤에서 톡 하는 작은 소리가 났다. 얼핏 듣기로는 무언가를 작게 두드리는 것 같은 소리였다. 처음에는 한이도 여자를 보고 있느라 그 소리를 의식하지 못했다. 톡 하던 소리가 "톡톡"으로 바뀌고 이어 "톡톡톡"으로 바뀌었을 즈음에야 한이가 겨우 듣고 뒤를 돌아보았다.

쇠창살에 매달려 손톱 끝으로 창살을 두드리고 있는 누군가가 있었다.

"너는……!"

그 역시 얼굴이 상했으나, 한이는 남자의 얼굴을 알아볼 수 있었다. 언젠가 그 여자의 집 앞에 쓰러져 있을 때, 난데없이 나타나 멱살을 잡았던 그 남자였다. 혁준은 힘겹게 창살 밖을 두어 번 둘러보더니 속삭이듯 말을 걸어왔다.

"간수가 지금은 없습니까?"

행여나 누군가 엿들을세라 밑바닥까지 내리깐 목소리였다. 한이가 고개를 끄덕이자 혁준의 눈에서 힘이 빠졌고, 그 입에서는 꺼져가는 불씨 같은 소리가 흘러나왔다.

"당신, 간수도 없이 여기까지 들어올 수 있단 것은 아직 그쪽에 연줄이 있다는 얘기겠지요. 그렇다면 제발 좀 도와주시오. 나 말고 지금 그쪽이 보고 있는 그 여자 말입니다. 경무대가 원하는 것은 안 선생님과 북의 관계를 허위 증언하는 것인데, 도야가 끝까지 거부하고 있어요. 지금 이대로면 분명 고문을 못 이겨 재판에 가기도 전에 죽을 겁니다. 자백한다 해도 간첩죄로 죽을 거고요. 그러니 지금 빼내야 합니다. 이렇게 부탁하는 것도 면목 없단 걸 알지만 내가 아니라 도야를 위해서라도 제발 도와주시오."

혁준은 전날 고문 도중 의식을 잃은 뒤 끝내 돌아오지 못한 영식을 떠올리고 입술을 파르르 떨었다. 영식이 어디론가 실려 나간 것을 끝으로 혁준도 정신을 잃었고, 눈을 떠보니 구치감 안이었다. 지금까지도 돌아오지 못한 것을 보면 아마 영식은 이제 이 세상 사람이 아닐 것이었다.

구치감으로 돌아오지 못한 이가 영식만은 아니었다. 이 방에 함께 수감됐던 사람 중 절반이 사라졌고, 나머지 사람들도 이제는 거의 의식을 잃은 채 쓰려져 있기만 했다. 이 방에 제정신으로 남아 있는 것은 혁준밖에 없었다. 눈물도 나오지 않았다. 남은 것은 오로지 간절하기 짝이 없는 기도뿐이었다.

한이는 더 이상 자신에게는 그런 연줄이 없다는 말은 차마 하지 못하고, 갈라지고 메마른 목소리로 물었다.

"저 여자 집에서는 어떻게 한다는 얘기가 없나? 귀한 댁 아가씨라고 들었던 것 같은데."

"이 일은 백인형조차 어찌 못합니다. 경무대에서 꾸민 일인데 누가 손을 쓸 수 있겠습니까."

대답이라기보다는 오열에 가까웠다. 한이는 백인형이 누군지, 경무대가 얼마나 무서운 곳인지 온전히 알아들을 수 없었지만, 적어도 할 수 있는 게 없다는 말은 확실히 이해했다.

그러나 한이는 자신 역시 할 수 있는 게 없단 말을 차마 하지 못했다. 굵은 눈물을 뚝뚝 떨어뜨리는 사내 앞에서 차마 그런 말을 할 수가 없었다. 혁준 역시 온몸이 넝마가 돼 있긴 마찬가지였지만, 그의 시선은 반대쪽 철문을 향해 있었다. 그 애절한 마음은 철문 너머의 한이에게도 고스란히 전해졌다.

들어가는 걸음은 멀쩡했으나 나오는 걸음은 비틀거렸다. 한이의 눈에 정신을 잃고 늘어진 그 여자의 모습이 걸음마다 밟혔다. 점박이가 아직 안 와 이 꼴을 보지 못하는 것이 다행이었다.

혁준의 말이 없었더라도, 여자가 머지않아 죽겠구나 하는 생각은 누구나 떠올릴 법한 상황이었다. 그 여자가 죽는다고 생각하면 가슴이 쿵 내려앉아서 정말로 견딜 수가 없었다. 여자가 결혼하고 미국으로 떠날 것이라는 얘기를 들었을 때보다 훨씬 더 괴로워 숨을 쉬기도 힘들었다.

그런데 얄궂게도 오늘따라 한이를 찾는 사람이 많았다. 한이가 형무소 뒤편 담벼락을 붙들고 숨을 몰아쉬고 있을 때, 어떤 여자가 가늘게 떨리는 목소리로 그를 불렀다.

"저, 저기요……."

무척 가냘프고, 가늘게 떨리기까지 하는 목소리였다. 한이는 무겁게 가라앉은 눈을 들어 뒤를 돌아보았다. 목소리의 주인은 얼굴이 잘 드러나지 않게끔 머플러를 둘둘 말고 있었으나, 워낙 고급스러운 머플러라 되레 눈에 띄었다. 한이는 그 여자를 단번에 알아볼 수 있었다. 언젠가 종로 뒷골목에서 그 여자와 함께 봤던 여자였다.

"그쪽은……."

인아가 고개를 끄덕이자, 한이의 눈에 순간 옅은 희망이 돌았다. 이 여자도 귀한 댁 아가씨임이 분명했다. 이 여자에게 무슨 뾰족한 수가 있을지도 몰랐다. 한이는 인아에게 가까이 바짝 다가섰다. 다행히 인아 역시 한이와 같은 생각이었다.

"저, 혹시…… 그쪽도 백마리 선배 때문에……."

"백마리? 아무튼 너랑 같이 있었던 그 여자 말이야. 너, 혹시 무슨 방법이 있는 거야?"

한이의 목소리에는 절박한 다급함이 묻어났다. 반면, 예상치 못한 곳에서 아군을 만난 안도감에 인아의 양어깨에선 스르르 힘이 풀렸다.

인아가 형무소를 찾은 것은 당연한 얘기였지만 혁준을 만나기 위해서였다. 명호는 일이 터지자마자 바로 혁준을 집안에서 잘라내버렸으나, 인아의 아버지는 하나뿐인 딸의 간청을 차마 내치지 못했다. 조선평등연구소 관계자에 대한 면회가 일절 금지되어 있다 해도 서울고등법원 판사 아버지를 둔 인아에게는 알음알음 면회가 허용되어 인아는 혁준의 얼굴을 볼 수 있었다.

다만 혁준을 만난 지 벌써 이틀이나 지났다. 면회실로 나온 혁준은 더 자신을 찾지 말라며 칼같이 인아를 내쫓았다. 그러나 그 차가운 내침에도 인아는 형무소 주변을 며칠째 배회하던 중이었다.

"방법이 있어요."

인아는 두 눈에 눈물이 가득 고였지만, 의연하게 눈앞의 남자를 똑바로 바라보려 애썼다. 한이의 얼굴에 비치던 옅은 희망의 빛도 짙어졌다.

"정말이야? 어떻게? 혹시 내가 할 수 있는 일이 있나? 뭘 하면 되지?"

인아는 곧바로 대답하지 않았다. 방법이 있지만 시간이 촉박했다. 인아가 아버지에게 들은 바에 따르면, 도야와 혁준이 아직 서대문형무소에 있는 이유는 두 사람의 문제가 조선평등연구소에 국한되어 있기 때문이었다. 그러나 재영이 경찰에 자진 출두하여 체포된 후의 상황은 그렇지 않을 것이었다.

단순한 정치범 사건이 간첩 사건으로 부풀었다. 북한의 지령을 받은 간첩들이 조선평등연구소의 간부로 활동하고 있으며, 좌경사상 유포는 그 지령 중 하나였다는 허위 자백을 치안당국이 받아낸 것이다. 게다가 경무대는 연행된 사람들을 상대로 야당과의 관계를 캐묻고 있어, 이 사건이 정치권으로 번지는 것은 시간문제였다.

이런 상황에서 재영은 체포되자마자 곧바로 중앙분실로 끌려갔다. 도야와 혁준 역시 사흘 뒤 같은 운명이 예정되어 있었다. 그러면 모든 것이 끝장이었다. 중앙분실로 들어간 평범한 대학생이 살아서 나온 전례가 없었다. 혁준과 도야라고 예외일 수는 없었다. 그렇게 되기 전에 두 사람을 빼내야 했다.

인아는 눈앞의 이 남자와 계획을 논해도 괜찮을지 고민이 돼 잠시 주저했으나, 이내 계획을 설명했다.

"내일, 내일이 아니면 기회가 없어요."

"내일? 왜지?"

"설명할 시간은 없어요. 저기, 형무소에 옷가지 같은 것을 들여보낼 수 있어요? 아무래도 제가 들여보내면 불편한 관심을 받게 될 거라서요. 아무도 그 옷가지가 어떤 모양인지 알면 안 되고 그냥 옷이구나 하고만 알아야 해요."

한이는 점박이를 떠올리면서 고개를 끄덕였다.

"가능할 거야."

"그것만 되면 준비는 충분해요. 그러면 저기, 일단 오늘 옷을 들여보내고……."

계획을 하나둘씩 풀어놓는 인아의 눈에는 더없이 단단하고 강한 빛이 어렸다. 그 빛은 한이의 두 눈에도 조금씩 옮겨갔다.

5

한때 한이가 멋진 미래를 기대하고 꿈에 부풀었던 그 요정이었다. 오늘은 김운일보다 훨씬 젊은 남자가 술을 마시고 있었다. 몸도 가누지 못할 만큼 술에 절은 상태였는데, 이 남자가 대체 언제부터 술을 마셨는지 종업원들도 더 이상 세지 않았다.

남자는 벌써 며칠째 술을 마시고 정신을 잃었다가, 다시 깨어나면 또 술을 마셨다. 기생 두어 명이 주인의 성화에 못 이겨 때때로 들어와 보기는 했지만 대개 얼마 지나지 않아 험한 손찌검을 당하고 쫓겨나기 일쑤였고, 때로는 겁탈에 가까운 행위를 당하고 쫓겨나는 여자도 있었다. 지금도 이 방 안에는 기생 둘이 들어앉아 언제 남자가 돌변할지 몰라 반쯤 우는 얼굴을 하고 있었다.

"제기랄……."

그새 또 한 번 심사가 뒤틀렸는지 으르렁 소리가 흘러나왔다. 환식의 험악한 두 눈빛이 웅크리고 있던 기생들에게로 향하자, 기생들이 움찔거렸다. 그녀들은 지금 도망쳐야 한다는 것을 본능적으로 느꼈다. 그들은 속으로 주인을 욕하면서 조심스레 일어났지만, 안타깝게도 도망이 조금 늦은 것 같았다. 기생 중 하나가 환식의 손에 머리채를 붙들리고 말았다.

미처 도망가지 못한 여인이 살려달라고 환식에게 간절하게 애원했지만, 환식은 전혀 개의치 않았다. 잠시간이 지나 여인은 치맛자락도 제대로 수습하지 못한 채 눈물은 물론 코와 이마에서 피를 흘리며 달아났다. 환식은 또 욕지거리를 퍼부으며 빈 술잔 하나를 바닥에 패대기쳤다. 이 방에 들어왔다가 도망하는 여인들에게 누구를 겹쳐 보고 있는 건지, 왜 이렇게까지 화가 나는 건지는 환식 자신이 가장 잘 알고 있었다.

"백마리……."

또다시 으르렁거리는 소리가 잇새로 흘러나왔다.

도야에게 했던 말 그대로, 환식은 25년 인생을 살아오는 동안 자신이 원하는 것을 한 번도 갖지 못했던 적이 없었다. 하지만 가장 갖고 싶었던, 엘리트 집안의 번듯한 아버지만은 평생토록 가질 수 없었다. 환식은 자신의 아버지와 자신의 집안을 몹시 부끄럽고 혐오스럽게 여겼다.

다만 그가 아버지를 혐오하는 것은 그가 이 땅의 수많은 사회주의자와 민주주의자들, 조선 땅이 열강에서 벗어나기를 바라는 사람들, 가난한 조선 민중이 자신의 힘으로 행복하게 살 수 있기를 바라는 사람들을 때려잡은 망나니이기 때문은 아니었다. 그저 제 아버지가 머리 아닌 주먹을 써서 그런 자리에 오른 무식한 정치깡패라는 사실만이 부끄러웠다. 그래서 엘리트 집안에서 태어난 백마리라는 여자에게 집착했고, 엘리트 집안에서 태어난 류혁준에게는 강한 열등감을 느꼈다. 류혁준을 제치고 백마리와 결혼할 수만 있다면, 무식한 깡패 집안에서 태어난 놈이라는 꼬리표를 완전히 뗄 수 있으리라 믿었다.

그 결혼에 문제가 없는 것은 아니었다. 백마리에겐 빨갱이로 살다가 비명횡사한 오빠가 있었고, 백마리 역시 그 전철을 밟고 있었다. 하지만 그 정도 하자가 있어준 덕에 그 여자의 아비도 '김운일의 아들'과의 혼인을 승낙한 것이다. 이 정도 하자도 없다면 어느 집안에서 김운일의 집안과 혼사를 맺으려 했겠는가. 그래서 백마리의 이름이 언급되지 않는 선에서 그 주변을 정리하고 집으로 들여보내는 계획을 짠 것이다.

그런데 일이 이렇게 돼버렸다. 그 망나니 같은 여자가 끝내 천박한 본성을 버리지 못하고 빨갱이들과 엮였다. 경무대에 이름을 알려버린 이상 이제는 백인형도 김운일도 손쓸 수 없게 된 것이다. 일이 이리될 줄 알았다면 결혼식장에 들어설 때까지 안재영에 대해선 절대 알려주지 않았을 것을……. 나름 친절을 베

푸느라 안재영에게서 슬슬 정을 떼라고 말한 것이 파국적인 결과로 들이닥쳤다.

하지만 환식 자신도 지금의 분노가 비이성적이라는 걸 알았다. 백마리라는 상품의 가치가 기준 아래로 떨어졌다면, 대체 상품을 찾으면 될 일이다. 깡패 집안과도 사돈을 맺을 만한 위태로운 엘리트 집안이 백인형의 가문뿐이겠는가.

"백마리……."

취기에 흐려진 눈이 그 하얗고 마른 여자의 얼굴을 자꾸만 그려냈다. 환식은 천천히 자리에서 일어났다. 알코올에 절어 있는 몸이 무겁게 비틀거렸다.

환식을 태운 고급 승용차가 서대문형무소로 향했다. 일주일이 넘도록 불안에 떨며 요정 앞에 대기하고 있던 운전기사는 환식이 또 언제 손찌검할지 몰라 벌벌 떨면서 그를 형무소 앞에 내려주었다. 입구를 지키고 섰던 간수 하나가 환식을 막아서자 환식은 다짜고짜 주먹으로 간수를 갈겨버렸다.

"비켜, 이 새끼들아! 내가 누군지 알고! 네놈들도 지금 나를 깡패 새끼 아들놈이라고 우습게 보는 거야?"

술에 취한 젊은 남자에게 난데없는 주먹질을 당한 간수는 화를 내기는커녕 도리어 겁에 질렸다. 얼핏 보기에도 고급스러운 양복을 입었으니 보통 신분의 남자는 아니리라는 짐작 때문이었다. 다행히 운일을 태우고 몇 번 형무소에 온 적 있었던 운전기사가 간수와 얼굴을 알았고, 그가 나서서 환식이 누구인지를 일러주었다. 간수는 겁에 질린 얼굴로 벌벌 떨면서 문을 열었고, 운전기사는 그 주머니에 지폐 한 뭉치를 찔러 넣었다.

형무소에 들어선 환식은 거침없이 구치감 쪽으로 향했다. 환식에게는 자신이 독립지사들의 피가 서린 곳을 밟고 있다는 자각이 없었다. 그에게는 그저 빨갱이들이 수감된 더러운 감옥에 불과했다. 그새 안쪽으로 말이 퍼졌는지 누구도 환식을 제지하지 않았다. 환식은 간수들의 안내 아닌 안내를 받아 가장 깊숙한 방 앞에 도착했다. 구치감 입구에서부터 슬그머니 환식을 뒤따르던 간수 하나가 곧장 감방의 문을 열었다.

도야는 여전히 몸을 일으키지 못하고 있었다. 간수는 술 냄새로 가득한 환식을 향해 묘한 눈빛을 보내고는 슬그머니 철문 밖으로 나갔다.

"백마리……."

환식이 감방 안으로 저벅저벅 들어서자 도야는 그제야 힘겹게 고개를 들었다. 그러나 그 표정에는 아무런 변화가 없었다.

도야의 얼굴을 마주한 환식은 다시 화가 끓었다. 여자는 뒤늦게야 움직이지 않는 몸을 애써 바로 세우려 노력했는데, 그것마저도 자신 앞에서만은 흐트러진 모습을 보이지 않겠다는 뜻으로 보였다. 환식은 분을 이기지 못해 도야를 거칠게 밀어젖혔고, 기력이 쇠한 도야는 비명도 없이 차가운 바닥에 쓰러졌다. 그러나 환식을 보는 혐오의 눈빛만은 그대로였다.

"그 눈……! 그 얼굴……!"

환식은 뜻 모를 분노를 입으로 토해냈다.

"김환식, 이 새끼! 간수는 대체 뭐하고 있는 겁니까! 제발……!"

뒤늦게 상황을 알아차린 혁준이 건너편 방에서 분노와 절규의 고함을 내질렀다. 하지만 혁준의 고함은 되레 환식을 더 자극했다. 영문과 교수의 아들도 가지지 못하는 여자를 고작 깡패 새끼의 아들에 불과한 자신이 가진다는, 이상하게 뿌듯한 고양감이 환식의 가슴을 가득 채웠다.

기력이 다한 도야는 저항도 못 하고 아래로 축 늘어졌다. 환식은 중간에 하던 일을 멈추고 도야의 얼굴을 다시금 바라보았다. 환식과 눈이 마주친 도야는 아주 작게, 날카로운 한마디를, 마치 침이라도 뱉듯이 그의 얼굴에다 대고 뱉어냈다.

"제 아비랑 똑같은 새끼."

너무 가늘어서 귀를 기울이지 않으면 제대로 들리지도 않을 말이었다. 하지만 환식은 그 말을 아주 똑똑히 들었다. 별안간 환식은 몸을 일으켰고, 도야는 흐트러진 매무새를 추스르지도 못하고 다시 바닥에 팽개쳐졌다.

"더러운 빨갱이 년."

환식은 그 말을 남기고 도망치듯 감방을 빠져나갔다. 모욕을 한 것은 자신이었으나, 오히려 자신이 더 심한 모욕을 당한 것 같은 얼굴을 하고 있었다.

6

탈출의 시작은 옷가지 반입에 이어 면회 신청이었다. 도야와 혁준 모두 면회가 금지돼 있었지만, 인아가 아버지를 통해 미리 손을 써둔 참이었다. 덕분에 면회도 일반 면회와는 달리 조그마한 방에서 따로 할 수 있었다.

한이의 신분은 도야가 일했던 국숫집의 남자 점원으로 해두었다. 도야와 함께 일했던 남자가 도야를 너무 그리워해 인아가 면회 주선을 해줬다는 명목이었다. 일이 시작되면 걸리적거릴 일이 많은 인아 대신 한이가 들어가 두 사람의 탈출을 돕기로 했다.

면회실로 임시 사용하기로 한 조그만 방에서 기다리는 내내 한이는 한 번도 겪어보지 못한 긴장감에 뒷골이 당겼다. 다른 패거리들과 싸움을 벌이기 직전에도, 심지어 춘길 패거리에게 끌려갈 때도 이 정도는 아니었다.

곧 간수가 문을 열었고, 비틀거리는 여자 하나를 남자 하나가 부축하고선 안으로 들어왔다. 점박이를 통해 들여보낸 옷가지에 적어둔 대로, 도야가 혼자 몸을 움직이기 어렵다는 핑계를 대어 혁준이 도야를 부축해 면회실까지 나온 것이었다. 원칙대로라면 두 사람이 함께 면회실로 나올 수 없었지만, 이번이 이승에서는 마지막일 테니 서로 얼굴이라도 볼 수 있게 해달라고 인아가 아버지에게 사정한 결과였다. 혁준은 지금까지 순조롭다는 뜻으로 가볍게 고개를 끄덕였다.

서로 무릎이 닿을 만큼 가까이 앉고서야 도야와 한이의 시선이 마주쳤다. 한이가 구치감에 갔을 때는 도야가 정신을 잃고 있었으니, 두 사람의 시선이 서로 교차한 것은 문리대 학회실 습격이 있던 날 이후 처음이었다.

한 달도 채 되지 않는 짧은 시간이었지만, 그 사이에 너무 많은 것이 바뀌었다. 두 사람은 서로를 보면서도 아무런 말을 할 수 없었다. 한이를 쳐다보는 도야의 눈동자가 가늘게 떨렸고 그 눈동자에는 차마 말하지 못한, 몹시도 많은 얘기가 담겨 있었다.

"그쪽……."

한이를 제대로 부르지도 못하는 목소리는 가늘게 떨리고 있었다. 한이의 눈시울도 붉어졌다. 탈출을 시도 중이라는 상황도 잊고서 한이는 눈앞의 여자를 하염없이 바라보았다. 쓰러져 있던 뒷모습을 봤던 것이 고작 하루 전이었는데, 그새 더 마르고 작아진 것 같았다. 미리 들여둔 얇은 솜옷을 걸치기는 했으나 얇은 옷 한 벌이 저 여린 몸을 제대로 감싸주진 못했다. 얼굴에 그어진 생채기 하나하나가 너무 아파서 한이는 견딜 수가 없었다.

"괜찮은 거지?"

괜찮지 않다는 걸 알면서도 물었다. 도야는 전혀 괜찮지 않으면서도 힘없이 고개를 끄덕였다.

"밥은?"

이번에도 도야는 고개를 끄덕였다.

"많이 추울 텐데…… 곧 눈도 온다 했고."

한이는 마른침을 열심히 삼켰지만, 자꾸 갈라지는 목소리는 어쩔 수가 없었다.

"날이 더 추워지기 전에 솜옷이나 몇 벌 더 넣어주십시오. 이대로는 추워진 날씨에 몸이 많이 상합니다."

간수의 의심을 사지 않기 위해 혁준도 한마디 거들었다. 탈출 계획을 들은 혁준은 무언가를 단단히 결심이라도 한 듯 두 눈에 한 치의 흔들림이 없었다.

몇 마디 나누지 않았는데도 귀하디귀한 면회 시간은 어느새 끝이 났다. 간수가 무릎을 툭툭 두드리면서 구치감으로 돌아갈 시간을 알렸다. 한이는 잠시 뒤 다시 보게 될 것을 알면서도 도무지 도야를 보낼 수 없었다.

"부디 몸조심을."

더듬더듬 내놓은 말과 마찬가지로, 발걸음 역시 쉽게 떨어지지 않았다. 한이는 그 작은 방을 떠나지 못하고 계속 뒤를 돌아보았다. 떠나지 못하기는 도야 역시 마찬가지였다. 도야는 혁준의 부축을 받아 면회소를 나가면서도 자꾸만 뒤를 돌아 한이를 확인하고, 또 확인했다. 도야와 혁준이 나가기가 무섭게, 무정한 문은 세 사람 사이를 완전히 갈라놓았다. 한이는 두꺼운 문을 하염없이 바라보다가 천천히 밖으로 나왔다.

면회소를 빠져나온 한이의 눈빛이 무쇠라도 베어낼 듯 날카롭게 변했다. 한이는 바로 밖으로 나가지 않고 간수들이 거의 지나다니지 않는 복도 구석에 몸을 숨겼다. 이제 이곳에서 그들을 기다리면 되는 것이었다.

그런데 무슨 일이라도 생긴 건지 도야와 혁준은 좀처럼 모습을 드러내지 않았다. 두어 식경이 지났는데도 두 사람이 나타나지 않자, 한이는 일이 틀어진 것이 아닌가 하고 슬슬 불안해졌다. 한이가 면회소로 다시 돌아가보기로 마음먹고 몸을 일으켰을 때, 다행히 도야와 혁준이 모습을 드러냈다.

"많이 기다렸습니까."

간수 하나 대동하지 않은 채로 면회소 밖으로 나온 두 사람은 조금 전과 달리 평범한 옷을 입고 있었다. 도야가 두른 스커트와 도톰한 망토, 혁준이 걸친 단정한 신사 양복은 모두 전날 점박이를 통해 들여보낸 옷들이었다. 점박이로부터 옷을 건네받은 간수는 그저 솜옷을 들여보냈다고만 알고 있으니. 이 일로 점박이가 봉변당할 일은 없을 것이다.

"일이 틀어진 줄 알았다."

"간수가 자리를 비우지 않아서…… 조금 기다렸습니다."

혁준은 얼굴에 난 생채기를 가리기 위해 챙이 넓은 중절모를 푹 눌러쓰고 있었다. 계획은 아직 절반밖에 진행되지 않았으니, 아직 안심할 단계가 아니었다. 머플러로 얼굴을 가린 도야는 태연한 척했으나, 사실 가만히 서 있기도 힘겨운 상태였다. 그 사실을 잘 알고 있는 한이와 혁준은 얼른 바깥으로 움직이기 시작했다.

인아가 마련한 계획은 이랬다. 우선 아는 사람을 통해 죄수복 아닌 옷을 미리 넣어둔다. 이어 한이가 면회를 신청해 두 사람을 구치감에서 불러낸다. 면회가 끝나 면회소에서 구치감으로 돌아가는 사이 감시가 뜸해진 틈을 노려 미리 준비해둔 옷으로 갈아입고 면회실을 빠져나간다.

지난번 면회 때 경비가 겉보기보다 허술하다는 것을 확인한 인아가 짠 계획이었다. 커다란 면회실에서 여러 사람이 한꺼번에 면회하는 다른 죄수들과는 달리, 도야와 혁준은 면회도 따로 마련된 장소에서 할 정도로 감시가 삼엄했다. 하지만 면회소까지 오가는 길은 다른 죄수들과 마찬가지로 허술했다.

다만 도야와 혁준에게만 따로 사람을 붙여 구치감으로 데려갈 가능성을 생각하지 않을 수 없었기에 부러 간수들의 교대 시간을 알아내 그 시간대로 면회 신청을 넣어뒀다. 간수들이야 교대 시간에 들어온 면회를 달가워할 리 없었지만 고등법원 판사의 청탁이다 보니 그 요청을 무시할 수 없었다.

"감당해야죠. 철없는 부잣집 고명딸이 남자에 눈이 멀어 저지른 짓이라고 하면 곤란한 일이 생겨도 목숨까지 위태롭지는 않을 거예요. 아버지에게 그 정도 힘은 있으니까요."

그렇게 하면 네게도 문제가 생기지 않겠느냐는 한이의 질문에 인아는 결연한 표정으로 덧붙였다. 덕분에 간수가 교대하는 사이에 짧은 틈이 생겼고, 두 사람은 재빨리 옷을 갈아입고 그 자리를 빠져나올 수 있었다. 이제 남은 일은 교대한 간수가 탈옥을 알아채기 전에 빠져나가는 것뿐이었다.

한이는 자신과 인아의 명의로 나온 면회표를 도야와 혁준의 손에 하나씩 쥐여줬다. 혁준이 면회를 거절한다는 핑계로 오지 않은 인아였지만, 그래도 혁준이 보고 싶어질지도 모르겠다는 핑계를 대어 면회표를 미리 하나 더 받아두었다.

도야는 자기 손에 면회표를 쥐여주는 한이의 얼굴을 물끄러미 바라보았다. 마지막으로 볼 때만 해도 자기가 뭘 하는지도 모르던 남자였는데, 어느새 이렇게 듬직한 남자의 얼굴이 된 것일까. 하지만 감상에 젖어 있을 시간은 없었다. 혁준과 도야는 재빨리 다정한 부부인 양 서로 어깨를 감싸안았고, 한이는 부부의 하인인 척 허리를 구부정하게 숙이고 그들의 뒤를 따랐다.

문제는 형무소 정문에서 일어났다. 형무소 앞을 지키고 섰던 간수가 혁준과 도야는 면회표만 확인하고 통과시켜줬지만, 한이가 슬그머니 두 사람을 따라 나가려고 하자 인상을 찌푸리며 그 자리에 멈춰 세운 것이다.

"잠깐, 너 면회표는?"

하인 노릇을 하고 있으면 면회표 없이도 무사히 통과할 수 있으리라고 생각했는데, 하필 깐깐한 간수에게 걸리고 말았다. 다만 간수는 이것이 탈옥이라고는 생각지도 않고, 그저 앞서간 부부가 면회표도 똑바로 받지 않은 채 멋대로 하인을 데리고 들어온 것이라고 생각한 듯했다.

"보시오. 그쪽이 이놈 윗사람이오? 당신 이름이 뭐요? 누구 면회하러 왔소?"

간수도 일을 크게 키우기는 귀찮았는지 주인 남자의 신분만 대강 확인하고 보내줄 모양이었으나, 그것마저도 세 사람에게는 큰일이었다. 댈 만한 신분이 마땅치 않았고, 면회인 명부에 두 사람의 이름이 있을 리도 없었다. 혁준은 도야와 한이를 번갈아 살폈다. 도야는 고요하게 가라앉은 얼굴로 별다른 감정을 드러내지 않고 있었으나, 한이는 여차하면 간수에게 달려들기라도 할 기세였다. 혁준은 마침내 마음을 굳힌 듯 잠시 눈을 감았다.

사실 그날, 그 강당에서 재영이 도망칠 수 있도록 뒤를 막아섰을 때부터 혁준은 이미 마음의 준비를 마친 상태였다. 혁준은 자신이 더 이상 예전의 삶으로 돌아갈 수 없음을 직감했다. 그래서 계속 생각해야만 했다. 예전으로 돌아가지 못한다면 어떻게 살아야 할까.

그 문제는 도야를 만난 후로, 그리고 도야가 집을 나온 후로 더욱 고민한 것이기도 했다. 자신이 배우고 있고, 품고 있는 사상을 위해서라면 입고 있는 비싼 옷부터 내던져야 한다는 것은 알았지만, 차마 그럴 용기는 없어 끝내 답을 내리지 못했다.

그리고 고문을 받으면서 혁준은 어렴풋하게나마 한 가지 사실을 더 알게 됐다. 그것은 자신이 여기서 살아나갈 수 없을지도 모른다는 것이었다.

결론은 간단했다. 믿는 바를 따르는 삶이라면 더욱 좋겠지만, 혁준이 할 수 있는 것은 믿는 바에 따라 죽는 것뿐이었다.

혁준은 희미하게 웃으며 도야와 한이에게 가볍게 손짓했다.

조금 뒤로 물러나라는 의미였다. 도야와 한이는 혁준의 의도를 정확히 알지 못하면서도, 무슨 계산이 있겠거니 싶어 조금 뒤로 물러섰다. 혁준은 더 크게 손짓했고, 두 사람은 조금씩 더 뒤로 물러났다.

"그런데 당신 얼굴이 왜⋯⋯."

넓은 챙 아래 상처투성이 얼굴을 뒤늦게 본 간수의 눈에 뒤늦은 의심이 퍼졌다. 이 이상 도야와 한이가 더 물러서면 간수의 의심도 확신으로 변할 시점에 이르러, 혁준은 간수를 밀어젖히며 소리를 질렀다.

"뛰어!"

순식간에 벌어진 일이었다. 도야는 무슨 일이 벌어졌는지 바로 알아차리지 못했지만, 혁준의 뜻을 금방 알아챈 한이는 도야의 손을 잡고 냅다 달리기 시작했다.

"이 새끼들⋯⋯!"

간수가 소리를 질러 도움을 요청하려고 했지만 혁준이 조금더 빨랐다. 혁준은 간수를 바닥에 내리누르면서 입을 틀어막았고, 그 무게에 눌린 간수는 소리를 내지를 수 없었다. 하지만 이런 식으로는 오래 버틸 수 없었다. 혁준이 시간을 버는 동안 도야와 한이가 최대한 먼 곳으로 달아나야 했다.

혁준은 입막음한 제 손을 간수가 물어뜯으려 하는 와중에 다른 생각을 했다. 도야를 처음 본 날이었다. 그날은 한 학년 아래

신입생들의 입학식이었다. 진운의 동생이 같은 학교 음악부에 입학한다는 소식을 들은 혁준은 부러 입학식에 찾아갔다. 야학에서 만난 진운은 정말로 훌륭한 사람이었기에, 그런 사람의 동생이라면 어떤 사람일지 궁금했다.

입학식에는 언제나처럼 사람이 넘쳤지만 진운의 여동생은 단박에 알아볼 수 있었다. 부드러운 인상을 지녔던 진운에 비해 날카로웠으나, 그래도 남매인지라 눈에 띄게 닮은 구석이 있었다.

그날 하루의 호기심으로 끝날 수도 있었을 것. 혁준은 음악부까지 찾아가 도야에게 진운의 마지막을 알려줬다. 진운이 어떻게 죽었는지를 알면 어떤 반응을 보일지 궁금했다. 도야는 혁준의 예상 이상으로 큰 충격을 받았고, 그런 도야가 안쓰러웠던 혁준은 도야 역시 진운과 비슷한 관심이 있지 않을까 하는 짧은 생각으로 책 읽기 소모임을 알려줬다. 그러자 도야는 금방 침울함을 걷어내고 뛸 듯이 기뻐했다. 그 웃음을 본 순간부터 도야를 마음에 품기 시작했던 것 같다.

몇 년을 지켜보며 혁준은 도야가 그저 예쁘기만 한 게 아니라는 사실을 누구보다 잘 알게 되었다. 그녀의 말은 단단하고 생각은 올곧아서, 도저히 사랑하지 않을 수 없었다.

탕!

총성이 울렸다. 혁준 아래에 깔려 있던 간수가 기어이 허리춤에 있던 총을 뽑아 쏜 것이었다. 혁준은 벼락에 맞은 듯한 통증을 느꼈지만, 간수를 누르고 있던 손에서 힘을 빼지 않았다.

탕!

한 발의 총성이 더 울렸다. 형무소 안쪽에서 누군가가 격발한 것 같았다. 혁준은 피를 울컥울컥 쏟아내면서도, 힘겹게 고개를 들어 도야와 한이가 달아난 방향을 바라보았다. 그들이 잘 달아나고 있는지 확인하고 싶었지만 시야는 벌써 뿌옇게 흐려졌다.

그런데 그 흐려진 시야에 문득 어떤 얼굴 하나가 또렷하게 들어왔다. 도야와 한이가 달아났을 것으로 짐작되는 방향과 반대쪽에 있는 어느 건물 귀퉁이였다. 어찌할 바를 모르고 발을 동동 구르면서 펑펑 눈물을 쏟아내고 있는 그 여인은, 아마도 인아 같았다.

인아는 형무소 안으로 들어오지 못했지만 상황을 제 눈으로 확인하고 싶어 엿보고 있던 모양이었다. 눈물로 엉망이 된 인아의 얼굴을 본 혁준은 총알에 뚫린 가슴이 다시금 답답해지는 것을 느꼈다.

총성이 한 발 더 울렸다. 억센 손들이 무자비하게 혁준을 끌어냈다. 혁준은 멀어져가는 의식을 놓으면서 이번에는 도야와 한이가 달아났을 방향을 보지 않았다. 그 대신 울고 있는 인아 쪽을 보았다. 소리가 되어 나오지 못하는 말들이 혁준의 마음속을 맴돌았다.

미안해요. 다음에는 제대로 된 사람을 만나요.

많이, 울겠지요.

7

전쟁 전에는 나쁘지 않은 마을이었을 것이다. 그러나 전쟁
통에 부서지고 무너져내려 이제는 성한 집을 찾기 어려웠다. 한
이는 튀어나온 못 같은 건 없는지 먼저 발로 더듬더듬 디뎌본
후 도야의 팔을 살짝 잡아끌었고, 또다시 발을 뻗어 안전한지를
확인한 후 도야의 팔을 조심스레 당겼다. 도야는 표정을 잃은
채로 한이가 이끄는 대로 움직였다.

운 좋게도 반쪽이나마 지붕이 남아 있는 집이 하나 있어, 한
이는 주변에 굴러다니던 거적을 바닥에 펼치고 도야를 앉혔다.
이어 부서진 나무판자를 주워 모아 모닥불을 피우고 도야가 두
르고 있던 머플러를 풀어 다시 도야에게 꼼꼼히 둘러주었다.

원래는 탈주에 성공하면 산녀의 여인숙으로 돌아갈 생각이
었다. 하지만 그곳은 너무 위험하다며 인아가 말렸고, 그 대신

알려준 곳이 폐허가 된 이 마을이었다. 서울에서 가깝긴 해도 전쟁 이후 완전히 버려졌기에 하룻밤 정도를 보내기엔 나쁘지 않을 것이라고 했다. 인아는 혁준 역시 이곳에서 밤을 보내리라고 생각했던 모양인지, 자신도 음식이나 갈아입을 옷 같은 것을 들고 몰래 이곳으로 오겠다고 했다. 그러나 혁준은 여기 오지 못했고, 그래서 인아도 오지 않았다. 그것을 생각하면 한이 역시 마음이 좋지 않았다.

도야는 고문을 당한 다리가 아직 성치 않은 듯 표정 없는 미간을 찌푸리며 다리를 펼쳤다. 모진 고문에 상한 몸으로 탈출을 감행하고, 이렇게 먼 산길까지 걸어오는 바람에 이제 제대로 앉아 있는 것조차 신기할 정도의 상태였다. 한이는 모닥불에 나무판지 히니를 더 던져 넣은 후 물을 구해오겠다며 빈 깡통을 주워들고 밖으로 나갔다.

텅 빈 집에 혼자 남겨진 도야는 멍하니 고개를 들어 하늘을 보았다. 뚫려 있는 천장 사이로 별이 쏟아져내릴 것 같은 밤하늘이 있었다. 집을 나와 하루하루 입에 풀칠하며 살 때도 머리에 하늘을 이고 밤을 보낸 적은 없었다. 아마 이런 상황이 아니었다면 제법 운치 있는 밤이 됐을지도 모른다.

"류혁준……."

표정이 없던 도야의 두 눈에서 끝내 눈물이 떨어졌다. 그렇지만 차마 소리를 내어 울지는 못했다. 그것은 보낸 사람에게도, 여기로 데려온 사람에게도 미안한 일이었다.

우물을 발견한 한이가 그 물을 깡통에 가득 담아왔을 때, 도야의 눈에서 흘러내린 눈물방울은 어느새 눈물 줄기가 돼 있었다. 한이는 당황한 기색 하나 내비치지 않고, 도야의 어깨를 가볍게 끌어안았다. 도야는 한이의 어깨에 기대 한없이 애도의 눈물을 흘렸다. 어떤 감정을 담아야 할지조차 알 수 없어서 눈동자에는 차마 감정 하나 싣지 못하고, 그렇게 오랫동안 오열했다.

도야의 눈물은 동쪽 하늘 언저리에 걸려 있던 달이 머리 꼭대기까지 올라간 후에야 멎었다. 한이는 도야를 살포시 품에서 떼어내고 미리 챙겨온 깨끗한 천 조각 뭉치를 꺼냈다. 이어 천 한 자락을 물에 적시고, 새빨갛게 달아오른 도야의 눈매를 토닥토닥 두드렸다.

"고마워."

가늘고 힘이 없지만, 그래도 분명한 말 한마디가 도야의 입에서 흘러나왔다. 한이는 씩 웃으면서 한 번 더 도야의 눈매를 토닥인 후 이번에는 얼굴에 엉망으로 그어진 생채기들을 조심스레 닦아내기 시작했다.

도야는 멍하니 눈앞의 남자를 바라보았다. 거칠고 난폭하게만 느껴졌던 얼굴에는 어느새 다정함이 감돌았다. 올바른 길을 몰라 헤매던 그 눈에도 이제는 단단한 들보가 섰다. 마지막으로 봤을 때만 해도 그저 정치깡패에 불과했는데 그 사이 무슨 일이 있었던 건지 알 수가 없었다.

"당신, 이름이 이한이였지?"

"맞아."

"어떻게 부르면 되지. 한이 씨? 아니면 한이야?"

"그냥 한이야 하고 하면 부르면 돼."

한이는 도야의 얼굴에 남아 있던 핏자국과 지저분한 얼룩을 모두 닦아준 뒤 다리 쪽으로 자리를 옮겼다. 다리에 맺힌 피를 닦아내고, 피멍이 생긴 부위를 누르지 않도록 다리아 발을 주무르는 손길이 섬세했다. 하지만 그 섬세한 손길에도 도야는 고통을 이기지 못하고 작게 신음했다. 도야의 다리는 이렇게까지 부을 수 있을까 싶을 정도로 부어 있어 여기까지 걸어온 것이 기적처럼 보였다. 결국 한이는 물에 적신 하얀 광목천을 도야의 다리에 얹은 채 조심조심 주무르기 시작했다. 물에 젖은 천에서 퍼지는 냉기 덕분에 다리에 고인 열기가 조금은 씻겨 내려가는 것 같았다.

"이한이는 내 어머니가 지어준 이름이야. 외할아버지 말이니까 맞겠지. 날 때부터 다리 밑이었다는 애들도 허다한데, 난

외가에 살았던 기억이 있어."

"어머니는 어떤 분이셨는데?"

"기억이 안 나. 어머니는 내가 사람 말을 알아듣기 시작했을 때쯤에 물에 빠져 죽었다고 했거든. 일제 순사 놈에게 치욕을 당하고 정신을 놓아버렸다던가."

그래서 젊은 여자가 가까이 다가오기만 해도 진저리를 쳤던 한이였다. 젊은 여자를 보면 자꾸 얼굴도 기억나지 않는 어머니가 떠올랐다.

"아버지는 내가 태어나기도 전에 일본으로 돈 벌러 갔다는데 소식이 끊겼어. 외할아버지는 내 아버지가 일본에서 새살림을 차렸을 거라고 했지. 순사가 본토 공장에 가면 돈을 많이 벌수 있고 예쁜 여자도 끼고 살 수 있다고 해서 간 거라는데, 순사가 거짓말을 했겠느냐고 하더라고. 근데 난 내 아버지가 거기서 죽은 게 아닌가 싶어. 징용 갔던 다른 이들 말을 들어보면 생지옥이었다더라고. 거기서 많이들 죽었고."

그렇게 부모를 모두 잃은 한이는 서울에 있는 외가에 맡겨졌다고 했다. 하지만 전쟁의 끝자락, 있는 입에 밥숟갈 하나 물리는 것도 어려운 세상이 아이에게 배풀 친절은 없었다. 외조부와 외삼촌은 이제 겨우 말귀를 알아먹기 시작한 나이의 아이에게 새벽부터 밤늦게까지 해도 다 못할 일을 시켜놓고 그 일을 못해놓으면 죽기 직전까지 때리기 일쑤였다. 구걸이라도 해서 밥

값을 벌어오라며 한겨울에 얇은 옷 한 장 입혀 집 밖에 내놓기도 예사였다. 굶은 날보다 무언가를 먹은 날을 떠올리기가 훨씬 쉬울 지경이었고, 어린 한이의 입에 들어갈 수 있었던 것은 고작해야 가족들이 먹고 난 감자 껍질이 전부였다.

그래서 거리로 도망쳤다. 광복으로 모두가 만세를 부르며 길거리로 뛰어나가던 날에, 한이 역시 다른 사람들을 따라 거리로 뛰어나와 다시는 그 집으로 돌아가지 않았다.

"밖이라고 살기 편한 건 아니더라고. 처음 다리 밑에 갔을 적에는, 먼저 있던 놈들 텃세에 몸이 성한 날이 없었으니까. 이유 없이 패고, 돈 벌어오라 내쫓고, 구걸해온 게 적으면 적다고 패고 많으면 모조리 다 뺏어가고. 빌어먹기만 해서는 살 수가 없어서 좀도둑질도 좀 했지. 걸리면 죽도록 맞는데, 그래도 안 걸리면 입이라도 씻을 수 있으니까. 그러다가 주먹질도 배웠고, 맞을 때마다 두 배는 더 때려줬더니 수염 날 때쯤에는 다리 밑에서는 아무도 날 안 건들더라고? 그래도 아주 나쁘게만 살았던 건 아니었어. 좋은 일도 있었는데…… 전쟁 나기 딱 한 해 전이었을걸? 내 키도 이만큼은 자랐을 땐데."

한이는 제 손을 가슴 조금 아래에 갖다 댔다. 손으로 그려놓은 키를 보면 열두세 살쯤 되었을 때일 것이고, 그때쯤에는 도야도 열서너 살쯤이었을 것이다.

"훔칠 거 없나 길에 나갔다가 그놈을 본 거야. 너덜너덜한 게 거지새끼들 입는 넝마나 다름없는 바지저고리를 입고 있는 놈이었는데 그게 또 깔끔하고 좋은 냄새가 나더라고. 손에 꽤 괜찮은 가방을 하나 들고 있길래 그걸 들고 냅다 뛰었더랬지. 근데 바로 잡혔어. 야, 오늘 또 이거 죽을 때까지 맞겠구나 싶었는데 그것보다도 배가 너무너무 고픈 거만 생각나는 거야. 근데 그놈이 나를 두들겨 패진 않고 한참 동안 나를 보더니 갑자기 같이 가자 하더라고. 도망칠까 했는데 그놈 눈이 또 영 이상하진 않았어. 그래서 밑져야 본전이다 싶어 따라갔더니 국밥을 사주더라. 몇 년 만에 먹어보는 뜨끈한 밥인지 기억도 안 났어. 얼마나 정신없이 먹었는지 몰라."

한이가 글과 셈을 배운 것은 그 남자에게서였다. 그날은 그렇게 밥만 사주고 돌아가나 싶었는데, 다리 밑에 살고 있는 건 또 어떻게 알았는지 찾아와 부르더라는 것이었다. 처음엔 한이도 그 남자를 귀찮게 여겨 다른 거지 아이들을 내보내 두들겨 패보기도 하고 욕도 해 봤지만, 남자는 한이가 무슨 짓을 해도 다리 주변을 떠나지 않았다. 남자는 한이에게 책을 몇 권 보여주면서 이런 걸 배워야 사람 구실이라도 하면서 산다고 했고, 결국 한이는 어른들의 눈을 피해 남자를 따라 그 언덕으로 가서 글과 셈을 배웠다. 그러다가 어느 날 전쟁이 터졌고, 그 남자도 징병을 당했는지 피난을 갔는지 그것도 아니면 어디선가 죽었는지 다시는 만나지 못했다.

"넌 부산으로 피난 갔다고 했나? 난 못 갔어. 다리 밑에 사는 거지새끼가 어디 피난 갈 생각을 했겠어. 근데 부산만 못 볼 꼴 많았던 게 아니라, 서울서도 못 볼 꼴 참 많이 봤다."

인민군이 내려왔을 무렵에는 어른들에게 들은 얘기들이 무서워 산으로 도망가 나무뿌리를 씹어 먹으면서 살았다. 국군이 돌아왔을 때는 이제 겨우 다시 숨을 쉬고 살겠구나 싶었는데, 이번에는 부역자가 아님을 증명해야 목숨을 부지할 수 있었다. 그러기 위해 한이는 어른들과 함께 거리를 쏘다니며 부역자를 찾았다. 그러다가 덕배의 눈에 띄었다.

"그래서 그렇게 살게 된 거야. 처음부터 그렇게 살고 싶었던 것은 아니었다, 나도."

풀어놓는 말 하나하나가 무겁고 고단하기만 한 삶이었기에, 도야는 저도 모르게 자신의 상처를 닦아주고 있던 그 손을 살짝 잡았다. 남자는 그 짧은 사이에 단단해진 것이 아니었다. 원래부터 단단한 사람이었고, 그저 상황이 여의찮아 그렇게 살아왔을 뿐이었다.

"고생 많았어. 이렇게 살아남아줘서 고맙고."

위로이자, 사과였다. 도야는 한이의 눈을 보았고, 한이도 고개를 들어 도야의 눈을 봤다. 아직도 발그스름하게 부어 있는 눈가에 작고 고운 미소가 실렸다. 그 어느 때보다도 다정한 눈웃음이었기에, 한이는 천을 내려놓고 손을 뻗어 그 눈매를 슬그머니 매만져주었다. 물에 젖은 천을 잡고 있던 손은 아직도 촉촉하게 젖어 있어 발그레하게 열기가 올라 있는 눈매엔 무척 시원했다.

"봄이 되어 복사꽃이 피면, 그 언덕에 다시 같이 가자."

남자의 숨결이 조금 더, 가까이 다가왔다. 도야는 온몸에 실리던 고통도 잊고 살며시 눈을 감았다. 메마르고 터져 있던 입술에 촉촉하고 따뜻한 그의 숨결이 닿았다. 도야는 입술을 열어, 그의 숨결을 기꺼이 받아들였다.

8

아직 해도 제대로 뜨지 않은 새벽이었다. 잠에서 깨어난 도야는 이제 겨우 잠이 든 한이의 얼굴을 물끄러미 내려다봤다. 한이는 계속해서 도야의 상처를 어루만지고, 쓰다듬고, 부어 있는 다리를 주물러주다가 조금 전이 돼서야 겨우 잠이 들었다. 고단한 삶의 흔적이 새겨져 있지만 그래도 사랑스럽기만 한 그 얼굴을 살며시 쓰다듬다가, 손가락 사이사이 느껴진 열기에 깜짝 놀라 손을 거둬들였다. 이 남자와 닿을 때마다 이렇게 열기가 흐른다는 것을 왜 미처 몰랐을까. 도야는 한이의 얼굴에서 한참이나 눈을 떼지 못하다가, 이윽고 무언가를 결심한 듯 아주 조용히, 하나둘 옷을 챙겨 입기 시작했다.

옷을 입으니 더 추웠다. 아직 모닥불은 꺼지지 않았고 충분한 열기를 내뿜었지만, 그래도 추웠다. 혼자 거적 위에 누워 있는 한이 역시 몹시 추워 보여, 도야는 찬 공기에 드러나 있는 그의 상체에 옷가지를 덮어주고 자신의 머플러도 덮어주었다. 그래도 그를 덮은 옷이 한참은 모자라 보여 도야는 다시금 그의 가슴에 얼굴을 파묻고 싶은 충동을 느꼈다. 도야는 밀려오는 충동을 억지로 이겨내면서 가만히 하늘을 올려다보았다. 어느새 먼동이 터 오고 있었다.

도야는 방향을 가늠하면서 바닥에 떨어져 있던 굵은 나뭇가지 하나를 집어 들었다. 이런 다리로는 지팡이의 도움이라도 없으면 혼자서 먼 길을 가는 것은 무리라는 생각 때문이었으나, 이 나뭇가지가 얼마나 오래 버텨줄지는 장담할 수가 없었다.

도야는 곤히 잠이 들어 있는 한이를 한 번 더 내려다봤다. 전날 탈주 도중 한이의 존재를 들키지 않은 것은 천만다행이었다. 그러니 이쯤에서 도야가 떠나줌으로써 이 남자는 백마리와 상관없단 사실을 저쪽에 확실하게 인지시켜줘야 했다. 위험해지더라도 혼자 위험해져야지, 이 남자마저 위험에 휘말리게 할 수는 없었다.

"잘 살 거야. 지금까지도 잘 살아왔으니."

눈물이 또 쏟아질 것 같아서 도야는 잠시 눈을 감았다. 눈꺼풀 안쪽으로 혁준의 피투성이가 된 얼굴이 아른아른 그려졌다.

감았던 눈을 다시 떴을 때, 도야는 한이의 얼굴을 기억 속 가장 깊숙한 곳까지 새겨두려는 듯 눈 한번 깜짝이지 않고 숨 한

번 쉬지 않고 계속, 계속 또 보았다.

잠에서 깨어나 이곳에 혼자 남겨졌다는 사실을 깨닫고 나면, 한이는 분명히 도야를 원망할 것이다. 하지만 어쩔 수 없었다. 눈을 뜨면 반드시 같이 가려고 할 것이기에. 도야는 움직이지 않는 발을 억지로 움직여서 남쪽으로, 또 남쪽으로 향했다.

목표는 지리산이었다. 그곳에 숨어서 이 시린 계절이 지나가기만을 어떻게든 버티고, 또 버틸 생각이었다.

새벽의 복사꽃

1

봄이 가까워진 늦겨울이었다. 복사꽃의 환영, 그리고 총성한 발과 함께 도야의 탈주는 끝이 났다. 지리산 자락에 사는 누군가가 감자 한 알 사라진 것을 허투루 넘기지 않고 신고를 한 것이었다.

처음에는 군인들도 도야가 빨치산 잔당인 줄 알고 그 자리에서 사살하려고 했다. 다행인지 불행인지 개중에 신문을 열심히 읽어보는 젊은 군인 하나가 있어, 신문에 실렸던 악질 좌익사범의 얼굴과 도야의 얼굴이 같다는 것을 알아보았다. 그 군인은 특진을 노리고 상부에 그 사실을 보고했고, 상부는 도야를 곧장 서울로 압송했다.

서울에 도착한 날, 도야는 중앙분실로 끌려갔다.

고문은 전보다 훨씬 가혹해졌다. 서대문형무소에 있을 적에는 외교부 차관의 딸이라 해서 간간이 상태를 살펴줬었지만 이제는 그런 배려도 사라졌다. 고문을 받다 죽어도 개의치 않을 분위기였다.

"탈옥 누가 도왔어? 너랑 접선한 빨갱이 새끼들이 누구냐고!"

고문을 받으면서 가장 많이 들었던 말이었다. 야당 간부들과 북괴와의 접선 루트를 실토하라는 요구도 받았다. 정신을 잃었다가 깨어나면 또 고문이었다. 살아 있는 것을 저주할 만큼의 날들이 이어졌지만, 허위 자백만은 할 수 없었다. 경찰들이 원하는 자백은 그대로 야당 간부들의 목숨을 죄는 오랏줄이 돼버릴 것이었기 때문이었다.

그러면서도 한쪽에선 죽고 싶지 않은 마음이 생겨, 삶을 버텨내게 해줬다. 온몸의 뼈가 다 부러질 정도로 두들겨 맞거나 거꾸로 매달린 채 며칠을 방치당해도, 고통을 견디지 못해 기절할 뿐 죽지는 않았다. 예전 같으면 상상도 못 할 일이었다.

이렇게 고문을 받는 것이 괴로우면 차라리 이곳에서 스스로 목숨을 끊고 말지 어떻게 해서라도 살아야겠다는 생각은 하지 않았을 것이다. 그러나 이제는 반드시 살아야 했다. 목숨을 반드시 부지해야만 하는 이유가 어느새 도야를 찾아와 있었다.

2

도야가 사라진 후로 석 달이 지났다. 버려진 집에서 홀로 눈을 떴던 그 아침, 한이는 도야가 혼자 떠나버렸을 거라는 생각은 못 했다. 자신이 잠든 사이에 무슨 일이 생긴 게 아닐까 하는 생각에, 몇 주씩이나 도야를 찾아다녔다. 그리고 마침내, 도야에게 무슨 일이 생긴 것이 아니라 도야 스스로 떠나버렸다는 사실을 인정했다.

한동안은 참 많이 원망했다. 도야는 혼자 떠나면서도 잘 지내라는 흔한 인사말 한마디도 남기지 않았기에, 한이는 버림받은 것만 같은 기분을 느꼈다. 그러나 또 몇 주가 지나, 도야가 놓고 간 머플러를 한참이나 만지작거리던 중 한이는 도야가 자신을 버리고 간 것이 아닐지도 모른다고 여기게 되었다. 앞으로 찾아올 춥고 고될 시간을 생각한다면 머플러는 도야에게 더 필요했을 것이었고, 자신을 버리고 간 것이었다면 굳이 그 머플러를 덮어주고 가지는 않았을 것이었다.

하지만 그런 깨달음 역시도 마음을 갉아먹는 것은 매한가지였다. 결국 자신이 도야에게 있어 기댈 수 있는 사람이 되지 못했다는 의미였기 때문이다.

그래도 도야의 계산은 틀리지 않아서, 한이를 둘러싼 감시는 언젠가부터 조금씩 떨어져 나갔다. 백마리 수배령이 처음 떨어졌을 때만 해도 웬 수상쩍은 남자들이 어슬렁거리며 뒤를 밟고는 했지만, 한이 주변에 도야는커녕 서울대 문리대 학생들이나 백인형 쪽 사람들도 나타나지 않자 감시는 차츰 사라졌다.

경무대 역시 문리대 학회실에서 도야를 빼돌렸던 일이나 서대문형무소에 면회를 왔던 일 때문에 한이를 주시했을 뿐, 애초에 고등교육을 받은 좌경분자가 일개 날건달과 친분이 있을 것이라고는 생각지 않았다. 하지만 그조차도 마음을 아프게 갉아먹어, 멍하니 방에 주저앉아 도야가 두고 간 머플러를 쥐고 오열하는 날만 늘어났다.

한이가 어쩔 수 없는 마음을 끌어안고서 혼자 깊숙하게 썩어들어가고 있을 즈음, 다행히 어떤 인연 하나를 만날 수 있었다. 그리고 그 인연 덕분에 한이는 겨우 현실로 조금씩 돌아올 수 있었다.

남대문시장 국숫집에 춘천댁을 만나러 갔던 날이었다. 그때까지도 춘천댁은 도야의 소식을 전혀 모르고 있었다. 라디오에 간간이 보도가 나오기는 했지만 모두 백도야라는 이름 대신 백마리라는 이름이 쓰였고, 글자를 모르는 춘천댁은 신문을 아예 보질 않았기에 신문에 실려 있던 수배 사진도 보지 못했다. 그런 춘천댁에게 쓸데없는 걱정을 안겨주고 싶지 않았던 한이는 적당한 거짓말을 둘러댔다.

　"그 여자, 자기 집으로 돌아갔어."

　얕은 거짓말이었으나 춘천댁은 적잖이 안심한 듯했다. 춘천댁은 점박이가 국숫집으로 뛰어 들어왔던 날 후로 다시는 도야를 만나지 못했기에, 이만저만 걱정을 하고 있던 게 아니었다.

　"한이 총각은 괜찮고? 도야가 집으로 돌아갔으면…… 아이고, 그래서 한이 총각 얼굴이 이렇게 상했구먼."

　춘천댁은 뭔가 단단히 오해한 듯, 아무리 힘든 일이 있어도 밥은 잘 챙겨 먹어야 한다며 기어이 장아찌며 삶은 감자나 달걀 같은 것을 한 보따리 챙겨줬다. 그렇게 한 짐을 챙겨 들고서 여인숙으로 되돌아오던 길에, 한이는 우연히 어떤 가두시위 행렬을 만났다.

　"안재영 소장을 석방하라!"

"민주주의를 살리자!"

자유당 정부를 규탄하고 안재영 등 조선평등연구소 관련 재야인사들을 석방하라는 시위였다. 대학생들과 고등학생들이 어우러져 격렬하게 구호를 외쳤고, 군경은 그런 학생들을 사정없이 진압했다. 곤봉으로 두드려패는 꼴만 보고 있자면 군경과 정치깡패가 구별되지 않을 지경이었다.

한이는 괜한 분쟁에 얽히기 싫어 시위대와 군경이 보이지 않는 골목으로 돌아가던 중, 군인들의 곤봉에 속수무책으로 얻어맞고 있는 청년 하나를 보았다. 청년은 이미 피투성이 반죽음 상태였고, 그대로 두면 꼼짝없이 길바닥에서 죽고 말 것이었다. 그때였다.

탕!

대로 쪽에서 총성 한 발이 들려왔다. 시위를 진압하던 군경이 비무장 상태의 시민들을 향해 발포한 것이다. 경무대의 발포 지시였다. 이어 요란한 총성이 연달아 들려왔고, 총에 맞은 시민들의 비명이 허공을 찢고 갈랐다. 골목에 있던 군인들 역시 총을 빼 들었기에, 한이는 길게 생각할 것 없이 곧바로 군인 다섯 명을 제압하고서 청년을 데리고 그 골목을 빠져나왔다.

"가, 감사합니다……"

죽을 위기에서 간신히 벗어난 그 청년이 한이를 향해 몇 번이나 감사 인사를 했는지 모른다.

이 일을 인연으로 한이는 청년이 몸담고 있던 어떤 조직의 일을 돕게 되었다. 그때부터 한이는 썩어들어가고 있던 마음을 겨우 조금씩 보듬을 수 있었다.

3

예전에는 생각조차 하지 못했던 일들을 하면서 바쁜 나날을 보내고 있던 어느 하루의 오후, 한이가 구해주었던 청년이 새하얗게 질려 골방 안으로 뛰어들었다.

"한이 씨! 박 선생님 지금 안 계시지요? 큰일이 났는데!"

현수막 작성에 사용된 페인트 붓을 깨끗이 씻어 햇빛에 가지런히 널어놓고 있던 한이는 골방 안쪽을 들여다보고는 고개를 끄덕였다.

"예, 오늘 이쪽으론 오지 않으신 것 같습니다. 무슨 일인데 그러십니까?"

"아이고, 한이 씨는 아직 못 봤어요? 서울대 문리대 사건으로 수배가 내려졌던 학생이 지리산 쪽에서 잡혔답니다. 자백을 받아내든 진술을 조작하든 안재영 선생님을 북한과 엮으려 들

테고, 야당까지 가겠지요. 대책을 세워야 하는데……."

청년은 머리를 벅벅 긁으면서 손에 들고 왔던 신문을 한이의 눈앞에 내려놓았다. 일간지가 아니라 방금 나온 호외였다.

'조선평등연구소 관련 여간첩 체포'

"박 선생님 오시면 종로 쪽으로 기별 좀 주세요. 부탁드릴게요, 한이 씨!"

한이가 헤드라인을 멀거니 바라보고 있는 사이, 청년은 골방 안을 이리저리 서성이다가 금방 다시 나가버렸다. 한이는 건성으로 고개를 끄덕이면서 청년이 내려놓고 간 호외를 계속해서 눈으로 읽었다.

18일 치안국장은 '조선평등연구소 사건 관련 여간첩 백마리를 지리산에서 검거하여 서울시내에서 문초 중에 있다'고 밝혔다. … 백마리는 서울대 문리대 대자보 사건 관여자이며 조선평등연구소 간부 검거 당시 함께 검거되었다가 북괴의 사주를 받아 탈옥했다. …

거기까지 읽고 난 한이의 얼굴색이 납빛으로 변했다. 한이는 몇 번이나 기사를 읽고 또 읽었다. 분명히 도야에 대한 기사였다. 또, 글줄 곁에는 서울로 압송된 직후에 찍힌 사진도 실려 있었는데, 흐릿한 사진이었으나 그 사진에 찍힌 여자가 무척 마르고 초췌해진 도야라는 사실은 바로 알아볼 수 있었다.

"어떻게, 어떻게……."

한이는 고장 난 축음기처럼 같은 말만을 반복했다. 배움이 짧고 세상 견문이 얕은 한이였지만, 이번에는 정말로 도야가 죽을지도 모른다는 사실은 분명하게 알 수 있었다. 지난 몇 달간 도야를 생각하며 허공에 그려댔던 괴로운 숨들이 다시 한이를 죄어왔다.

한이가 마음속으로 퍼져나가는 절망을 어쩌지 못하고 하염없이 신문 기사만 읽고 있었을 때, 골방을 가린 얇은 나무문이 열렸다. 골방으로 들어온 사람은 조직원이 아니라 낯선 방문객이었다. 한이는 낯선 방문객의 존재도 알아차리지 못하고 호외만 계속해서 읽었다. 낯선 방문객은 한이가 자신을 알아보길 기다리다 못해 먼저 입을 열었다.

"이한이, 맞나?"

그제야 한이는 경계심 어린 눈을 들어 고개를 들었다. 방문객은 좀처럼 보기 힘든 고급스러운 중절모와 수트를 몸에 두른 사내였다.

"예, 맞습니다. 누구십니까."

한이는 대답을 하면서도 호외에 시선을 주던 것을 멈추지 못했다. 사내는 무표정하게 한이를 바라보더니 테이블 위에 놓여 있던 호외를 손가락으로 쿡 찔렀다.

"이 여자 알지? 백마리 아니, 백도야 말이야."

비로소 한이의 눈빛이 몹시 날카로워졌다. 도야가 체포됐다는 호외가 나온 직후 자신을 찾아 도야의 이름을 꺼내는 낯선 방문객이라니, 수상하기 짝이 없었다.

"너 누구야."

한이가 으르렁거렸다. 그러나 사내는 별다른 설명이나 해명을 붙이고 싶은 생각이 없어 보였다.

"여기서 길게 말할 건 아니고, 나를 따라와야겠다."

"도야라니, 도야 행방을 아는 거야? 지금 무사한 건가?"

"그 문제 때문에 백인형 차관님께서 너를 부른 것이다."

한이도 이제 백인형이 누구인지 안다. 하지만 경계심은 지우지 않았다. 도야의 집안 사정을 세세하게 알지는 못했지만, 도야가 원하지 않는 결혼을 하고 미국으로 떠날 예정이었다는 사실은 혁준에게서 들은 적이 있었다. 그런 남자가 왜 자신을 부른단 말인가.

"그놈한테 가는 것이라고 어떻게 믿고 따라가지? 그놈은 또 어떻게 믿을 수 있고."

"못 믿어도 할 수 없지. 말로 통하지 않으면 강제로 데려갈 생각이다."

사내는 제 뒤편에 있는 문을 가리켰고, 한이는 그제야 그 문 너머로 만만찮아 보이는 체구의 남성 몇이 서 있음을 확인했다. 한이는 혀를 짓씹으며 낯선 방문객을 노려보았다. 낯선 방문객은 자신을 억지로 끌고 가지 않고 굳이 설득을 시도하고 있었다. 게다가 백인형이 보냈다는 말이 거짓이든 사실이든, 어쨌든 도야의 행방에 관련된 정보는 이자가 훨씬 더 많이 알고 있을 게 분명했다.

한이가 마침내 고개를 조금 까딱이자, 사내는 머리 위에 올려놓았던 중절모를 더 푹 눌러 쓰면서 곧바로 골방을 나갔다. 문밖에는 저잣거리에서 주먹 좀 휘두르던 한이도 긴장할 만큼 단련되어 보이는 사내들이 있었다. 한이는 긴장을 풀지 않고 그들을 노려봤으나 그들은 아무런 반응을 보이지 않았고, 낯선 방문객과 한이의 뒤를 성큼성큼 따를 뿐이었다.

언젠가 도야가 한이를 구하겠다는 마음으로 걸었던 그 호사스러운 복도를, 한이는 사내를 따라 걸었다. 난생처음 보는 장식품들이 줄을 지어 늘어서 있었고 벽지에도 호사스러운 무늬가 가득 그려져 있어 도야가 얼마나 대단한 집 아가씨였는지를 새삼 느낄 수 있었다.

호화로운 복도의 끝에는 묵직한 마호가니 문이 달려 있었고, 고풍스럽고 고급스러운 서재에 그 사내, 백인형이 앉아 있었다. 한이를 데려온 사내가 가볍게 묵례를 한 후 밖으로 나갈 때까지 인형은 크고 고급스러운 가죽 소파에 온몸을 파묻은 채로 꼼짝도 하지 않았다.

한이가 본 백인형의 첫인상은 무척 거대한 사내라는 것이었다. 인형의 그런 인상은 비단 체구에서만 오는 것이 아니라 사람들을 짓밟으면서도 양심의 가책 하나 느끼지 않고 두 시대를 살아온 시간이 쌓여서 만들어진 거대함이었다.

백인형은 이제 차관이 아니었다. 도야가 체포된 일을 계기로 경무대 측에서는 인형이 차관직을 그만두도록 손썼다. 어차피 총독부 시절부터 오랫동안 관료 생활을 해 온 덕에 인형에겐 그런 자리 없이도 사람을 움직일 수 있는 물밑의 힘과 돈이 있었다. 차관이냐 아니냐 하는 것은 큰 문제가 아니었다. 미련 하나 남기지 않고 유유자적 자리에서 물러나는 인형을 보면서 사람들은 '철의 거인'이라는 별명을 떠올렸다.

"네놈이 이한이인가?"

한참 후에야 고개를 든 인형에게선 불쾌감이 한가득 실린 목소리가 나왔다. 인형은 자기 딸이 이렇게 무식이 뚝뚝 떨어지는 천한 놈을 선택했다는 사실을 도저히 참기 힘들었다. 한이는 인형이 자신을 노려보는 것도 상관하지 않고 맞은편 소파에 몸을 묻었다.

"알고 데리고 온 것 아니었어?"

"네놈 따위와 길게 말하고 싶진 않다. 단도직입적으로 얘기하지. 마리를 꺼내려고 한다. 그러니 네가 좀 도와야겠다."

"방법이 있나?"

불손했던 한이의 눈빛이 순간 날카롭게 번득였고, 그제야 인형의 얼굴에 새겨져 있던 불쾌감이 조금 옅어졌다.

"지난번에 마리를 꺼내놓은 게 네놈이라는 건 알고 있다. 뒷일도 계산하지 않고 저지르는 바람에 일을 망쳐놓았지."

말은 그렇게 했어도, 인형은 처음부터 이 일을 계획하고서 믿을 만한 인물로 한이를 찍어놓았다. 중앙분실의 감시도 그가 걷어냈다. 하지만 한이는 의구심 섞인 눈으로 눈앞에 있는 초로의 남자를 살폈다. 이 남자는 자신의 딸에게 원치 않는 결혼을 강요했고, 그 딸이 서대문형무소에 갇혔을 때도 들여다본 적이 한 번도 없었다고 했다. 그런데 왜 인제 와서 딸을 구하려는 것일까. 그것도 전혀 마음에 들지 않는 자신 같은 사내에게 맡겨가면서까지. 굳이 체면을 차릴 사이는 아니었기에, 한이는 망설이지 않고 그 질문을 꺼냈다.

"어째서 도야를 빼내려고 하는 거지? 지금까진 도야에게 한 번도 신경을 안 썼던 아비 아니었나?"

인형의 얼굴이 잔뜩 찌푸려졌다. 그러나 곧 찌푸림은 가라앉고, 그의 얼굴에서는 깊은 고뇌의 흔적이 드러났다. 그가 육십에 가까운 긴 세월을 살아오면서 별로 내보인 적 없는 감정이었다.

"하긴, 네놈도 알아야겠군."

인형은 바로 말을 잇는 대신 긴 숨을 토했다. 이어 장식장에서 위스키를 꺼내 단숨에 한 잔을 비웠다.

"중앙분실에 붙잡혀 간 직후에 마리가 약간의 고문에도 바로 혼절해버린 일이 있었다더군. 마리에게서 들어야 할 말이 있으니까 이대로는 고문을 못 견디는 게 아닌가 해서 의사를 불렀다고 하고. 그 의사가 진단하기를 마리가 임신을 했다고 했다. 아비는 네놈이겠지."

4

생각지도 못한 일이었다. 그러나 인형의 얼굴에는 거짓의 기미가 조금도 보이지 않았다. 한이는 여전히 믿을 수가 없었다.

"역시 짚이는 데가 있는 게로군."

다시 얼굴을 찌푸린 인형은 위스키를 한 잔 더 따라 마셨다. 그 시선 끝에는 어느새 체념이 묻어나 있었다. 그것은 한이가 알아차리기에는 지나치게 복잡하고 위태로운 감정이었다.

"경무대는 안재영을 사형시키는 쪽으로 결론을 내려놓았다. 마리가 고문을 견디고 살아서 재판을 받더라도 죽음을 피할 수는 없을 거야. 하물며 아이까지 가진 딸자식인데, 그래서 살려야겠다고 생각한 것뿐이다. 네놈이 부모 마음을 알 턱이야 있겠냐마는, 하나를 잃었을 때는 없는 셈 치고 나머지 하나라도 살려보자 싶었는데, 남은 하나마저 이러면 방법이 없지 않겠나."

"……."

"마리가 나오면 같이 미국으로 건너가. 우선 일본으로 가는 밀항 배편을 마련해놨으니까."

인형은 더 얘기할 것도 없다는 듯 남은 위스키를 단번에 들이킨 후 창문 쪽으로 걸어갔다. 창을 바라보고 선 그의 등은 거인이라는 그의 별명이 무색할 만큼 작아 보였다. 갑작스럽게 쪼그라든 거인의 양어깨를 한이는 한동안 말없이 바라봤다.

인형은 굉장히 탐탁지 않아 하면서도 도야가 살았던 방을 한 번쯤 둘러보고 싶다는 한이의 요구를 들어주었다.

"필요해 보이는 물건이 있다면 가져가라. 이제 다신 이 집으로 돌아오지 못할 테니."

사용인을 시켜서 따로 도야의 물건을 챙기지는 않겠다는 의미였다. 비밀리에 진행되는 탈옥인 만큼 사용인이 도야의 물건을 챙기도록 하는 것은 너무 위험이 컸다.

도야의 방은 별채에 외따로 떨어져 있었다. 화려하기 짝이 없는 본채와 달리 별채는 사람 냄새 하나 나지 않을 만큼 깔끔하게 정리되어 있었다. 한이는 방 하나에도 도야의 성격이 고스란히 묻어나 있다는 생각을 하지 않을 수 없었다. 한이는 도야가 수많은 밤을 보냈을 침대에 앉았다가 책상으로 다가가 도야의 손때가 묻은 책을 펼쳤다. 언젠가 도야의 하꼬방에서 봤던 책처럼 어려운 글자가 많아 한이는 읽을 수 없는 책이었다. 그래도 도야가 오랜 시간 숨을 쉬고 산 공간에 있는 감회는 남달랐다. 다만 오래 지체할 시간은 없었기에 한이는 옷장을 열어 옷가지 몇 벌을 챙겼다.

방을 나온 한이는 그 맞은편에 있는, 문이 굳게 닫혀 있는 또 다른 방 하나를 보게 됐다. 이 별채에는 도야가 쓰던 방밖에 없다고 했고, 그렇다면 이 방도 도야가 사용하던 방이었을 것이다. 이렇게 넓은 집에 방이 몇 개인지 셀 수도 없어 보이니 도야가 방을 여러 개 사용했다고 해도 이상하지는 않았다. 한이가 문손잡이를 돌려보자, 문이 열렸다. 문은 잠겨 있지 않았다.

"부자들은 팔자도 좋네. 이렇게 너른 방도 비워두고."

한이는 누구를 향하는 것인지 모를 혼잣말을 중얼거리면서 다시 방문을 닫고 나가려고 했다. 그런데 언뜻 눈길을 잡아채는 물건이 있었다. 한이는 나가려다 말고 텅 빈 방 한가운데에 놓여 있던 소책자 한 권을 집어 들었다. 희한할 만큼 만듦새가 눈에 익은 책자였다. 한이는 설마 하는 마음으로 책장을 넘겨보았다.

"글과 셈은 배워야 사람 구실은 하면서 사는 거야. 이런 책은

못 읽어도 신문 글줄 정도는 반쯤이나마 읽을 수 있어야 세상사 맞춰가며 살 수 있어."

책을 펼치자마자 남자의 목소리가 귓가에 울려, 머리를 한 대 세게 얻어맞은 것 같았다. 이 책은 한이가 어렸을 적 그에게 글과 셈을 가르쳐줬던 그 남자가 그런 말을 하며 흔들어 보였던 바로 그 책이었다. 그때보다 훨씬 너덜너덜하게 닳아버린 책자였지만, 표지의 닳은 모양새라든지 접힌 자국 같은 것은 그 남자가 들고 있었던 것과 꼭 같았다.

"설마……."

언뜻 짚이는 데가 떠오른 한이는 급히 도야의 방으로 되돌아갔다. 이어 방 안에 있는 서랍이란 서랍은 다 열어젖혔고, 찾고 있던 물건은 침대 바로 옆 간이 서랍에서 발견할 수 있었다.

"역시……."

한이의 입에서 무심결에 탄성이 흘렀다. 한이가 찾아낸 것은 낡고 닳아서 언제 사라져도 이상하지 않을 것 같은 사진 한 장이었다. 부자들은 이런 사진 같은 것을 찍어서 남겨두고는 한다는 얘기를 들은 적이 있다.

사진에는 어린 여자아이와 그 아이를 안고 있는 남학생 하나가 있었다. 아이는 어렸지만 그 이목구비를 보면 도야임을 짐작하기 어렵지 않았다. 어린 도야를 안고 있는 남학생은 한이가 기억하는 것보다는 앳된 얼굴이었지만, 자신에게 글과 셈을 가르쳐준 남자가 확실했다. 한이는 언젠가 도야에게서 그 남자와 비슷한 느낌을 받았던 때를 떠올렸고, 비로소 모든 퍼즐이 맞춰졌다. 두 사람은 아마도 분명히 남매 사이였던 것이다.

"만나면 얘기해줘야겠네."

상황에 어울리지 않게 한이의 입꼬리가 올라갔다. 이 두 사람이 정말로 남매였다면, 한이는 이 남매에게서 엄청난 은혜를 입은 셈이 된다. 오빠에게선 글과 셈을 배웠고, 동생에게선 사람 구실을 하면서 사는 법을 배웠다. 이 얘기를 듣는다면 그 자존심 강한 여자도 분명 좋아할 것이다.

한이는 두 사람이 찍힌 사진을 몇 번이나 들여다보다가 소책자와 함께 소중하게 품속에 집어넣었다. 품이 무척 따뜻해지는 기분이었다.

한이가 가고 난 후 인형은 서재에 홀로 남아 말없이 술잔을 기울였다. 인형은 파이프 담배 연기를 피워올리다 말고 문득 책상 제일 아래에 있던 서랍을 열었다. 누가 열어보기라도 할세라 이중 삼중으로 단단히 잠가놓은 서랍 안에는 조금 전 한이가 찾은 것과 같은 낡디 낡은 사진 한 장이 들어 있었다. 집에 거의 들어오지 않고 총독부와 요정만을 오가면서 살고 있던 무렵 진운이 마리를 데리고 나가 찍은 사진이었다. 인형은 짙은 파이프 담배 연기를 피워 올리면서 한참이나 그 사진을 보았다. 밀려드는 감정은 후회나 회한이 아니라 옅은 짜증이었다.

"백진운……."

누군가는 인형을 부러워했고, 그보다 훨씬 많은 사람이 그를 비난했다. 하지만 인형은 한 번도 자신을 삶을 후회한 적이 없었다. 그가 삶의 방식에 대해 어떤 가치판단을 하기 전에 이미 그의 삶은 궤도가 완벽하게 고정되어 있었다. 그는 그저 친일로 돈을 긁어모은 부유한 집안에서 태어나 친일파 아비가 깔아준 레일을 따라 달렸을 뿐이었다. 걸리적거리는 자는 짓밟았고, 원하는 것은 취했으며, 이루지 못한 일도 없었다. 그런데 말년이 되고 나서야 단 하나 마음대로 되지 않는 일이 있다는 사실을 깨달았다. 자식들이었다.

그와는 달리 그의 자식들은 그가 깔아준 레일을 따라 걷기도 전에 먼저 가치판단을 하고 그를 비난했다. 그래서 인형은 자신을 경멸하고 싫어하는 큰아이를 똑같이 경멸하고 자식으로 대우하지도 않았다. 그랬더니 돌아온 것은 자식의 시신이었다. 큰아이의 시신을 마주한 인형은 방침을 바꿨다. 그래서 정혼을 미끼로 환식을 끌어들여 경무대가 그 연구소를 노리기 전에 마리를 빼내려고 했다.

하지만 그 얼마나 잘못된 계산이었던가. 사람을 아끼고 자기 입으로 한 말을 목숨보다 중하게 여기는 딸인 만큼, 인질이 있으면 다시는 제 발로 연구소를 찾지 않으리라 생각했다. 마리를 그곳에서 끌어내기 위해 이용한 환식이 마리에게 안재영 얘기를 전할 줄은 더더욱 예상하지 못했다. 실수 하나로 모든 일이 여기까지 와버렸다.

"나도 많이 늙었나 보군."

말로 내뱉고 나자 자신이 부쩍 더 늙어버린 것처럼 느껴졌다. 인형은 성냥을 꺼내 두 아이가 찍혀 있는 사진에 불을 붙였다. 불꽃 속에 인형의 한숨이 천천히 타들어갔고, 사진은 약간의 재만 남긴 채로 완전히 사라졌다.

5

탁주 한 잔으로 저녁을 대충 때우고 짐을 정리하기 시작했을 즈음 누군가 문을 두드렸다. 경계심을 늦추지 않고 밖을 내다본 하이는 이내 눈이 휘둥그레졌다. 문밖에 서 있는 것은 산녀와 점박이였다.

"여긴 어떻게 알고 왔어?"

시위하던 청년과의 인연으로 그쪽 일을 돕기 시작한 후, 행여나 점박이에게 불똥이 튀기라도 할까 봐, 하이는 여인숙을 나와 도야가 살았던 청계천 변 하꼬방촌으로 숨어들었다. 도야를 탈주시키느라 점박이 손을 빌린 적도 있었고, 그게 아니더라도 이제 반정부 시위를 돕게 된 하이를 덕배 패거리가 좋게 봐줄 리 없으니 점박이에게 자신은 이제 해만 될 터였다.

"춘천댁한테 물어서 왔소. 춘천댁한테는 알려주고 나한테는 알려주지도 않았다니, 형님 참 섭하오."

들어오라는 말도 하지 않았는데, 산녀와 점박이는 마치 제집에 온 것처럼 자연스레 방 안으로 들어왔다. 한이는 두 사람을 내쫓으려다가, 도야가 말도 없이 자신을 떠났을 때 자신 역시 도야를 원망했던 것을 떠올리고는 슬쩍 문을 닫았다.

방에 들어온 산녀는 이렇다 할 설명도 없이 곧장 들고 온 보따리부터 주섬주섬 풀었다. 한이는 산녀가 풀어놓는 물건들을 보면서 다시 또 눈이 휘둥그레졌다. 말린 곡식이나 육포를 조금 담아둔 주머니도 있었고, 튼튼하게 바느질을 해 두고두고 입을 수 있을 법한 외투와 미군 부대에서 흘러나왔음 직한 신발도 있었다. 얼핏 살펴도 꼭 피난 짐처럼 보일 물건들이었다.

"한이 총각, 춘천댁이 그러던데 그 아가씨 데리고 야반도주한다며? 그래서 챙겨왔어."

한이는 뭐라고 대답해야 할지 판단이 서지 않아, 그저 머리만 긁적였다. 아무래도 무언가 단단히 오해한 모양이었다. 그러나 곧 두 사람과 춘천댁의 오해를 정정하지는 않기로 했다. 설령 일이 잘못되더라도, 다들 두 사람이 잘 살고 있겠거니 생각하는 게 나을 성싶었다.

"그 아가씨가 사실은 아주 귀한 댁 아가씨라면서? 그렇게 곱게만 자란 아가씨가 이런 날건달 따라 야반도주를 해서 어쩌누. 한이 총각, 그 아가씨 정말로 잘해줘. 귀한 댁 아가씨가 남자 하나 보고 그런 고생 각오하기가 쉽지 않아."

"그래서 이게 다 가져가라고 싸온 거라고? 너무 많은데."

"아유, 들어보면 가벼워. 어디로 가든 험한 길일 텐데 굶지 말라고 먹을 것도 좀 쌌고."

한이는 산녀가 풀어놓은 물건들을 다시 하나하나 찬찬히 살펴봤다. 꼼꼼히 들여다보니 하나같이 정성을 들이지 않으면 준비할 수 없는 것들이라 괜히 코가 시큰해졌다.

"참, 이거 깜빡할 뻔했네."

그런데 산녀는 갑자기 무언가 생각난 듯 품을 주섬주섬 뒤적여 물건 하나를 더 꺼내놓았다. 산녀가 꺼내놓은 것은 갖가지 색깔의 천에다 예쁘게 수를 놓아 만든 조그마한 주머니 다섯 개였다.

"이게 뭔데?"

"한이 총각은 이게 뭔지 모르지? 누구 결혼 준비하는 건 본적 없을 테니까. 이게 결혼할 때 신랑집에서 신붓집에 보내는 함에 들여보내는 건데 오곡주머니라는 거야. 한이 총각이 천애고아라 뭐 하나 변변하게 챙겨 받지도 못할 텐데 오곡주머니 정도는 챙겨가라구 춘천댁이 챙겨줬어."

"춘천댁이 그러는데 자기가 친정 노릇을 해줄 터이니 그 아가씨한테 기댈 곳 없으면 남대문시장으로 오라구 전하랍디다. 형님도 이렇게 아우며 아우댁이며 있는 셈이니까, 어디 가서도 하늘 아래 혼자 뚝 떨어진 사람들이라며 외로워 말고, 알콩달콩 잘 사시우."

목이 멘 한이는 차마 두 사람을 똑바로 바라보지 못하고 그저 산녀가 내놓은 오곡주머니만 조심스레 매만졌다. 참으로 고맙고, 또 고맙기만 한 마음들이었다.

산녀와 점박이는 씨익 웃더니 풀어놓은 물건들을 다시 단단히 챙기기 시작했다. 이번에는 한이가 싸고 있던 짐과 함께였다. 한이는 산녀와 점박이가 짐을 단단히 챙겨주는 것을 보면서 산녀가 내놓은 오곡주머니를 품속 깊숙한 곳에 밀어 넣었다.

6

만반의 준비를 하고 나선 이번 탈주는 저번보다 훨씬 쉬웠
다. 정해진 시각에 정해진 장소로 나가자, 지난번에 한이를 그
집으로 데려갔던 그 사내가 있었다. 사내는 이렇다 하는 말 없
이 굽이굽이 뒷골목을 지났고 삼십 분 가까이 걸은 끝에 '부영
상사'라는 간판이 달린 건물에 도착했다. 곧 건물에서 어떤 젊
은 남자가 나왔다.

한이는 그 남자를 따라 안으로 들어가 주변을 살피고서야 자
신이 민간 기업 사무실로 위장한 중앙분실에 들어왔다는 사실
을 알았다. 어두침침한 건물 안에는 축축하고 음침한 공기가 머
물러 있었고, 보통 민간 기업 건물에선 보기 힘든 두꺼운 철문
이 줄을 지었다. 남자는 주변을 두리번거리거나 한이에게 말을
거는 등으로 시간을 지체하는 일 없이 곧장 도야가 있는 고문실

에 한이를 데려갔다. 누가 미리 손을 써놓았던 듯, 두 사람은 고문실까지 가는 내내 단 한 사람도 마주치지 않았다.

고문실 안에 들어선 한이는 차마 신음조차 뱉지 못했다. 고개를 늘어뜨린 도야가 의자에 묶인 채로 앉아 있었는데, 서대문형무소에 있을 때보다 몇 배는 더 처참해진 몰골이라 마치 사람 거죽만 간신히 씌워놓은 허수아비처럼 보였다.

"도야, 백도야."

한이가 나지막하게 그 이름을 불렀다. 도야는 정신을 차리지 못했다. 한이가 잠시 기다린 끝에 도야를 둘러업은 채로 이곳을 빠져나갈 수 있을까 고민하기 시작했을 즈음 다행히 도야가 눈을 떴다.

처음에는 도야도 지금 무슨 일이 벌어지고 있는지, 눈앞에 와 있는 사람이 누구인지를 바로 알아차리지 못했다. 그러나 한이를 알아본 두 눈에 초점이 조금씩 돌아오기 시작하면서, 입가에도 희미한 미소가 떠올랐다. 한이는 "그래, 나야"라고 나지막하게 중얼거리면서 도야의 머리를 꼭 끌어안았다.

"가자. 데리고 가려고 왔어. 이번에는 꼭, 같이 가자."

그런데 도야는 힘없이 고개를 저었다. 말로 하지 않아도 그 의미는 이해할 수 있었다. 재영을 비롯한 다른 동지들을 두고 나갈 수 없다는 것이었다. 한이를 데려온 남자는 이 반응을 예상하였던 듯 바로 고개를 저었다. 재영은 물론이거니와 다른 동지 모두 이곳에는 없다는 의미였다.

이번 일에 연루된 모두가 서울 시내에 있는 다른 안가에 하나하나 흩어져 따로 고문을 받고 있었다. 고문으로 흐려진 정신에도 그 뜻을 알아들을 수 있을 만큼은 지각이 남아 있었기에, 도야의 두 눈동자에 무척이나 복잡한 감정이 떠올랐다가 사라졌다. 도야는 마침내 다시 눈을 감았다. 고초를 겪고 있는 동지들을 놓아두고서라도 이곳을 나가겠다는 것이었다.

도야의 허락이 떨어지자, 한이는 곧바로 도야를 둘러업었다. 건물 밖에는 인형이 미리 대기시켜놓은 승용차가 있었고, 그 차에 올라타고서야 한이는 겨우 숨을 토할 수 있었다. 오는 길은 도보였어도 가는 길이 승용차인 것은 눈에 띄더라도 빨리 달아날 필요가 있었기 때문이었다

이제 남은 일은 인형이 마련해둔 은신처로 이동하는 것뿐이었다. 그곳에 도착하면 대기하고 있던 의사가 도야를 치료할 것이고, 도야가 걸을 수 있게 되면 곧바로 부산으로 내려갈 것이다. 그리고 일본으로 가는 배에 몸을 싣고서 이 나라를 완전히 떠나게 될 것이다.

한이는 자동차 안에 궁둥이를 붙이자마자 도야부터 꼭 끌어안았다. 약하지만 호흡이 느껴졌고, 느리지만 심장이 뛰는 소리도 들렸다. 도야가 살아 있다는 것을 온몸으로 확인하니 더 바랄 것이 없었다. 도야는 한이의 품 안에서 가볍게 몸을 떨었다.

이렇게 도망치고 싶지는 않았다는 감정, 그 지독한 고문의 현장에 동지들을 두고 도망치는 데에 대한 죄책감이 뒤섞인 것이었으리라.

이제 곧 서울 시내에는 여간첩 백마리가 또 탈옥했다는 호외가 흩뿌려질 것이다.

7

"백인형 어디있어! 백인형 나와!"

환식은 "여간첩 백마리 또 탈옥"이라는 기사가 실린 신문을 꽉 움켜쥐고서 성큼성큼 인형의 집으로 들어섰다. 갈 곳 없는 분노가 잠식한 얼굴은 악귀처럼 변해 있었다. 도야가 중앙분실에서 도망쳤다는 얘기를 듣자마자 환식은 이것이 인형의 짓이라는 사실을 직감했다.

환식은 본채에 있는 문이란 문은 모조리 열어젖혔고 1층 복도 가장 끝에 있는, 인형이 늘 머무르던 서재에서 그를 발견했다. 무슨 연유에선가 인형이 사용인을 모두 집 밖으로 내보냈던 터라 환식을 막을 사람은 아무도 없었다.

"백인형!"

분노로 온몸을 부들부들 떨며 인형을 노려보는 환식에게서는 그를 '차관님'이라 부르며 깍듯하게 모시던 모습이 온데간데없었다. 인형은 태연하게 파이프 담배에 불을 붙였다. 환식이 원래 이런 인간이라는 사실은 처음부터 알고 있었기에, 그를 사위로 점찍었던 것을 딱히 후회하지는 않았다.

"썩 예의 바른 방문은 아니군."

"백인형, 당장 말해! 백마리 지금 어딨어!"

"알면 어쩌시게. 자네 아비에게 일러바치기라도 할 셈인가?"

지나치게 태연한 인형의 모습에 환식은 더 화를 주체하지 못하고 다짜고짜 그의 멱살을 잡았다. 하지만 인형은 그 정도 몸싸움에 쉽게 나가떨어질 만큼 노쇠하지 않았다. 환식은 치밀어 오르는 분을 어쩌지 못하고 인형을 죽일 듯 노려봤다.

"이건 다 네놈 잘못이야!"

"그래? 그렇게 생각하고 있다니 유감이군."

"네놈이 백마리를 제대로 가둬놓기만 했어도 일이 이 지경까지 되지는 않았다고! 그런데 반성은커녕 백마리를 빼돌려!"

"글쎄, 잘잘못을 따져보자면 내가 잘못한 건 하나밖에 없는 듯한데. 난 자네가 그 아이에게 안재영 얘기를 할 거라고는 생각하지 못했거든. 이렇게까지 된 데에 내 과실이 있다면 그 정도이지 않을까."

"이 버러지 같은 새끼가! 자식새끼를 둘 다 빨갱이로 키워낸 주제에!"

"이보게, 김환식 군."

인형은 환식이 잡은 멱살을 아주 손쉽게 풀어내고, 골이 아픈 듯 관자놀이를 꾹꾹 눌렀다. 특별히 목소리를 높이거나 분노를 표출한 것이 아니었는데도, 인형의 눈빛에 눌린 환식이 저도 모르게 한 걸음 뒤로 물러났다. 한쪽은 두 시대를 거쳐 온 악당 중의 악당이었고, 한쪽은 아직 그저 소악당에 불과했다. 오랫동안 사람들을 짓밟으며 살아왔던 그 끔찍하리만치 더러운 삶이 쏘아보는 눈빛을, 지금의 환식이 버틸 수 있을 리 없었다.

"나 역시 내 아버지를 그리 싫어하지는 않았네만, 자네 역시 자네 아비가 무식한 인간 백정이라는 것만 부끄러울 뿐 아비를 그리 싫어하진 않나 보구먼. 그러니 자네도 나처럼 아비 덕에 얻은 모든 것을 당당하게 누리면서 살고 있는 게 아니겠나."

환식의 두 눈동자가 시뻘겋게 달아올랐다. 자신이 운일을 싫어하지 않는다는 말도 모욕이었고, 자신의 앞에서 운일을 '인간 백정'이라 부른 것 역시 모욕이었다. 제 아버지에 대한 모욕을 자기 자신에 대한 모욕으로 여긴다는 것부터 그가 제 아버지를 그리 싫어하지 않는다는 방증이었건만, 환식은 그 사실을 깨닫지 못했다.

"이날 이때까지 나는 한 번도 내가 걸어온 길을 후회해본 적이 없어. 그런데 이 지경이 돼서야 그런 생각이 들더라고, 자식들이 내 맘대로 되지 않는 삶이라는 게 과연 성공한 삶이라고 할 수 있을까. 그런 생각을 하던 중에 하필 자네를 보게 될 줄은 몰랐거든. 그래서 말인데, 솔직히 자네의 미래도 조금 궁금해지는 데가 있어. 자네는 지금 자네 아비를 전혀 부정하지 않고 있지만 과연 자네의 자식들도 그럴까?"

말을 마친 인형은 느닷없이 서랍에서 무언가를 꺼냈다. 환식이 오기 전, 그는 이미 이것을 준비해두고서 마지막 여유를 즐기고 있었던 듯했다. 하지만 분노로 시뻘겋게 달아오른 환식의 두 눈은 인형이 꺼낸 물건이 무엇인지를 제대로 잡아채지 못했다.

"백인형, 말해! 당장 백마리가 있는 곳을⋯⋯!"

탕!

환식의 분노에 찬 절규가 솟아오른 바로 그 순간, 한 방의 총성이 서재를 가득 메웠다. 인형의 상체가 책상에 풀썩 엎어졌다. 인형은 이를 위해 집안의 사용인들을 모두 내보냈던 것이었다. 환식은 반쯤 날아가버린 채 책상에 엎어진 인형의 뒤통수를 시뻘겋게 핏줄이 선 두 눈으로 똑똑히 보았다. 그것은 거대한 세력에 빌붙어 조선 민중을 짓밟고 또 짓밟으며 살아온 악당의 별 볼 일 없는 최후였다.

8

그토록 모진 고문에 이틀은 무척 짧은 회복 기간이었다. 그렇지만 이곳에서 하루라도 더 지체하는 것은 무척이나 위험한 일이었기에, 제 발로 느릿느릿 움직일 정도까지는 회복된 이상 바로 떠나야 했다.

도야가 눈을 뜨지 못하던 이틀간, 그 마르고 여린 몸에는 온갖 주사약이 다 투여됐다. 한이는 신열에 들떠 헛소리를 해대는 도야를 떠나지 못한 채 지극정성으로 간호했다. 그리고 무엇보다도 어떻게든 빨리 몸을 움직여야 한다는 도야의 의지가 도야를 기적적으로 자리에서 일으켜 세웠다.

도야가 깨어나자마자 인형의 수하는 곧바로 도야와 한이를 데리고 나가 미리 준비해둔 부산행 기차에 태웠다. 그는 곧 바삐 어디론가 사라졌는데, 도야와 한이는 알지 못했지만 인형의 사후 수습을 위한 것이었다.

도야와 한이가 타게 된 기차는 특급열차가 아닌 보통열차였다. 특급열차가 빠르기는 하겠지만, 그런 고급 열차에선 두 사람이 눈에 띌 우려가 있었다. 덕분에 부산까지 가는 여정은 제법 길어지게 됐지만 그래도 두 사람은 아주 짧은 휴식 시간이나마 가질 수 있게 됐다. 그날, 그 버려진 집에서 첫날밤을 보낸 후 두 사람이 둘만의 시간을 갖게 된 것은 이번이 처음이었다.

"팔 저리지는 않고?"

한이는 도야의 팔을 주무르면서 연신 걱정 어린 시선을 보냈다. 주변 어르신들이 불쾌한 시선을 보냈으나, 한이는 신경 쓰지 않았다. 어차피 척 봐도 깡패 같아 보이는 자신이 무서워 함부로 말하지는 못할 것이었다. 하지만 도야는 상관이 있었다. 도야는 주변 사람의 못마땅한 시선이 부끄러워 제 팔을 주무르고 있던 한이의 손을 슬쩍 떼어냈다. 그러자 이번엔 한이의 손이 이마 위로 올라갔는데, 맞은편 노인의 입에서 기어이 혀를 차는 소리가 나왔다.

"전쟁 때 부산으로 피난 갔었다고 했지? 그러면 4년 만에 다시 온 게 되나?"

"4년까진 아닐 거야. 전쟁 끝나고 바로 올라온 게 아니었거든. 당신은 바다 본 적 있어?"

"음, 아직 본 적은 없지만 이제 질리도록 보겠지? 난 이제야 바다라는 걸 보는데 우리 아기는 엄마 배 속에 있을 때부터 바다를 보니까 아빠보다 호강하는구나."

도야의 두 뺨이 새빨갛게 달아올랐다. 말이 그렇게 쑥스러운 건지 상황 자체가 쑥스러운 건지, 아기라거나 아빠라거나 하는 말만 나오면 도야는 항상 얼굴을 빨갛게 물들인 채로 한이와 눈도 마주치지 못했다. 그게 재밌어서 한이는 일부러 아기나 아빠 같은 단어를 이렇게 한 번씩 꺼내고는 했다. 늘 서늘하기만 할 것 같던 도야의 얼굴에서 이런 낯선 표정을 발견하는 것이 한이에게는 무척 재미난 장난이었다.

장난과 염려 섞인 대화를 주고받는 사이, 한이의 손은 어느새 슬그머니 도야의 아랫배로 내려와 있었다.

"그렇게 힘든 일을 견뎌냈어. 아기가 엄마를 많이 닮았나 보다."

"오빠가 도와줬을 거야. 정신을 잃을 때마다 몇 번이나 오빠 꿈을 꿨거든. 오빠가 만들어준 인연이잖아."

도야는 제 몸에 올라온 한이의 손을 더 이상 떼어내지 않고 그저 빙긋 웃기만 했다.

도야가 정신을 차린 지 얼마 되지 않았을 때 한이는 자신에게 글과 셈을 가르쳐줬다던 남자가 도야와 함께 찍힌 사진에 있던 그 남자였다고 도야에게 알려줬다. 도야 역시 놀라움에 잠깐 얼어붙었다가 그 남자가 자신의 배다른 오빠라고 한이에게 알려줬다. 한이의 은인이 진운이었다는 사실을 알게 된 도야는 그 모진 고문에도 새 생명이 버텨낸 것이 진운이 보호해줬기 때문이라고밖에는 생각할 수가 없었다. 은신처에서 도야를 돌봤던 의사도 아이가 살아 있는 것은 기적이라고 했다.

그런데 한이는 뭔가가 퍼뜩 생각난 듯 난데없이 짐칸에서 보따리에서 무언가를 꺼내 도야의 손에 쥐여주었다.

"춘천댁이 너 도둑 결혼이라도 하는 줄 알았던 것 같아. 제대로 신부 대접도 못 받았으니 마음 상해 어쩌나 하고 이걸 꼭 전해달라더라."

손을 펼쳐보자 그 위에는 춘천댁이 만들었다던 예쁜 오곡주머니가 놓였다. 주위에 결혼한 친척 어른은 없었지만, 오곡주머니가 어디에 쓰는 물건인지는 도야도 알고 있었다. 한 땀 한 땀 예쁘게 박음질이 된 주머니는 한눈에 보기에도 무척 정성이 많이 들어간 수공예품이었기에, 도야의 눈가에 눈물이 핑 돌았다.

"어쩌지, 난 인사도 못 드리고 왔는데."

"그 마음은 춘천댁도 알 거야. 그러니 이걸 만들어줬지."

도야의 눈가가 촉촉해졌고, 한이는 그런 도야의 목을 가볍게 끌어안았다. 도야는 언제 눈가가 촉촉해졌냐는 듯 화들짝 놀라 한이를 떼어내려고 했지만, 한이는 알아서 떨어져 나간 후 장난스레 웃으며 도야의 가슴께를 가리켰다.

응큼한 짓이라도 하는 줄 알았어? 그거 열어봐."

한이가 가리킨 곳엔 조그맣게 반짝이는 예쁜 금빛 펜던트가 걸려 있었고, 도야는 한이가 시키는 대로 펜던트를 열어보았다. 그리고 끝내 눈물을 왈칵 쏟아내고 말았다. 펜던트 속에는 한이가 도야와 진운의 방을 찾았던 날 간이 서랍에서 발견했던, 진운과 도야가 함께 찍었던 사진이 들어 있었다.

"거기다 넣어 다니면 이제 어디 놓아두고 올 일도 없을 거고……."

한이가 그 말을 끝맺지 못한 것은, 도야가 먼저 한이의 목덜미에 와락 달려들었기 때문이었다. 언제 남의 눈을 부끄러워했냐는 듯, 처음으로 보이는 제대로 된 애정 표현이었다. 한이는 빙긋 웃으면서 그 등을 작게 토닥였다. 굳이 소리 내 말을 하지 않아도 백 마디 말보다 훨씬 더 많은 의미를 담고 있는 대화였다.

기차를 몇 번이나 갈아타다 보니, 부산에 도착했을 때는 꼬박 만 하루가 지나 있었다. 한이는 두 사람 몫의 가방과 보따리를 모두 짊어지고서 걱정스러운 얼굴로 도야를 돌아다보았다. 제대로 몸조리도 못 한 마당에 하루 정도는 여독이라도 풀게 해주고 싶었지만, 밀항 시간에 맞추려면 바로 부산항으로 향해야 했다. 한국 땅에 있는 한 언제 경찰에게 발각될지 몰랐기에, 배에 숨어들 때까지는 숨 돌릴 틈조차 없을 만큼 동선을 빡빡하게 짤 수밖에 없었다. 한이는 어쩔 수 없이 빙긋 웃으며 가방과 보따리를 위로 번쩍 끌어올렸다.

"가자."

남들의 눈을 피해야 했기에, 전차는 엄두도 내지 못하고 조심조심 걸어 이동했다. 한이가 앞서 나가면 도야가 그 뒤를 따라 건물 사이사이 골목길을 걸었다. 처음 가보는 길일 텐데도 한이는 용케 헤매지 않고 길을 찾았고, 때때로 순경이 보이면 슬그머니 다른 골목길로 빠졌다.

30분도 채 되지 않는 그 길을 걷는 동안에도 도야의 안색은 점점 더 나빠지기만 했다. 기차에서 앉아서 왔다고는 해도 기차를 타는 내내 피로가 쌓였고, 성치 않은 몸에는 그 피로가 독이 된 것 같았다.

얼마 지나지 않아 두 사람은 마침내 부산항에 도착했지만, 막상 항구에서 새로운 문제가 생겼다. 인형이 준비했다던 밀항 중개인의 모습이 보이지 않았다. 한이는 접선 장소로 정해진 지점을 초조하게 바라보면서 인형이 넘겨준 손목시계를 들여다보았다.

"시간을 정확히 확인해라. 전후로 30분까지야. 그때까지 너와

마리가 나타나지 않으면 중개인은 배로 돌아갈 것이고, 그때까지
중개인이 나타나지 않으면 일이 틀어진 것이다."

인형은 일이 틀어졌을 때 전보를 보내야 할 곳을 알려주면서
이 비싼 손목시계도 함께 넘겼다. 필요가 없어지면 팔아서 도
주 비용에 보태라는 의미였을 것이다. 시계가 가리키는 시각은
인형이 얘기한 30분에 계속 가까워지고 있었기에, 한이는 점점
더 초조해졌다. 게다가 엎친 데 덮친 격으로, 먼 곳에서 아스라
한 소리까지 들여왔다.

"샅샅이 뒤지래이! 빨갱이 년이 배 타고 일본 간다 캤다!"

경찰이었다. 아무래도 인형이 준비한 그 계획이란 것이 중간
어디서 새어나간 모양이었다. 도야의 핏기 없던 얼굴우 위저히
백지장으로 변해버렸고, 한이는 인형이 했던 말과 경찰들의 소
리를 번갈아 저울질하면서 빠르게 머리를 굴렸다.

상황만 놓고 본다면 지금은 인형이 마련해놓았다는 은신처
로 몸을 숨기고 다음 기회를 노리는 것이 옳을 것이다. 설령 인
형이 새로 밀항 중개인을 구해주지 못한다 해도, 한이 혼자 다
음 배편을 찾아낼 수는 있을 것이다. 하지만 도야가 문제였다.
이제 도야는 서 있는 것조차 버거울 정도로 힘에 겨워 보였고,
최대한 빨리 한국 땅을 벗어나 충분히 쉴 자리를 마련해줘야 할
것 같았다.

어떻게 해야 할지 갈피를 잡지 못하고 있는 사이, 시간은 어느새 예정된 시간을 채 5분도 남기지 않은 시각이 돼 있었다. 두 사람을 뒤쫓는 경찰들의 목소리도 조금 더 가까워져 있었다. 그런데 그때, 도야가 불편한 다리마저 잊은 듯 갑자기 자리에서 벌떡 일어났다.

"일단 내가 그 밀항 중개인이라는 사람을 기다리고 있을 테니까, 당신이라도 우선 몸을 피하는 게 어떨까? 어차피 나는 움직이기도 힘들고."

"그게 무슨……."

한이는 무심코 도야를 내려다봤다가, 그만 입을 다물고 말았다. 도야는 아랫입술을 꽉 깨물고서 뭔가를 크게 결심한 얼굴을 하고 있었다. 도야에게서는 처음 보는 표정이었으나, 표정 자체가 낯설지는 않았다. 그날, 혁준에게서 보았던 표정이었다.

한이는 주먹을 꽉 쥐었다. 혁준의 마지막은 도야에게만 아팠던 것이 아니라, 한이에게도 끔찍할 만큼 무거운 것이었다. 그것은 두 번 다시 있어선 안 되는 일이었고, 이 순간 함께 있는 이가 사랑하는 여자가 아니라 해도 이번만은 결코 이 손을 놓아서는 안 되었다. 두 번 다시 그렇게 사람을 보내선 안 되었다.

"아니, 배에 타자. 중개인이 없어도 우리가 타기로 된 배였다면 뭔가 얘기는 돼 있을 테니."

한이는 이번만은 절대 놓치지 않겠다는 결심으로 도야의 손을 꽉 잡았다. 도야가 무어라 대답할 새도 없이 한이는 앞서서 뛰기 시작했고, 도야도 어쩔 수 없이 필사적으로 다리를 움직였다. 경찰들의 소리가 점점 더 가까워졌다.

"이쪽으로 함 가보입시더!"

실제로 달린 시간은 채 1분도 되지 않았을 것이다. 밀항 중개인이라는 사람은 아직도 보이지 않았지만, 두 사람이 타기로 돼 있었던 배는 곧 모습을 드러냈다.

"됐다……!"

한이의 얼굴에 비로소 안도감이 떠올랐다.

"저거 그 빨갱이 년 아이가!"

경찰들의 목소리가 아무런 장벽도 두지 않은 채로, 바로 뒤에서 울렸다. 그리고.

탕!

총성 한 발이 길게 울렸다. 도야의 낮은 비명이 부산 앞바다에 아주 천천히 깔렸다.

2004년 겨울, 인천국제공항 입국장. 어느 여성단체 상임 활동가 두 명이 '백도야 선생님'이라고 쓰여 있는 손팻말을 들고 서 있었다.

비행기 한 대가 막 도착한 듯 사람들이 우르르 몰려나왔고, 활동가들은 어떤 노년의 여성을 알아보고 팻말을 흔들며 껑충껑충 뛰었다. 허리까지 기른 백발을 하나로 단정하게 묶은 것이 무척이나 고운 노인이었다. 하나 그 표정이나 눈빛에서는 험난한 세월을 지나온 단단함이 느껴졌다.

마중 나온 이 중 하나가 도야로부터 캐리어 가방을 받아 짐수레에 실었다. 다른 활동가도 도야가 들고 있던 가방 모두를 자기가 들겠다고 나섰으나, 도야는 정중히 거절하고 자기가 직접 가방을 들었다.

"10년 만에 한국 들어오신 거죠?"

"10년까진 안 될 거예요. 안재영 선생님 복권되시고 다른 분들도 다 재심 무죄 판결받았던 때가 1996년이었어요."

"맞아, 그때 기자회견 하신 거 기억나요."

"사람 죽고 수십 년이나 흘렀는데 복권이 무슨 소용이냐 싶지만, 그래도 죽은 사람의 명예라도 되찾아준 게 어디냐 싶기도 해요. 동지들을 사지에 놓아두고 도망갔던 것도 죄스러웠고."

지난 세월을 돌아보는 도야의 눈빛이 아련했다. 그래도 한국 땅에 남아 그 모진 세월을 견뎌냈던 조선평등연구소 간부들과 서울대 문리대 학생들은 38년 만에 다시 한국 땅을 밟게 된 도야와 만나 서로를 붙들고서 엉엉 울었다. 살아남아줘서 고맙다고, 견뎌줘서 고맙다고. 서로가 서로에게 고마워하며 울었고, 이제는 훌쩍 늙어버린 재영의 유족들도 그 모습을 보며 눈시울을 붉혔다.

"오랜만에 한국에 들어오니까 좋으시죠?"

"좋기는 좋네요. 매번 들어올 때마다 서울이 너무 많이 바뀌어 있어서 깜짝 놀라기도 하고. 그래도 이런 발전에 또 누군가의 희생이 있었을 거라 생각하면 마음이 무겁습니다. 이제 더는 그러면 안 되는데 말이에요. 독재 정권도 물러갔고, 이제는 시민권도 노동권도 다 보장되는 나라여야 하는데."

도야와 활동가들이 대화를 주고받는 사이 서울 시내로 향하는 리무진 버스가 도착했다. 도야는 두 활동가를 보며 빙긋 웃었다.

"그럼 갈까요."

강연은 성공적이었다. 학생들은 눈을 반짝거리며 얘기를 경청했고, 강연이 끝나고 나서도 도야가 쓴 책을 들고 와 사인을 받거나 질문을 했다. 도야는 뒤의 일정이 밀리는 것도 신경 쓰지 않고, 학생들의 질문에 하나하나 빠짐없이 대답했다. 그래서 강연이 끝나고도 한 시간이나 더 지난 후에야 도야는 겨우 강당 밖으로 나올 수 있었다.

"오늘 강연 너무 좋았어요. 역시 백 선생님은 이 나라의 새벽에 핀 복사꽃이시라니까요."

강당 밖에서 기다리고 있던 여성단체 간사가 도야의 이름을 가지고 가벼운 농담을 했다. 반가운 얼굴도 있었다. 한발 늦게 김포공항으로 도착한 한이가 한달음에 달려와 도야의 강연이 끝나기를 기다리고 있었던 것이었다.

"뒷부분밖에 못 들어서 아쉽네. 처음부터 듣고 싶었는데."

"이 사람, 말도 참……."

"예쁘게 한다고?"

한이의 너스레에 도야는 그만 피식 웃어버렸다. 고작해야 열두 시간도 떨어져 있지 않았는데, 이 너스레가 이렇게까지 그리울 수가 있나 싶어서 그것마저도 웃음이 나왔다.

늦게 도착하기는 했지만, 강연 준비도 원고 작성도 함께 했기에 사실 오늘 강연은 두 사람이 한 것이나 다름없었다. 비단 이번 강연뿐만 아니라 도야와 한이는 모든 강연이나 저술을 함께하고 있었다. 한국에 처음 들어오고 난 후 꾸준히 한국 출판사를 통해 내는 책들도 함께 썼으며, 신문 칼럼 역시 도야 혼자 이름을 올리는 법이 없었다.

"선생님들, 식사는 어떻게 하시겠어요? 모처럼 한국에 오셨으니 즐겁게 보내실 시간도 필요하시지 않을까 해서 오늘 저녁 일정은 일부러 잡지 않았었거든요. 혹시나 계획하신 게 없으시다면 저희가 안내해드릴까요?"

"그러잖아도 일정을 비워주셨다기에 갈 곳을 정해놓았던 참이었어요."

여성단체 간사는 도야와 한이가 서로 눈짓을 주고받는 것을 보고는 내일 오전 중에 다시 뵙자며 눈치 빠르게 자리를 떠났다.

한이는 도야의 손에 들려 있던 손가방과 강연 원고를 건네받으며 먼저 걸음을 옮겼고, 도야는 팔을 위로 쭉 뻗어 찌뿌둥한 몸을 풀었다.

"내가 당신 친구들 잡으러 갔던 곳이 동숭동이었던 것 같은

데 어느새 이리로 옮겨왔지?"

"옛날에는 이런 대단한 건물도 없었어. 여기 들어간 노동자들의 피땀이 제대로 된 대가를 받았을지 모르겠네."

"남대문시장도 많이 변했더라. 혁준이가 인터넷으로 사진을 찾아 보여줬는데 국숫집은 어디에 있었는지도 모르겠더라고."

"그놈도 언제 서울로 한번 데리고 들어와야 할 텐데. 자기가 어디서 만들어졌는지는 알아야 할 테니까 말이야."

혁준은 도야가 미국에서 낳았던 큰아들의 이름이었다. 정치 깡패였던 시기의 일을 이야기하는 한이나 그에 대답하는 도야 역시 이제는 옛일을 크게 마음에 두지 않는 눈치였다. 도야가 장난스레 눈을 흘기자, 한이 역시 장난스레 웃으면서 다정하게 도야의 어깨를 감싸 안았다.

"말이 그렇다는 거지. 그놈도 자기 이름이 어디서 왔는지부터 먼저 알아야 할 거 아니야."

한이의 그 말에 도야의 눈빛이 잠시간 무척이나 깊어졌다. 그 눈에는 오래전, 이 땅에 두고 간 동지들에 대한 감정이 가득 담겨 있었다.

그날, 그 총알 한 발은 도야의 발목을 정확하게 관통했다. 도야는 곧바로 낮은 비명을 내지르면서 자리에 주저앉았고, 제 손을 붙들고 있던 한이의 손을 강하게 뿌리쳤다. 하지만 한이는 도야의 손을 다시 붙잡았다.

"가! 놔두고 가!"

도야가 전에 없이 단호한 눈으로 그를 재촉했지만 한이는 그러지 못했다. 도야를 이곳에 두고 혼자 가는 미국은 아무 의미가 없었다. 결국 한이는 도야를 강제로 둘러업고 배를 향해 내달리기 시작했다. 경찰이 뒤에서 쫓아와 한이는 숨도 쉬지 못하고 내달리는 추격전이 잠깐 있었고, 두 사람은 간발의 차로 일본으로 향하는 배에 오를 수 있었다. 일본 국적의 배였기에 한국 경찰들이 바로 그 안을 뒤질 수는 없었다. 그 짧은 순간이 두 사람에게는 삶과 죽음을 가른 시간이 되어주었다. 한이는 경찰들이 배 안으로 들어오기 전 깊숙한 곳, 경찰이 찾지 못할 곳으로 숨어들었다.

그렇게 도야와 한이는 일본으로 건너갔고, 인형이 미리 만들어놓은 여권을 이용해 미국으로 건너갔다. 그리고 미국 땅에서, 도야는 재영이 사형을 당하고 연구소 관계자들도 모두 징역형을 선고받아 복역하게 되었다는 소식을 듣게 됐다. 게다가 얼마 지나지 않아서는 한국 땅에 쿠데타가 일어났다는 암울한 소식까지도 들었다. 군부 독재 정권까지 들어선 이상 고국으로는 돌아갈 수 없었기에, 도야는 한이와 함께 프랑스로 건너가 망명을 신청했다.

인형이 권총으로 자살했다는 얘기는 망명 신청이 받아들여진 직후 듣게 되었다. 그때 도야는 일평생 처음이자 마지막으로 아버지를 위한 눈물을 흘렸다.

도야와 한이가 다시 그리운 서울 땅을 밟을 수 있었던 것은 그로부터 40년 가까운 세월이 훌쩍 지난 후의 일이었다. 파리에서 어린 학생들에게 피아노를 가르치면서 살고 있던 도야는 1996년이 되던 해 한국의 어느 시민단체로부터 연락을 받았다. 한국에서는 지금 안재영에 대한 복권이 진행되고 있으며, 그 사건에 연루돼 한국을 떠나야 했던 '백도야 선생님'을 서울로 모시고 싶다는 것이었다. 정말로 꿈에도 그리고 또 그리던 소식이었다.

마침내 한국에 들어올 수 있게 된 도야와 한이는 우선 춘천댁과 점박이, 산녀부터 찾았다. 그동안 춘천댁과 산녀는 모두 세상을 떠났고, 그때까지 살아 있는 것은 한이보다 어렸던 점박이뿐이었다.

춘천댁은 남대문시장에서 계속 국숫집을 하다가, 10여 년 전쯤에 노환으로 눈을 감았다고 했다. 일가족이 하나도 없는 춘천댁이라 쓸쓸한 노후를 맞이했던 게 아닌가 하고 걱정했지만, 춘천댁은 도야가 떠난 후로 또 젊은 여자 하나를 거두어 살았고 그 여자가 춘천댁의 임종을 지켰다고 했다.

점박이는 한이가 한국을 떠난 후로 깡패 일에서 손을 털고, 산녀와 함께 인천 쪽으로 가서 자리를 잡았다. 그러다가 산녀는 어떤 늙은 홀아비와 결혼하게 되면서 점박이를 떠났고, 점박이는 또 다른 여자를 만나 횟집을 차리고 지금까지 잘 살고 있다고 했다.

그리고 인아가 있었다. 도야는 40여 년 만에 다시 만난 인아로부터 혁준에 대한 얘기를 들을 수 있었다. 인아는 서울대 음대 교수가 되어 학생들을 가르치고 있었고, 시민단체 고문이 되어 안재영의 복권을 위한 운동을 주도했다. 도야의 귀국 역시 그녀가 주도한 일이었다.

"그동안 많은 일이 있었어요."

독재 정권 내내 숱한 학생들을 키워내고 또 보호하는 세월을 살아오는 동안 연약했던 인아의 눈빛은 어느새 무척 깊어져 있었다. 인아가 말하기를 혁준의 시신은 인아의 집에서 수습했으며, 민주화 후 그의 묘는 국립묘지로 옮겨졌다고 했다. 혁준의 이장 역시 인아의 노력 덕분에 이뤄진 일이었다. 인아 역시도 촉촉하게 젖은 눈으로 도야에게 그런 말을 했었다.

"살아내줘서 고마워요. 마리, 아니 도야 선배."

"점박 씨는 아직 인천에 있대?"

"응, 횟집도 그대로 하는 것 같더라."

"그러면 남대문시장 들러서 술도 좀 사서 국립묘지로 갔다가 저녁은 인천에서 먹자. 들어온 김에 점박 씨도 보고 가야지."

"그럴까? 가져온 것 중에 점박이한테 선물로 줄 만한 게 있나 모르겠네. 호텔에 한 번 들렀다가 가봐야겠어."

다정하게 대화를 나누는 두 사람의 뒤편으로 뉴스 소리가 흘렀다. 강당에 설치된 대형 TV에서 흘러나오는 소리였다.

"건설사로부터 억대 뇌물을 수수한 혐의로 수사를 받고 있는 김환식 민정당 의원이 지난밤 검찰에 구속되었다는 소식 전해드립니다. 고발인은 김 의원의 장남인 김○○ 경제정의연대 상임대표였지요. 4선을 지낸 야당 중진 의원이 비리 혐의로 구속된 만큼 정치권에도 파장이 예상됩니다."

그 뉴스를 들은 건지 듣지 못한 건지, 도야와 한이는 즐겁게 웃고 대화를 나누면서 천천히 서울대 교정을 빠져나갔다. 서울의 늦은 봄, 햇살은 모처럼 따뜻하고 포근했다.

-완-

319

새벽의 복사꽃

2024년 9월 19일 1쇄 발행

지은이 김단비
펴낸이 이원주, 최세현 **경영고문** 박시형

책임편집 박현조 **디자인** 진미나
기획개발실 강소라, 김유경, 강동욱, 박인애, 류지혜, 이채은, 조아라, 최연서, 고정용
마케팅실 양근모, 권금숙, 양봉호, 이도경 **온라인홍보팀** 신하은, 현나래, 최혜빈
디자인실 윤민지, 정은예 **디지털콘텐츠팀** 최은정 **해외기획팀** 우정민, 배혜림
경영지원실 홍성택, 강신우, 김현우, 이윤재 **제작팀** 이진영
펴낸곳 팩토리나인 **출판신고** 2006년 9월 25일 제406-2006-000210호
주소 서울시 마포구 월드컵북로 396 누리꿈스퀘어 비즈니스타워 18층
전화 02-6712-9800 **팩스** 02-6712-9810 **메일** info@smpk.kr

ⓒ 김단비(저작권자와 맺은 특약에 따라 검인을 생략합니다)
ISBN 979-11-94246-00-8 (03810)

쌤앤파커스(Sam&Parkers)는 독자 여러분의 책에 관한 아이디어와 원고 투고를 설레는 마음으로 기다리고 있습니다. 책으로 엮기를 원하는 아이디어가 있으신 분은 이메일 book@smpk.kr로 간단한 개요와 취지, 연락처 등을 보내주세요. 머뭇거리지 말고 문을 두드리세요. 길이 열립니다.